リセット

垣谷美雨

JN054487

双葉文庫

目次

リセット

プロローグ

掃除機のスイッチを切ると、いきなりリビングに静寂が訪れた。

香山知子《かやまともこ》はソファに座り、昨日もそうしたように、真正面に置かれたテレビを見つめた。

電源の入っていない真っ暗な画面には、自分の姿が反射して映し出される。

もしも人生をやり直せれば、絶対に専業主婦になんかならない。女優のオーディションを受けるのだ。そう強く決心する。

そして、女優として活躍する自分の姿に想像を巡らす。

白昼夢は延々と続いて……。

窓辺のカーテンがゆるやかに波打ち始めたのが視界に入り、ふと我に返る。どれくらいの時間が経ったのだろう。窓の向こうには夕焼けが迫りつつあった。呆れるほど長い時間、じっと動かずに妄想にふけっていたのだ。

――これぞ暇人の典型じゃないの。今頃会社で忙しく働いている夫が、こんな妻を見たら何て言うかしら。

今日という一日を振り返る。午前中はテレビを見続け、午後は掃除機をかけただけ。どうしようもない自己嫌悪に陥り、空しい疲労感に襲われた。

立ち上がりながら声に出して言う。「よっこらしょ」

よっこらしょというのは呪文だ。この呪文を唱えると、たちどころに魔法がとけて、華麗なる女優から中年主婦に戻ることができる。

掃除機を片づけてからキッチンに入り、夕飯の準備に取りかかった。沈んだ気持ちを引きずったまま流しの前に立つと、体の奥底から湧き上がる深い後悔と無念さで、いてもたってもいられなくなる。握った包丁を投げ捨ててどこか遠くに行ってしまいたくなる気持ちを、深呼吸することで抑え込み、ピーラーでじゃがいもの皮を剝いた。

ふと、精神的におかしくなりかけているのではないかと恐怖心を抱くこともある。それというのも、近所の主婦やPTA仲間の中に、鬱病《うつびょう》で心療内科に通う女性たちが増えてきているからだ。

更年期外来にでも行ってみようか……。

黒川薫《くろかわかおる》は、広い会議室にいた。

ブラインドを下ろした薄暗い部屋に「他社との差別化を図るために」という文字が、大きなプロジェクターに映し出されている。研究所から派遣されてきた男性が得意満面で説明しているが、高額なコンサルタント料を取る割には、どこかで聞いたことのある内容ばかりだ。

あまりに退屈で、ふっと居眠りしそうになったときだった。

――お母ちゃん、なんでいっぺんも私を褒《ほ》めてくれへんの？

唐突に、自分の声が脳裏に蘇った。

いい歳をして母親の前で泣いたのは、正月に帰省したときのことだ。

母に褒められたい一心で頑張って生きてきた。一生懸命勉強して難関と言われる大学に合格し、会社に勤めてからも、努力を重ねて二年前には副部長になった。

――東京の会社で副部長さんになるやなんて、ごっついことなんやろうけど、やっぱり女ゆうもんは、結婚して子供をもってなんぼのもんやで。

母は平然と言ってのけた。

――桃子《ももこ》も真理絵《まりえ》も、ええ母親になって立派やわ。

母は、自分ではなくふたりの妹を褒めたのだ。

結婚して子供を育てるのが、そんなに偉いことなのか。そんなの簡単じゃないか。その証拠に、人類始まって以来、誰だってやっている。妹たちは、名もない短大を出て地元の男性と結婚して子供を産んだ。たったそれだけのことだ。今まで自分がしてきた努力の百万分の一すらやってないじゃないか。

——四十にもなってひとりは淋しいやろ。

母が憐れむように言うのが嫌だった。

確かに恋人もいないし、それどころか友だちも少ない方だから、夜ひとりになったときに孤独を感じることもあるにはある。だけど、不思議と淋しいと思わないのも本当なのだ。

しかし、そんな反論を口にしたところで、強がりだと思われて、憐れみの色が更に濃くなるに決まっているから、何も言い返さなかった。

高校時代からもう一度人生をやり直したい。それができれば短大へ行って、卒業後は地元で就職して、二、三年したら結婚して子供を産む。

そしたら……そしたらお母ちゃんが褒めてくれる。


赤坂晴美《あかさかはるみ》は、デッキブラシで風呂場のタイルをこすっていた。

この大浴場の掃除が終わったら、次はジャグジー、その次はサウナ、最後に露天風呂の掃除が待っている。

腰が痛い。

昼間はコンビニエンスストアでレジを叩き、夜中はスーパー銭湯の清掃をしている。コンビニは、時給八五〇円で、銭湯は時給一二〇〇円。

高校中退の四十女に正社員の道などあるはずもなく、高い家賃の東京で生活するとなると、昼間働くだけでは食べていけない。

高校時代には考えもしなかったが、平凡に暮らすということは、なんとたくさんのお金が必要なのだろう。今さらだが、あらためて現実の厳しさを嚙み締める日々だ。朝から晩まで働き詰めで、へとへとに疲れているうえに、何の楽しみもない。

タイムマシンで戻れるものなら、高校時代に戻りたい。

そしたら絶対に絶対にあんな男に騙されないで、ちゃんと高校を卒業する。そうしていれば、あの町に留まって平凡な人生を送れたはずなのだから。

もちろん欲を言えば、結婚相手は経済力がある方がいいに決まっているし、もっと贅沢《ぜいたく》を言えば地元の名士の息子がいい。

いや、多くは望まない。

平凡でいい。

いいや、平凡がいい。

第一章　不思議な再会

♥

あれっ？　青海町《あおみ》？

今確か、「青海町」の文字が見えた。

新宿にあるデパートの七階で、エレベーターに向かっていた香山知子は、立ち止まって振り返る。

短大進学のために上京して以来、既に三十年東京に住んでいるが、故郷の名を東京で目にすることなど滅多になかった。

食器売り場の奥まったところに、小さなホールがあり、「兵庫県物産展」の垂れ幕がかかっていた。近づいてみると、「青海町豆腐、青海町団子あります」と書かれた紙が扉に貼ってある。

自分は、生まれも育ちも青海町だが、そんな名前の豆腐も団子も聞いたことがない。商魂たくましい誰かが物産展用に急遽《きゆうきよ》、創作したものだろうか。

中を覗《のぞ》いてみる。

「いらっしゃいませ。どうぞご覧ください」

Yシャツの上に法被《はっぴ》を羽織った五十がらみの男の店員が、愛想良く迎えてくれる。

ホールに足を踏み入れてみると、神戸のクッキーや明石のたこ焼きなどが並んでいるが、青海町の特産品は見当たらない。しかし奥へ進むと、青海町コーナーと書かれた幟《のぼり》があった。

試食をしている女性客がいる。痩せていて、かなり背が高い。

「懐かしいわ、この素朴な味。お盆になるとおばあちゃんが必ず作ってくれたんですよ」

感激したように店員に話しかけている。

自分も、きな粉をまぶした団子が載っている試食用の小さな皿を手に取ってみた。旧盆に食べる団子だった。

口に入れた途端、ほのかな甘味が口中に広がる。確かに故郷の味がする。そう思い、ひとりうなずいたときだった。

「あっ、知子？　もしかして……知子じゃない？」

驚いて見上げる。

そこに立っていた長身の女性客は、中学、高校と同級生だった黒川薫だった。

「薫⁉」

薫は、都内にある国立大学を卒業後、確かコンピュータのソフト会社に勤めているはずだ。八年前に青海町の観光ホテルで行われた同窓会で見かけて以来である。

相変わらず痩せていて、特に上半身が貧弱なせいか、横から見ると猫背が目立つ。昭和三十年代に生まれた女性の中では、身長一六五センチの自分でさえ背が高い方だから、薫のように一七〇センチ以上もあるのは当時としては珍しかった。そのうえ優等生だったから、校内で彼女を知らない生徒はいなかった。

薫は、ジーンズにベビーピンクのチュニックという出で立ちである。若い女の子が好んで着るような服装は、四十代の薫の顔色を却ってくすませている。若作りをすればするほど、老いの目立つ年齢に差し掛かっているということに、気づいていないのだろうか。

「薫、元気にしてた？」

「まあまあ」

豆腐の載った皿に手を伸ばそうとする薫のチュニックを、思わず凝視した。胸元にはゴージャスなフリルがついていて、裾にはぐるりと浮世絵の美人画がプリントされている。

そういえば八年前の同窓会でも、とんでもなく悪趣味な和服姿で現われたのだった。色鮮やかなピンク地に金糸の大きな蝶々が何匹も飛んでいる柄だったと思う。自分は、他人の服装などいちいち憶えている方ではないのだが、そのときの着物は七五三の女の子でも着ないような派手な色合いだったので、未だに憶えている。

学年で一、二位を争っていた才女が、どうして？　もちろん、学業と服装のセンスが比例するなどと思っているわけではないけれど、いくら何でも限度というものがある。

そのとき、すっと横から手が伸びてきた。視界に入ったのは、小柄な女性だった。目の前を遠慮なく横切って、豆腐の皿をひとつ取る。自分の腿《もも》のあたりに相手の腰がぶつかったが、女性は謝りもしない。

「おばさん、私ね、豆腐には苦みがあるもんだってことを長い間忘れてたよ。東京の豆腐は苦くないもんね。本当の味だよ、これは」

隣から濁声《だみごえ》が響く。どうやらこの失礼な女性も、青海町出身であるらしい。

自分も豆腐の皿を取ろうと、手を伸ばしたときだった。

「うそっ⁉ あんた知子じゃん。えっ何、そっちは薫⁉」

驚いて、隣に立っている女性の顔を正面から見た。

水商売風の派手な女だった。思わず薫に目で問いかけると、薫もわからないのか首を微かに傾《かし》げた。

「わたしだよ、わ、た、し。赤坂晴美だよ」

知子が「あっ」と声を出すと、「ああ」と薫が興味なさそうな声で続いた。

晴美も薫と同様、中学、高校と同じ学校だったが、誰だかわからなくて当然かもしれない。というのも、高校を中退した晴美に会うのは高三以来で、実に三十年ぶりだからだ。

茶髪の縦ロールが、丸顔の晴美には不似合いだった。ゴージャスなシャネルスーツは服の方が女性を厳選するものだし、ブランド物のバッグも晴美が持っているというだけで偽物に見える。たぶんそれは、清潔感がないからだろう。ナチュラルメイクの流行《はや》る昨今、これほどの白塗りに真っ赤な口紅を塗りたくっている女も珍しい。そのうえ、ファンデーションが厚いから、いくつもの大きな吹き出物も、その分大きくなっている。

「奇遇ね。それとも、薫も晴美も、ここで物産展があるのを知ってたの?」

「ううん、知らなかった。このデパートの前を通りかかったら、物産展のポスターに青海町の文字が見えたから珍しいなと思って寄ってみたのよ。晴美は?」

「私は店内をぶらぶらしてたら、法被を着たおじさんがチラシをくれたから来てみたんだよ」

「ねえ、せっかく会ったんだから、どこかでお茶でも飲まない?」

知子はふたりを誘ってみた。

どちらとも高校時代に話をしたことはほとんどなかったはずだし、卒業後もつき合いはなかった。けれども、この大都会で同郷人と偶然出会うなんて珍しいことだ。それを思うと、久しぶりに話がしてみたくなった。

青海町内に高校は県立青海高校しかないために、難関大学を目指す生徒もいれば、卒業と同時に就職する生徒もいる。しかしそのほとんどが京阪神に出るか地元に留まるかのどちらかで、東京に出てくるものは少なかった。

「私、お腹が空いたから、喫茶店よりレストランの方がいいな」

薫が言う。腕時計を見てみると、確かに夕飯どきだ。

「それもいいわね」

知子は答えた。夫の浩之《ひろゆき》は、このところ仕事がひどく忙しいらしく、今日も休日出勤だ。きっと残業で遅くなるだろう。子供たちも今日はそれぞれに友人と約束があるらしく、夕飯は要らないと言っていた。

「どうせなら飲もうよ。これなんか、どう？　駅前で配ってたんだけど」

晴美は言いながらバッグから割引券を取り出した。

「へえ、〈遠来の客〉か。いい感じの店だね。ここにしよう」

薫が、割引券に載っている居酒屋の写真を見て即決した。

デパートを出ると、既に日が落ちていた。四月も半ばだというのに、頬に当たる夜風が思いのほか冷たい。

しばらく歩いて大通りから一本はずれると、急にネオンがなくなり人影もまばらになってきた。ふと見上げると、街灯に照らされた桜の若木が、まだ葉桜にもなりきれず、中途半端な姿をさらしている。

駅に近い店の方が良かった。溜息をつき、眉根を寄せる。

歓楽街の裏通りは、猫一匹歩いていない。皓々《こうこう》と青白く輝く丸い月が、心なしか、いつもよりひとまわり大きいような気がして気味が悪かった。

「あれっ？　行き止まりだよ」

前を歩いていた晴美が立ち止まる。

「本当だ。この地図、おかしいよ」

薫が、古びた街灯の下で割引券に書かれている小さな地図を見て言う。

目を凝らして前方のどん詰まりを見つめると、威風堂々とした中世ヨーロッパの牢獄のような建物がそびえ立っていた。

前方に立ち塞がる建物を見上げた。外壁には青々と繁る蔦《つた》がからまっていて、その隙間からオレンジ色の温かな灯りが漏れている。

「ドアのところに何か書いてあるよ」

薫の声で、三人は建物にそろそろと歩み寄り、ドアに通じる石段を数段のぼる。真鍮《しんちゅう》の表札には、〈遠来の客〉と書かれていた。

「なんだ、やっぱりここでいいんだ」

晴美が安堵した声で言った。

「もっと大きな看板にすればいいのに、こんな表札みたいな小さいものじゃ、常連客は別として、暗くなってからなら誰でも迷うよ」

薫がそう言い終わった途端、頭上に一気に灯りが点いたので、驚いて石段を踏み外しそうになった。メタルブルーの無数の豆電球の光が反射して、まるで自分の体から蒼い光が放たれているかのように見える。

あらためて見上げてみると、その光の演出は、牢獄のようだった建物を、八〇年代のジャズ喫茶風に一変させていた。

薫が重厚な扉のノブに手をかけようとすると、ドアが音もなくすっと内側へ開いた。

「いらっしゃいませ」

恭《うやうや》しくお辞儀をして出迎えてくれた蝶ネクタイの店員は、六十歳くらいだろうか。姿勢が良く長身で、細身の黒いスーツが似合っている。

「何名様でしょうか」

初老の店員は、ブルースを歌わせたら魅力的だと思わせるような錆《さ》びた声で尋ねた。

「三人です」

自分が答えた。

こういうとき、ほんの数年前までの自分なら、動物的ともいえる男の突き刺さるような強い視線を感じたはずだ。それは、若い女に対する憧れであったり、好色なものであったりしたのだが、最近はどこへ行っても、そういう類の視線を感じなくなっている。若かった頃は、見ず知らずの男たちの舐めまわすような目つきが嫌でたまらなかったものだが、最近では、自分が男でも女でもない、単に人間として、いや、人畜無害の〈おばさん〉という生き物として、世間の男たちの目に映っているのがよくわかる。それを長年望んできたはずなのに、その場に立ち尽くしてしまいそうになるほどのショックを受ける。若い頃からちやほやされることが日常茶飯事であった女たちはみんな、この落差を嫌というほど経験してから老いの境地に入っていくのであろうか。

店員がちらっと自分を盗み見た気がしたので、慌てて微笑んで、「素敵なお店ですね」と言ってみた。いつの間にか怖い顔をして溜息をついていたからである。

中年女性が黙っていると、不機嫌に見えるものだと気づいたのは最近だ。それは、顔のたるみとともに口角が下がってきていることもあるのだが、ヒステリックな怖さを内包しているに違いないという、世間の先入観もあるように思う。

微笑みを顔に貼り付けたまま、広いホールを見渡してみたが、客はひとりもいなかった。バッハの「G線上のアリア」が静かに流れていて、居酒屋というよりは高級レストランといった雰囲気である。

薫も晴美も、想像していたのとは様子があまりに違っていたのか、店内を物珍しそうに見渡している。

店員の後ろをついて行くと、ホールを横切った奥に、地下へ降りる石の階段が現われた。雰囲気を優先させた間接照明のためか、灯りが階段の途中から下へは届かず、上から覗くと底なし沼に引き込まれそうな錯覚に陥った。階段の幅は狭く、太めの中年なら通れないのではないかと思われるほどで、石造りの壁が両側から迫っているような圧迫感がある。凹凸のある壁に手を添えながらそろりそろりと下まで降りるうちに、暗闇に目が慣れてきた。

頑丈そうなアーチ型のドアが見えてきた。ドアノブは、海賊映画に出てきそうな黒光りする大きな丸い金具だ。そのドアを、店員が体重をかけるようにして肩で押すと、ぎぎっと軋む音がして隙間から灯りが細く漏れてきた。

「こちらです。どうぞ」

店員の脇を、体を斜めにしてすり抜けて部屋に足を一歩踏み入れると、目の前にぱっと白い空間が広がった。部屋は広く、大きな一枚板のテーブルが真ん中に据えられているだけで、がらんとしている。天井はドーム型になっていて、床も壁もコテ跡をそのまま残したような剝き出しのコンクリートだった。幼い頃に読んだ、不思議な洞窟に迷い込んでしまう童話を思い出す。

その部屋の唯一の装飾品である大きな抽象画を見上げた。絵心がないためか、白と黒だけのモノトーンの絵が何を表現しているのかは皆目わからなかったが、吸い込まれるような遠近感だけは強烈に感じた。

十人以上座れる楕円形の大きなテーブルの隅っこに、三人は固まって座った。店員が、小脇に抱えていたメニューを、それぞれに配る。

「とりあえずビールね」

晴美が言うと、店員は「かしこまりました」と言いながら、部屋を出て行った。

「広すぎるよね」

薫の言うとおりだ。

それからしばらくメニューを眺めていると、先ほどの店員がビールを運んで来た。

「注文してもいいですか？　ええっと、鶏もも肉のトマト煮と、アスパラのベーコン巻き、それにラザニアとホタテのワイン蒸しと……牡蠣《かき》のパン粉焼きに……」

薫が次々に注文する。

「かしこまりました」

店員が部屋を出て行ったあと、互いにビールを注ぎ合った。

「じゃあ一応、再会を祝して、乾杯！」

グラスを軽く持ち上げると、あとのふたりもグラスを軽くぶつけ合った。ＢＧＭが途切れた静かな一瞬に、グラスのぶつかる透明な音だけが響き渡る。

「煙草、吸ってもいい？」

返事も待たずに晴美が煙草に火を点ける。

荘厳なバロック音楽が静かに流れる中、薫が喉を鳴らしてビールを飲む音と、晴美が煙草の煙を勢いよく吐き出す音だけが聞こえる。

どういう話題がいいのだろう。

何気なく部屋を見渡すふりをして薫と晴美を盗み見たが、ふたりとも場を盛り上げるために話題を提供しようなどという可愛げのあるタイプではない。それどころか、会話がないことさえ全く気にならない様子だった。

盆暮れの夫側の親族の集まりでは、本家の長男の嫁である自分が明るく当たり障りのない話題を提供しなければならない。もちろん命令されたわけではないが、そういう役目を無言のうちに負わされている。それというのも、夫側の、つまり香山家一族は揃いも揃って無口で陰気だからだ。しかし、今この場は高校時代の同窓の女ばかりが集まっている。こんなときでさえ、自分がムードメーカーの役目を負わされるのは納得がいかない。そう考えると、うんざりした。

「失礼します」

同じ店員が入って来て、料理を次々とテーブルの上に並べていく。

「そういえばさ、中学時代に修学旅行で東京へ来たのを憶えてる？　ほら、くじ引きで班を決めたじゃん。ほかの班は五人ずつだったのに、部屋割りの都合で、私と薫と知子が三人部屋になったんだよ」

晴美が楽しそうに話し出した。

「すっかり忘れてたわ。そういえばそういうことがあったわね。あの頃は無邪気だったわ。二泊三日の間、ずっとはしゃぎっぱなしだったよね」

知子は、懐かしく思い出しながら言った。生まれて初めて東京へ行く嬉しさでいっぱいだったのだ。日頃は親しくなかった三人だったが、その頃流行《はや》っていた青春ドラマの真似をして、お互いに呼び捨てにすることを決めたほどだ。それ以降、この二人とはほとんどつき合いはなかったが、こうして今も互いに呼び捨てにすることだけが、中学の修学旅行の名残である。

「あれは、楽しかったな」

薫が初めて微笑んだ。

その横顔を見て、ほっとした自分が嫌になる。

考えてみれば、周りの人間の機嫌を気にすることが、いつの間にか習い性となってしまっている。主婦の気配りといえば聞こえはいいが、言い換えれば夫やその親族の顔色を窺いながら、窮屈な思いで暮らしてきたということだ。

夫の両親は、兵庫県青海町に住んでいる。東京から遠く離れた土地なのに、その存在を鬱陶《うっとう》しく思ってしまう自分は、被害者意識が強すぎるのだろうか、それとも神経質で我儘《わがまま》なだけなのだろうか。三世代同居をしているような嫁から見れば、自分など楽チンな部類だということはわかる。それでもやはり、薫と晴美が他人の顔色を気にかける様子など皆無であるのを見てしまうと、彼女らを心底羨ましく思うのだ。今まで自由な人生を満喫してきた証拠ではないかと思えて。

ここに来たことを、晴美は既に後悔していた。

高校へ入ってからは、知子とも薫とも一度も同じクラスにならなかったから、中学のときの修学旅行を除けば、共通の話題などないのだ。

★

「人生、やり直したいなあ」

突然、知子が溜息混じりに言い、「ねっ」とこちらに同意を求めるように小首を傾げた。返事のしようがなかったので薫に視線を投げると、彼女はすぐに目を逸らした。きっと薫も呆れているのだろう。どう見たって、この三人の中で最も幸せそうなのが知子だからだ。

「本気で言ってんの⁉」と言ってやりたかったが飲み込んだ。

知子は、チャコールグレーの膝丈のワンピースに同色の七分袖のジャケット姿で、そのまま授業参観に出かけてもいいような格好をしている。形のいい小さな唇をグラスに触れさせながら、黒目がちの大きな目だけをこちらに向けた。

「ねえ、どう？　薫も晴美も、高校時代からやり直したいと思わない？」

知子は美人でスタイルがいいから男子生徒に人気があったが、品行方正ぶっていて昔から好きじゃなかった。

「私は別にやり直したいとは思わないけどね。今の生活に満足してるし」

言ってしまってから暗澹《あんたん》とした気持ちになった。というのも、同級生の前で見栄を張るなら、自分の現在も過去も嘘で塗り固めなければならないことに気づいたからだ。

「えっ、本当？　不幸なのは私だけなの？」

知子が心底驚いたように尋ねる。

ぬくぬくと暮らしている専業主婦のくせして不幸ときたか。色白だからかもしれないけれど、知子の頰は少女のように薄桃色に輝いていて、自分と同い歳なんてとても思えない。その肌の若さこそが、疲れの溜まらない呑気な暮らしの証拠だ。

「いったい知子はどういうふうにやり直したいっていうの？」

三食昼寝つき女の夢物語など知りたくもなかったが、自分が尋ねてやるしかなかったのは、薫がだんまりを決め込んだかのように、じっとサラダの皿を見つめたまま微動だにしないからだ。本来ならこういう役回りは自分の柄じゃないのだと思うと、薫の態度にも腹が立ってきた。

思わず薫の横顔を睨みつける。いくらなんでも、もう少しは周囲に気を遣ってにこやかにしたらどうなのだ。仏頂面で場の空気も読めないで、よくもまあ四十過ぎまで無事に生きてこられたものだ。愛想笑いと色気は、女が生きていくには不可欠のはずだ。いいや、女だけじゃない。サラリーマンであれば男にだって必要だろう。

聞いたところによると、薫は女だてらに副部長だというが、コンピュータの会社というのは、仕事さえできれば性格が悪い女でもやっていけるところなのだろうか。そういえば、最近のテレビドラマでは、ツンとした女の上司といった脇役が必ず出てくるが、薫も会社ではああいった感じなのかもしれない。

「自分ひとりの人生を生きてみたかったのよ。夫や子供の世話だけじゃなくてね」

知子の表情が深刻そうであればあるほど頭にくる。こうして太平楽を並べることができるのは、結婚していて子供もいるという、女としての最低基準を満たしているからだ。言い換えれば、勝ち組だからこそ人生に対する後悔やら今現在の不幸とやらが堂々と人前で言えるのだ。

だから言ってやった。

「ふうん、つまり知子は手に職をつけたかったんだね。私みたいに」

知子だけでなく薫までもが、びっくりしたように顔を上げた。

「職って、どんな?」

薫が、じっと見つめながら尋ねる。

「私がデザインしたアクセサリーを、知り合いのブティックに置いてもらっているんだけど、それが結構評判良くて、売れ行きもいいんだよ」

ちょっと夢を語ってみたかったのだと、心の中で舌を出した。現実は全然違う。昼間はコンビニのレジ打ち、夜中はスーパー銭湯の清掃をしている。

「デザイナー……羨ましいわ」

知子が頬杖をついて、つぶやいた。

これほど素直に他人を羨ましいと口に出せる中年女が、自分の周りにいるだろうか。嫉妬で卑屈になることもなく、まるで心は十代のまま――ふと青海町で育った頃を思い出して、知子の横顔に、故郷の懐かしい潮風の匂いすら感じた。

「知子に羨ましがられるほど儲かっちゃいないけど、でも好きなことだから毎日が楽しいよ」

言った先から調子に乗りすぎたかなと反省したが、この広い東京で偶然出会うことなど、たぶんもう二度とないだろうと思えば、嘘をつくのも気が楽だった。

「デザインしたものを製品にするためには、まずはメーカーから注文が来なくちゃならないよね。そういうツテが晴美にはあるの？　口で言うほど簡単なものじゃないはずだよ」

確かにすぐにばれるような嘘をついたかもしれないが、どうして薫にそれほど偉そうに追及されなければならないのかと思うと、腹立たしかった。薫のせいで、知子の羨望の眼差しが一瞬にして疑惑の目つきに変わってしまったじゃないか。

「メーカーには頼まずに、自分でデザインしたものを自分で作ってるんだよ」

「作る？　自分で？　どうやって？　型を取って、その中に金属を流し込んで固めたりする道具や機械を持ってるの？」

薫はどうしてそれほど詳しく知りたがるのだろう。

「素人のビーズ手芸に、ちょっと毛が生えた程度だからね」

嘘のサイズを小さくすると、知子は納得したように大きくうなずいたが、薫は人を小馬鹿にしたような顔になり、更に言う。「なんだ、ビーズ手芸か。だったら最初からそう言ってよ。だけど、それだけじゃどう考えたって食べていけないでしょう」

稼ぎまで計算している。これだから秀才は嫌だ。

「あれ？　あっ、ごめんごめん、もしかして晴美は主婦なの？　そのビーズ手芸とやらは、主婦の小遣い稼ぎってとこ？」

薫が慌てて尋ねる。

「私は独身だよ。ビーズ手芸とはいっても……だから結構売れてるんだってば」

語尾が消え入りそうになってしまった。

「どこのお店よ」

薫はしつこかった。そんなことを知ってどうするのだ。いちいち厄介な女だ。

とっさに適当な嘘を思いつかなかったので、煙草を一本取り出して、火を点ける。

「私なんて専業主婦だもの。来る日も来る日も洗濯して、掃除して、ごはん作って、こんなので人生終わっちゃうのかな……終わるのよね。どう考えたってそうよね。もういい歳だもの。自分が歳をとった証拠に、息子はもう大学生だし、娘は高校生だもの」

頬杖をついた知子が、誰に言うともなくぽつりぽつりと話す。

話題が自分のことから知子へと移るチャンスを逃してなるものか。

「へえ、知子のところは、もう大学生なんだ。大きいんだね」

「それにしても、あの頃の自分がちゃんちゃらおかしいわ」

知子は言ってから、ふふっと自嘲気味に笑った。

「あの頃って、いつ？」

尋ねてやると、薫の視線がやっと知子へ移ったので、ほっと胸を撫で下ろす。

「高三のときよ。短大なんかじゃなくて四年制に行かせてほしいって親に必死で頼んだのよ。今考えると短大すら必要なかったわ。どうせ専業主婦になるのなら」

知子が深い溜息をついた。

いったい今どうなっていれば満足だというのだろう。進学クラスの女たちの考えていることは、高校時代から皆目わからなかったが、それは年齢を経た今も変わらないのだということを、知子の細くて美しい鼻梁を眺めながら思った。

もしも高三からやり直せたら……そんな白昼夢を何百回と見たことか。たぶん知子の比じゃないだろう。

椅子の上に置いたブランド物のバッグの表面をそっと撫でてみた。何年か前まで風俗で働いていたときの残骸だ。それを今も後生大事に使っている。学歴も美貌も資産もない女に自信をつけてくれるのが、高級ブランド品なのだ。持っているだけで心まで豊かになれるし、自信が漲《みなぎ》ってくる。もう死んでしまいたいと思うとき、この手触りが何度自分を慰めてくれたことか。

煙草とブランドのバッグ——これらだけが、かけがえのない親友なのである。

◆

薫は、知子の相変わらずの無神経ぶりに呆れていた。

もしも人生をやり直せれば、という話題が、晴美にとってどんなに酷なことか、知子にはわからないのだろうか。知子のちっぽけな後悔など、晴美に比べたらたかが知れている。知子ではなくて晴美なのだ。高校時代に本当の大失敗をしたのは、晴美なのだ。晴美の過去を思い出させるという、傷口を抉《えぐ》るようなことを、なぜ平気でするのだろう。

一瞬だったが、晴美は指先が白くなるほどグラスを強く握り、目に力を込めて知子を睨んだ。そのことにさえ知子は気づいていない様子だった。

高三のとき、晴美が妊娠して中退したことは知子だって知っているはずだ。あの当時、校内で知らぬ者などいなかったのだから。

できちゃった婚などという軽い言葉もない時代で、たとえ成人であっても、結婚前の妊娠などはふしだら極まりないという風潮だったのだ。しかも高校生というのだから、噂は瞬く間に町中に知れ渡った。

あの五月晴れの日――。

今でもその光景を鮮明に思い出すことができる。

下校しようと下駄箱で靴を履き替えていると、片隅に小さな人だかりができていた。

――なあなあ、晴美、妊娠したって本当なん？

昇降口に響き渡る甲高い声に、思わず振り向くと、その中心にいたのは晴美だった。彼女は同級生の不躾《ぶしつけ》な質問に対して、怒るどころか得意満面でうなずいていたのだ。

――すごい！　ほんまに妊娠したんやね。

晴美を取り巻いていた女子たちはみな、一斉に冷やかしの声を上げた。妊娠したことよりも、高校生でありながら性の体験をしたという驚きと羨望が、彼女らの感嘆の声を引き起こしたようだった。

――責任とって結婚するってゆうてるんやわ、彼が。

どうやら晴美を妊娠させたのは、道路工事のために東北から青海町に来ていた若い季節労働者らしい。

――ええなあ、羨ましいわあ。

――私も早《はよ》う、結婚したいわあ。

晴美が行きずりの男に妊娠させられて捨てられたという噂は、嘘だったようだ。ちゃんと結婚するらしい。

その会話を下駄箱の陰で聞いていた薫は、体の底から安心感が込み上げて来た。その感覚を、昨日のことのように思い出すことができる。

もちろん、大学受験を目前に控えていた自分にとっては、妊娠も結婚も今ひとつピンと来ないほど遠い将来のことだった。晴美のように早々に母親になることは、未来の可能性を捨てるも同然のような気がして、少しも羨ましくはなかった。

しかし、人生は人それぞれだ。晴美本人が妊娠や結婚を喜んでいるのなら、それはそれでとても幸せなことだと思った。ふしだらだと非難する町の噂など吹き飛んでしまえと願い、晴美を応援したい気持ちになったのだ。

――相手の男の人って、例のあの人?

尋ねられた晴美は、待ってましたとばかりに饒舌《じょうぜつ》になった。当時『あずさ2号』を歌って爆発的人気があった狩人の、兄だか弟だかに似ているのだと嬉しそうに話し、日焼けした筋肉質の腕が素敵なのだと照れながら言った。

そして、晴美は高校を中退し、彼の仕事に合わせて東京へ行った。

梅雨に入り、教室で晴美の話題が上らなくなった頃、流産したという噂が流れた。実は、男には東北に残してきた妻子がいたという。それを知った晴美が男を詰《なじ》ると、男は激しく暴力をふるい、そのせいで流産したということだった。

それまで何ひとつむごい事件のない、のんびりとした田舎町で生まれ育った当時の高校生たちにとって、その噂は無色透明の十代の心に大きな衝撃をもたらした。ショックが大きすぎたのか、スピーカーというあだ名の女子生徒でさえ、晴美の話題には触れようとしなかった。

その後、晴美は男と別れたということだったが、青海町にはそれっきり戻って来なかった。

帰省したときなどに、晴美の噂を聞くことがあった。風俗店で働いているとか、金に困っているとか、興味本位の無責任な噂ばかりだった。だから、ずっと聞き流してきたのだが、今こうして目の前にいる晴美を見ると、不健康で退廃的な雰囲気が、噂を裏づけているように思える。

そんな晴美に向かって、人生をやり直せれば、というような話題をふっかけるなんて、可哀相すぎる。気軽な気持ちでそんなことを口に出してほしくない。短大だか四年制だか、自分の人生だか何だか知らないが、恵まれた人生を送ってきた知子の後悔など、晴美からしたら取るに足らないことなのだ。そんな台詞《せりふ》を知子や自分が口に出せば、晴美には皮肉に聞こえるに違いない。

心底後悔して苦しんでいる人間には、人生をやり直せれば、というような馬鹿馬鹿しい夢物語を口に出すことなどできないものだ。言った途端に、自分をやっとこさ支えている細くて弱い軸が、ぽきっと折れてしまうからだ。

そんなことがどうして知子にはわからないのだろう。専業主婦というものは、視野が狭いから、他人の痛みに対しても鈍感になるのだろうか。

「香山君は、今日は一緒じゃなかったの？」

さすがに話題を変えたかったのか、晴美が知子に尋ねた。

知子の夫の香山浩之も、高校時代の同級生である。

「ここのところ忙しくて、今日も休日出勤なのよ。たぶん今夜も残業だと思うわ」

知子が答えたきり会話が途切れた。

高校時代に、このふたりと話をしたような記憶はほとんどない。それというのも、晴美は就職クラスにいた不良だったし、知子とは同じクラスだったとはいうものの、当時から大嫌いだったからだ。知子は高校時代から香山と交際していた。自分が香山に恋い焦がれていたからといって、知子に嫉妬しているわけでは断じてない。美人なのをいいことに男に取り入るタイプの女は、知子に限らず好きにはなれないだけだ。

「休日出勤なんて本当かな？　もしかして香山君とうまくいってなかったりして」

人の不幸を楽しむように、晴美がにやにやしながら言う露骨さに驚いた。その一方で、知子は否定するでもなくうっすらと笑いを浮かべていて、見ようによっては晴美を軽くいなしているようにも見え、感じが悪い。

晴美はきっと想像以上に不幸なのだ。何の利害関係もない知子夫婦の不和を望んでしまうほど、自身が不幸なのに違いない。

アクセサリーで生計を立てているというのもたぶん嘘なのだろう。仕事について突っ込んで聞かれると、晴美はしどろもどろになったし、仕事の内容もあやふやだった。そのうえ、ビーズ手芸を置かせてもらっているという店の名前すら教えてくれなかった。

晴美の仕事について詳しく知りたいと思ったのは、組織に属さずひとりでできる仕事が何かないかと捜しているからだ。少しでも参考になることがあればと思ったのだが、どうやら的はずれのようだった。

晴美は、吸いかけの煙草が灰皿にあるのを忘れてしまったのか、新しい煙草を一本、箱から引き抜いた。

「薫はどう？　高校時代からやり直してみたいと思うこと、ない？」

知子の問いかけに、ラザニアの皿を自分の方へ引き寄せながら答える。「私？　私は別に人生をやり直したいなんて思わないよ」

知子はふと暗い表情を見せたが、その横顔を見て、何歳になっても美人は得だとつくづく思った。四十歳を過ぎると、沈んだ女の横顔は、気難しいしかめっ面と取られがちだが、知子の場合は憂いを含んだ人妻となる。それに比べて、晴美はこれでもかというくらいアクセサリーをつけていて品がない。せっかくの高級スーツを台無しにしている上に、「豚に真珠」という言葉さえ連想させる。青黒くむくんだ横顔を見ても、堅実で健康的な生活の匂いはしない。

割り箸の袋を弄《もてあそ》びながら、知子がつぶやくようにして言う。「薫には後悔なんてないわよね。ちゃんと仕事を続けているんだもの……いいわね」

何を言っているのだ。人生をやり直せるものならば、いちからやり直したいに決まっているじゃないか。何もかも後悔しているのだから。だけど、そんなことを素直に口に出して言うほど馬鹿じゃないだけだ。それに、晴美の前で言うわけにはいかない。この三人の中で、最も人生を後悔しているのは、たぶん晴美なのだから。

「私だってね、会社を辞めたくなかったのよ。職場の人たちも親切だったし、仕事もとっても楽しかったもの」

反吐《へど》が出そうだ。二十代で会社を辞めて家庭に入った女の、典型的な浅はかさが如実に表れている。そもそも、どんな職場においても若い女は、周りの男性社員から親切にされるものなのだ。仕事が半人前だろうが少々ブスだろうが、ちやほやしてくれるのが世間というものなのだ。ただでさえそうなのに、知子ほどの美人なら、そりゃさぞかし楽しくて仕方がなかっただろうさ。しかし、三十歳を過ぎたあたりから、男たちの態度は露骨に変わってくる。そういう経験をしていない女に何がわかる。

何と答えてやろうかと考えた末、黙っていることにした。長年にわたって会社員生活を送っていると、不用意な発言で足許をすくわれないように、ひと言ひと言を慎重に発する習慣が身についている。適切な言葉が見つからないときは、黙っているのが一番なのだ。

――お母ちゃん、なんでいっぺんも私を褒めてくれへんの？

そう言って母親の前で泣いた自分の気持ちなど、知子には決して理解できないだろう。

♥

知子はショックを受けていた。

人生をやり直せたらどんなにいいだろうと思っているのが、自分だけだとは思いもしなかったからだ。きっと、「私も」「私も」と、ふたりが口々に同意してくれるものだと思っていた。

もちろん、思いの強さに差はあるだろうが、自分と同世代以上の女性なら誰しも人生に対する後悔の念があるものだと信じて疑わなかった。

みんなも自分と似たり寄ったりなのだと、自分に言い聞かせることができるからこそ、諦《あきら》めながら老いていくことができるのではないのか。

それなのに、晴美も薫も、それぞれに満足のいく人生を送っていたなんて……。

しかし、考えてみれば当たり前かもしれない。高校時代から人生をやり直せればいいのにというような話題で盛り上がるのは、主婦同士でのことだ。薫はキャリアウーマンで独身を通し、自分の実力で人生を切り拓いて生きてきた。一方、晴美はといえば、彼女こそ高校時代から思うがまま自由に生きてきた。

敷かれたレールから逸脱しないように、妻として母として生活してきたのは、この三人の中では自分だけなのだ。

いつ頃からだったろうか。

人生をやり直せたら——そういう思いが強烈にこみ上げてきたのは。

そう、確かあれは四十歳の誕生日を迎えた日のことだ。

——もう四十歳？

——もう人生の折り返し地点なの？

そう思って、愕然《がくぜん》とした。

なんという早さで月日は流れてしまったのだろう。これほどまでに人生が短いとは思いもしなかった。こんなことなら挑戦すればよかった。あのとき……。

女優になりたいというような大それた夢を、人に話したことは今まで一度もない。笑われるのが怖かった。突拍子もないことだと馬鹿にされるのが嫌だった。夢みたいなことを言ってるんじゃないよと、もうひとりの分別臭い自分がいつもブレーキをかけていた。まだ十代の若さだったというのに、世間の常識から逸脱するのを恐れていたあの頃……。だから、平凡な道を選んだのだ。

ひどく咳き込む声で、現実に引き戻された。

晴美が激しくむせ返りながらも新しい煙草に火を点けようとしていて、その隣では薫が黙々と料理を食べている。

晴美は、くわえ煙草のまま空になった煙草の箱を雑巾《ぞうきん》を絞るようにつぶしてから、新しい箱をバッグから取り出した。

そのときドアが開いて、店員が入ってきた。

「今夜は冷えますね」

何度見ても居酒屋には不似合いな感じのする店員だった。言葉遣いも身のこなしも、いやに紳士的だ。終身雇用が崩れ、リストラの多い昨今を考えると、つい最近まで大企業の管理職だったのかもしれない。

「追加のご注文は、『高校三年生』でよろしいですか?」

店員は、自分に向かって尋ねた。

薫と晴美が「何のこと?」というふうに、揃ってこちらを見たが、自分にもさっぱりわからなかった。

「えっと、『高校三年生』とはまたずいぶんレトロな名前の料理ですね」

いや、カクテルの名前かもしれない。「美少年」という名の酒もあるくらいだ。テーブルの上に置いてあったメニューを引き寄せて、パラパラと捲ってみた。

「まさかお酒の名前じゃないよね。だいたいからして高校三年生は未成年だしね」

晴美は謎を解いたかのように得意げに笑ってから、威勢良く言った。「まっ、とりあえず、その『高校三年生』とやら、いってみよう」

晴美は少し酔っているようだ。

「承りました」

店員は答えたあと、くるりと背中を向け、大きな抽象画を胸にかかえるようにして持ち、壁から外そうとしている。

いったい何をする気なのだろう。

その答えを求めるように薫を見てみたが、彼女もびっくりしたように目を見開いている。

薫は店員の後ろ姿を凝視したまま箸を置いた。

絵が床に下ろされると、今まで隠れていた壁が現われた。そこには直径二センチほどの丸い石が幾つも埋め込まれている。

「何ですか、それ」

店員の近くにいた薫が椅子から立ち上がり、壁に近づく。知子も目を凝らして見た。ひとつひとつの石には0から9までの数字が書かれているようだ。その横にはサファイアのように青く輝く石と、ルビーのように美しい赤い石がひとつずつ埋め込んである。

「では、三十になります」

店員の言葉に、三人で顔を見合わせる。

何のことだろう。

「えっと……三十というのは？」

尋ねたあと、「ぼったくり」という単語がふいに頭に浮かんだ。新宿の歓楽街といえば……まさか、一本三十万円のビールとか？

「あの、ちょっと待ってください」

知子が慌てて椅子から立ち上がったときだった。

店員は「3」と「0」と書かれた石を順に押したあと、青く輝く石を親指でぐいっと奥まで押し込んだ。

第二章　三十年前へ

♥

知子は、体がだるくて仕方がなかった。手の指や足先に痺《しび》れたような感覚があり、どうやっても力が入らない。

今まで経験したことがない最悪の体調に、不安を通り越して危機感を覚えていた。しっかりしなくてはと自分を叱咤激励し、少しでも血の巡りをよくしようと、掌《てのひら》を開いたり握ったりしてみた。

「ほんなら次、黒川、読んで」

前方から柔らかな男性の声が聞こえてきた。

意識が朦朧《もうろう》とする中、知子はやっとの思いで顔を上げた。そうして、声のする方を見ようとするのだが、視界がぼやけていて、はっきりとは見えない。ぼんやりとした輪郭から察するに、若い男性がこちらを向いて立っていて、何やら小さな白い棒を持っているようだ。

「おい、黒川薫、どうしたんや。早《はよ》う、続き読んでえな」

方言が懐かしい。

えっ？　今、「黒川薫」と言った？

周りをそっと見渡してみたが、うまく焦点が合わない。一旦目を閉じて目頭を軽く揉んでから、目を凝らしてもう一度周囲を眺めまわす。

高校生だ。制服姿の高校生が前後左右にたくさん座っている。

ここはいったいどこ？

男子生徒は詰襟《つめえり》を着ているし、女子生徒は東京では見かけない野暮ったいブレザー姿だ。知子の娘の明日香《あすか》が通っている高校の制服とは明らかに違う。

「おーい、黒川さんよ」

先ほどの男性の声で、周りにいる生徒が一斉に窓際を見る。つられて自分も視線をそちらに移すと、ひとりの女子生徒がゆっくりと立ち上がるところだった。

「なんでえな、座ったままでええがな。教科書読むくらいで立ったりせえへんでも」

前方にいる背広姿の男性が困ったような声を出す。

あれっ？　担任教師だったドロンではないか。笑ったときの横顔が、一瞬だがアラン・ドロンに似ているということからついたあだ名だった。まだ大学を出て二年目で、いつだったかテニス部の顧問として対外試合に生徒を引率した際、他校の女子生徒が彼を生徒と間違えてナンパしたことがある。それ以来、彼がジャージの上下をやめて常に背広を着るようになったのは、校内では有名な話だった。

だんだんと視界がはっきりしてきた。ドロンは黒板を背にして教壇に立ち、チョークを握っている。

えっ、チョーク？

黒板……。

教壇？

教室……。

ここは教室で、そして自分はなぜか生徒の席に座っている。

急いで自分の着ている服を見てみると、黒のブレザーにプリーツスカート、つまり紛れもなく青海高校の制服だった。

「悪いけど、消しゴム貸してくれへん？」

突然、隣の席から手が伸びてきた。

隣を見た途端、驚いて声を上げそうになった。

「なに、そんなにびっくりしとるん？」

清冷寺《せいれいじ》達彦《たつひこ》が、不思議そうな顔で知子を覗き込んだ。

「早《は》よ、貸してえな、消しゴム、ふたつも持っとるやんか」

知子の机の上を指差している清冷寺は、高校生のままだった。確か八年前の同窓会で会ったときは、すっかり禿げ上がって、お腹がぽっこり突き出ていたはずなのに、今、隣に座っている彼は、少年のように痩せていて、頭髪には天使の輪が輝いている。いったいどうなっているのだろう。

視界がはっきりしてきたので、そっと見渡してみると、信じられないことに、周りにいる高校生はすべて同級生だった。

夢を見ているのだ。そうだ、夢の中で「これは夢だ」とはっきり自覚する夢を、過去に何度か見たことがある。

机に目を落とすと、英語の教科書が広げてあった。裏返してみると、〈3A　曽我知子〉とマジックで書かれていた。旧姓での自分の名前を見るのは久しぶりだ。

そのとき、強い視線を感じた気がして窓際の方へ目をやると、背の高い女子生徒が口を半開きにしたまま自分を凝視していた。どこから見ても、それは高校時代の黒川薫に見える。数秒の間、見つめ合うと、わけがわからなくて、めまいと同時に吐き気がしてきた。

「く、ろ、か、わ！　聞いてえへんかったんかいや」

ドロンの声が教室中に響き渡る。

やっぱり、薫？

その女子生徒は、相変わらず身じろぎもせず、こちらを見つめている。

「どっから読んだらええのか、わかれへんのか。ほんましゃあないなあ、ええっと三十六ページのな……」

チャイムが鳴った。

「あらま、今日はここまでやわ。黒川は勉強しすぎで寝不足なんやろ。あんまり無理したらあかんがな」

ドロンは心配そうに薫を見たあと、教室を出て行った。立てつけが悪いのか、引き戸がガタガタと大きな音を立てる。

ドアが閉まると、生徒たちは一斉に弁当を広げ始めた。どうやら昼休みに入ったらしい。

そういえば空腹だった。

机の中を覗くと、弁当包みらしきものが入っていたので、取り出して机の上に置いてみた。そのとき、教室の後ろのドアが開く大きな音がした。前のドアより更に立てつけが悪いらしい。

次の瞬間、背後から肩を叩かれたので驚いて振り返ると、ひとりの男子生徒が知子を覗き込むようにして立っていた。

「この本、返す。サンキューでした」

若き日の夫だ！

立ち上がって、浩之の顔を真正面から見つめた。目許には一本の皺《しわ》もなく、頰の肉もたるんでいない。それに、持て余すほど髪が豊かで、それよりも何よりも、すごく痩せていて精悍《せいかん》な顔つきをしている。

そうだった。長い間すっかり忘れていたが、浩之は女子生徒に人気のあるかっこいい男の子だったのだ。放課後になると、毎日のように下級生の女子生徒たちがサッカー部の練習を見学するために校庭の片隅に群がっていた。彼女らのお目当ては、フォワードの浩之だった。

そんな時代があったのが今ではもう信じられない。最近の夫はスポーツとは無縁だし、脂ぎってむくんだ顔には疲労感が滲み出ていて、典型的な汚らしい中年太りのオヤジになり下がっている。

「よう、よう。見せつけてくれるやんか」

すぐ後ろの席の男子生徒が、冷やかすようににやりと笑ったので、知子ははっと我に返り、浩之の頭から手を引っ込めた。無意識のうちに、夫の髪を手櫛で梳《す》いてやっていたのだ。それは、夫によく似た娘が幼かった頃、添い寝をしてやるときの習慣だった。

「そうゆうのはな、家に帰ってからにしてくれへんか。目の毒やわ」

クラスのほぼ全員が、知子と浩之に注目していた。にやにやと薄ら笑いを浮かべているのはほんの数人で、そのほかの生徒は驚きと軽蔑の入り混じったような複雑な表情をしている。無理もない。知子と浩之は高校時代から公認の仲ではあったが、手を握ったことすらなく、また、そういう時代でもあったのだ。

「ほんなら、あとで」

顔を真っ赤にした浩之は、逃げるようにして教室を出て行った。

数々の視線にどういう顔をしていいのかわからず、気詰まりな思いで知子が静かに椅子に腰を下ろしたとき、別の人影がすっと後ろから近づいてきた。

「知子、空き教室で一緒にお弁当、食べよ」

見上げると、凍りついたような表情をした薫が知子を見下ろしていた。

「あっ、薫」

「こんな重大時によくも笑えるね。知子、あんた馬鹿じゃないの」

無意識に薫に笑顔を向けていたらしい。結婚して嫁という立場になって以来、愛想笑いが骨身にしみ込んでいるのだ。

「行くよ、知子、早くしなさいよ」

薫が苛ついた声で言う。

「あのう……」

のんびりした声は、隣の席の清冷寺だった。心配そうに薫の顔を覗き込んでいる。「黒川さん、大丈夫か？　さっきの英語の時間、どないしたん？」

「別にどうもしてないよ」

「『してないよ』って、またハイカラな。東京弁やね。今日はまたどういう……」

「いいから知子、早くしなさいってば！」

薫に無視された清冷寺は、切れ長の涼しげな目を大きく見開いて、ふたりを交互に見た。

薫に急き立《せ》てられるようにして廊下に出ると、大股で歩く薫のあとを小走りに追いかけた。

高校時代に戻ってしまっている。

それにしても何というはっきりした夢なのだろう。

E組のドアの前まで来ると、薫は急に足を止め、振り返って言った。「赤坂晴美も呼び出そう」

赤坂晴美？

どうして晴美を呼び出すのかと尋ねようとして、ついさっきまで新宿の居酒屋に三人でいたのを思い出した。

ふたりで後ろのドアから教室の中を覗き、晴美を目で捜す。長身の薫が自然と知子の背後にまわる形になった。

知子の頭上から、生唾を飲み込む音が聞こえてきた。きっと薫も、晴美の異様な風体に度肝を抜かれたのだろう。

晴美は色鮮やかなブルーのアイシャドウを瞼に幅一センチほども入れていて、おまけに口紅は真っ黒で、まるで熱帯魚のようだった。背中まである長い髪は、ビールで脱色するのを繰り返したせいか、毛先が金色に光っていて、遠目にも枝毛だらけでぱさぱさに乾燥しているのが見てとれた。

「晴美！」

薫が大声で呼ぶと、Ｅ組の生徒たちは珍しいものでも見るかのように、一斉に振り返って薫をじろじろと見た。

「学年一秀才の黒川薫様が、ドアホの晴美にどないな用があるん？」

晴美と同じようにネオンテトラのような化粧をした女子生徒が立ち上がって尋ねたが、茶化す風ではなく、心底不思議そうな表情をしていた。

薫は、彼女の声がまるで聞こえなかったかのように相手にせず、再度呼びかけた。「晴美、行くよ」

晴美は、放心したように薫を見つめていて微動だにしない。

なかなか立ち上がろうとしないので、薫はつかつかと教室内に入って行き、晴美の二の腕をつかんで強引に立ち上がらせた。立ち上がった晴美のスカートは、床を引きずるほど長い。

教室のあちらこちらから歓声があがる。

「知らんかったわ、黒川女史がこんなに暴力的やったとは」

「お代官様、うちの晴美が何ぞ悪いことしたんでげしょうか？」

「何したか知らんけど勘弁したってえな。Ｅ組はみんな頭が悪いんやから」

「おいおい、わいは頭悪うないぞ。八百屋の息子が大学行く必要ないてお父ちゃんが言うからE組におるだけやがな」

薫は教室中の視線を無視し、晴美の机の横に掛けてあった、ぺちゃんこの学生鞄をつかみ、晴美の手を引いて廊下に出て来た。

背後から、きゃあきゃあと黄色い声が追ってくる。薫はかりかりした表情で、教室の中に向けて怒鳴った。「うるさいよ、ガキのくせに！」

教室内が一瞬静まり返ったあと、「こわー」と男子生徒の低い声が響いた。

知子が晴美の腰に手をまわし、小柄な体を支えてやるようにして廊下の奥へと進むと、先を歩いていた薫が生物室の前で立ち止まり、振り返った。「ここにしよう。誰もいない」

薫に続いて生物室に入ると、空気がひんやりとしていた。実験用の大きな机を囲んで、自分の隣に晴美、その向かいに薫が座る。

「いったい全体、どうなってんだか……」

誰にともなく、薫がつぶやく。「高校時代に戻ってる？　そんな馬鹿な……いや、でもやっぱり戻ってるよ。違う、頭おかしいんだ私。いいや、確かに戻っている。でも、そんなことあり得ないし……」

落ち着いた声とは裏腹に、薫の指先が細かく震えている。

しばらく沈黙が続いたが、薫が思い出したように、「そうだ、とにかくお弁当食べよ、うん、それがいい」と自分自身を納得させるように言いながら、運動部の男子が食べるのかと思うほど大きな弁当包みを鞄から取り出した。弁当風呂敷の固い結び目をほどきながら、ちらっと上目遣いで知子と晴美を交互に見たあと、「腹が減っては戦はできぬって言うからね」と言い訳のようにつけ足した。

★

変な夢を見ているなあと、晴美は思っていた。

知子や薫は、素顔で眉も描いていないからか、すごく子供っぽい。薫は、新宿の居酒屋で会ったときよりももっと瘦せていて、ポパイの恋人のオリーブみたいだ。でも頰だけはふっくらしているからあどけない感じ。知子は可愛らしい顔立ちをしているからか、制服がよく似合っている。

ぼんやりと考えながら学生鞄に手を突っ込んで、弁当箱を取り出そうとしたとき、鞄の底に小さなコンパクトが転がっているのに気がついた。手に取って開いてみると、眩しいようなラメ入りのアイシャドウが現われたのだが、それには小さな鏡がついていた。今の自分の姿が見たくて、すぐに鏡を覗き込んでみた。

一瞬、鏡に映っているのが自分だとは思わなかった。

この目の縁取りの濃さは何？　まるでバレエの舞台化粧じゃん。いいや、そんないいもんじゃない。どこから見たって女装したお笑いタレントだ。

「ああ、嫌だ」

思わず口に出した途端、自分の声の美しさに驚いた。それを確かめるために、もう一度声を出してみる。

「こんな化粧して、本当に恥ずかしい」

やはり細くて透明感のある声だ。濁声が生まれつきだと思い込むようになったのは、いつの頃からだろう。長年にわたる酒と煙草で、知らない間に喉がつぶれていたのだ。

嬉しくなって、もっとはっきりと確かめてみたかったが、意味なくしゃべりまくると、きっと変に思われる。あとでひとりになったときに歌をうたってみようと、晴美は決めた。

知子の視線が自分の手許にじっと注がれていたので、コンパクトを手渡してやった。知子は、待ってましたとばかりに箸をすばやく置いてからコンパクトを受け取った。

知子はしばらく鏡に見入ったあと、「眉毛がぼさぼさだわ。家に帰ったらすぐに整えなきゃ」とのんびりした声で言った。「でもさすがに若いだけあって、お肌はすごくきれい。こういうのを真珠色というんだわ、きっと」

言いながら知子が薫の方へコンパクトを差し出すと、奪うように受け取った薫は、様々な角度から自分自身をじっくり眺めていたが、何も言わなかった。

「夢を見ているのよね、私」

知子が、誰に尋ねるともなく言いながら、葱《ねぎ》のみじん切りの入った出汁《だし》巻き玉子を、箸で半分に切り分けてから口に運んだ。

「それにしても知子のお弁当、ずいぶん豪華じゃない」

向かいに座っている薫が腰を浮かせて、知子の弁当箱を覗き込む。知子は、なぜか眉間に皺を寄せて暗い表情になり、つぶやくような小声で言った。「本当に恥ずかしいわ。母の作ってくれるお弁当はいつもこうだったのよ」

「何が恥ずかしいんだよ。色とりどりじゃん。まるで松花堂弁当だよ」

お世辞でなく見たとおりを言うと、うつむいたままの知子は、お手製らしき弁当風呂敷を人差し指でそっと撫でた。「恥ずかしいというのは私自身のことよ。私はね、パートにすら出ていない専業主婦なのに、高校生の娘にお弁当を作ってやることすら面倒で、毎朝五百円玉を渡しているのよ」

知子は自嘲気味に、あはっと声を出して笑った。「どうしようもない怠け者で、笑っちゃうわよね」

「そんなこと……ないよ」

新宿の居酒屋では、知子のことをお気楽な専業主婦だと勝手に決めつけていたが、本当のところは違うのかもしれないと、このとき初めて思った。

というのも、以前勤めていたスナックのホステス仲間に、働く必要のない大金持ちの社長夫人がいたことをふと思い出したからだ。彼女は毎晩浴びるほど酒を飲み、誰彼構わず客にしなだれかかって酔いつぶれていた。ホステスとして働くために店に来ているというよりも、寂しさを紛らわすために飲みに来ているといった感じだった。ほどなくして、目に余る傍若無人な振る舞いのせいでクビになったが、噂によると、その後はホストクラブを渡り歩いているということだった。傍《はた》からは何ひとつ不自由のない暮らしに見えても、自暴自棄になってしまうほどの苦悩を抱えている女もいるのだ。

誰しも若いときとは違い、四十半ばも過ぎれば、そうそう能天気にばかり暮らしていられないのかもしれない。

「何もかもがどうでもよくなるときがあるよね。ふとした拍子に人生が嫌になったりしてさ、何をするのも億劫《おっくう》になるんだよね」

自分でも知らないうちに、知子を慰めるような言い方になっていた。

知子の頬がほんの少し緩んだのを見て続ける。「私なんてコンビニ弁当ばっかりだもん。急須を洗うのさえ嫌だから、お茶はいつもペットボトルだし。何の楽しみもないし、生きていること自体が面倒だったよ」

「ところで今日は何月何日なんだろう」

ふたりの会話を全く聞いていなかったかのように、薫が唐突に尋ねる。

「四月十三日よ。教室の黒板に書いてあったのを見たわ。デパートで物産展があったのと同じ日よ」

知子が確認するようにゆっくりと答えた。

「高三ということは……」

薫が言葉を選ぶようにしてゆっくりと言う。「私たちが高校三年生だったのは、三十年前のことよね。それは、つまり……」

薫は、白いごはんの上に載った小さな梅干を口に入れ、その途端に酸っぱくてたまらないという顔をした。「あの店員！」

薫が突然大きな声で言ったと同時に、口から梅干の種が机に転がり落ちた。「あなたたちも、居酒屋にあった額縁の後ろの壁を憶えているでしょう！」

薫は、指で机に「3」と「0」を書いてから、机に転がった梅干の種を箸で転がしはじめた。指先が微かに震えている。「そうよ……あの店員が言ったじゃない。『ご注文は高校三年生でよろしいですか』って」

薫は叫ぶように言ってから、両手で口を押さえ、向かい側に並んで座っている知子と晴美を交互に見てから、指の隙間から掠れた声を漏らした。「三十年前に……戻ったんだよ」

「まさか。薫ったら変なこと言わないでよ」

「そうだよ。これは夢なんだから。何言ってんの、薫」

晴美と知子が呆れたように言いながら、ふと目を見合わせると、互いの目の中に緊張が見てとれた。

「戻ったんだ。三十年前なんだよ。今、戻ってる、戻ってるんだよ」

薫はひとり大きく頷くと、腕時計に目をやった。「昼休みは何時までだっけ？」

呆然としていて答えないふたりをちらっと見たあと、弁当に視線を戻した。「今はとにかくさっさとお弁当を食べてしまおうよ。そして、放課後になったら、また三人で会おう」

言ってから薫は、鯖《さば》の味噌煮を箸で突き刺した。


晴美は空を見上げた。

六時間目が終わり、三人で連れ立って校門を出た。

「やっぱり夢じゃないようね」

隣で知子がぼそっとつぶやく。

「タイムスリップするなんて、SF小説の中だけだと思ってたよ」

薫の元気のない声が頭上で響く。

校門を出てから、駅とは反対方向に歩いた。誰にも聞かれず三人だけで話をするのにうってつけの場所を晴美は知っていた。

途中で角を曲がると、道は急に細くなり、なだらかな上り坂が続く。

「晴美、まだなの？　もうずいぶん登ったわよ」

背後から知子の声が聞こえる。

「もう少しだよ」

答えながら眼下に目をやると、左側には高校のテニスコートが、右手には蓮華《れんげ》の花で埋め尽くされた赤い田んぼが見えた。

澄んだ空気の中、砂利を踏む音だけが聞こえる。

しばらく歩くと、丘の頂上が見えてきたので思わず山道を駆け上がってみると、突如として視界が開けた。

「ああ、懐かしくて涙出そう」

見下ろすと、なだらかな山の斜面が海岸まで広がり、さわやかな風が緑の草を優しく撫でている。春の海には白い波頭が立ち、きらきらと輝いていた。

「もう、煙草はやめるぞ！」

思わず海に向かって叫んでいた。

「何？　煙草がどうしたって？」

後ろから薫の呆れたような声が聞こえてくる。

「あんたたちにはわからないだろうけどね、一旦ニコチン中毒になると、煙草って本当にやめられないものなんだよ。だから高校生に戻れてよかった。今ならまだやめられる」

両手を大きく広げて深呼吸をした。四十代に入ってからは、登り坂を走るなどという無謀なことはしなくなっていた。それというのも煙草の吸い過ぎで、死ぬかと思うほど呼吸が苦しくなるからだ。しかし、今、平気だったのだ。もう一度、大きく息を吸い込んでみると、清々しくて嬉しかった。

「あらあら、こんな素敵な場所があるなんて知らなかったわ」

追いついた知子が言うと、その数秒後に薫も驚きの声を上げた。「私も知らなかった。こんな場所、昔からあったの？」

いくつもの切り株も当時のままだ。

「適当に座ってちょうだい」

切り株を指差し、まるで自らが所有する庭であるかのように言う自分がおかしかった。

「ここを『サボリが丘』と呼んでたよ。午前中は、寝坊して授業に出そびれた生徒なんかがたむろしてるけど、放課後になると誰もいなくなるんだ」

「さすがE組の不良だけのことはあるね。こんなにいい場所を知っているなんてさ」

薫が真面目な顔をして褒める。「私なんか、学校と家を往復するだけの毎日だったから、こんな近くに海を見下ろせる場所があったことすら知らなかった。いかに狭い世界で暮らしていたかってことだよ」

薫は更にしんみりとした口調になって続ける。「E組に親しい友だちがいなかったこともあるけど、いくら部活と受験勉強に一生懸命だったとはいえ、あまりにも周りを観察する力がなさすぎたよ、私……どこか欠陥があるのかな」

そう言ったきり薫は黙り、海の方へ目をやった。

この場所を知らないという、そんな取るに足らないことが、なぜ薫にとってそれほどショックなのかが、全くわからなかった。秀才の考えていることは、昔から理解不能だった。ここは、授業をさぼったりしない進学クラスの真面目な生徒たちには無縁に決まっている。それなのに、なぜそんなことが欠陥となるのだろう。

「私にはバランス感覚がないのかもしれない。子供の頃から視野が狭くて世間がわかっていなかったんだね」

「そんなこと言わないでよ、薫。一流大学を出て、今や立派な副部長じゃないの。薫が視野が狭いなんてことになったら、専業主婦の私なんかどうなるのよ」

ついさっきまでサボリが丘を知っていることを得意に思っていたが、薫と知子のやり取りを聞いているうちに、それは間違いだったと気づいた。

「こんな場所、知らない方がまともな人間なんだよ。当時ここに来ていた連中なんて、その後はろくでもない貧乏暮らしだよ。あんたたちみたいに、この場所さえ知らないやつらの方が結局は勝ち組になってる」

何を考えているのか、薫も知子も無言のまま、しばらく海を見つめていた。

「そういえば……」

薫が厳しい顔に戻り、事務的な口調で話し出した。

薫は五時間目の授業をさぼり、新宿の居酒屋の電話番号を、電話局に問い合わせてみたという。

「なんだ、そうならそうと早く言ってよ。五時間目に薫が席にいないから焦ったわ。もしかして薫だけ元の世界に戻れたのかもしれない、私だけが置き去りになったんじゃないかと思って気が変になりそうだったんだから。薫が教室に戻ってきたときは、ほっとして涙が出そうだったのよ」

「それで、どうだった？　店員は何て言ってた？　どうやったら元の世界に戻れるって？

結構簡単にできそうなことだった？」

早く答えが知りたくて、質問を重ねてしまう。

「それがね、だめだったの」

「だめって？」

知子と晴美は同時に尋ねた。

「〈遠来の客〉という名前の居酒屋なんて、こっちの世界にはまだ存在しなかった。あの店は造りが懐古調だっただけで、それほど古い店じゃなかったみたい。この時代にはまだ影も形もないんだよ」

「何なの、それ。じゃあ私たちはどうすればいいのよ！」

知子が絶望的な声を出して、両手で顔を覆った。「あの店がなかったら、どうやって元の世界に戻ればいいわけ？」

自分も、知子と全く同じ思いだった。高校時代に戻ってしまったことは、どうやら夢ではないらしいと思いはじめてはいたが、タイムスリップしたときと同じように、元の世界へは簡単に戻れると思っていたのだ。

「当分は様子を見てみようよ。それしかないし」

言いながら薫は、臙脂《えんじ》色の学生鞄からノートを一冊取り出して、切り株の上に広げた。

「注意すべき点をいくつか考えたんだよ」

この瞬間、心から薫を尊敬した。こんなときに冷静に物事を判断できる人間はそうはいまい。

「まずね、タイムスリップしたことは誰にも言わない方がいいと思う。頭がおかしいと思われるから」

薫の言う注意点はもっともだ。

「次に、言葉遣いについてだけど、方言を使わないと変だよ」

「そんなこと言ったって……」

知子が戸惑ったような顔で言う。「三十歳くらいまでは、青海駅に降り立った途端に魔法のように東京弁から青海弁に切り替えられたんだけど、でももうダメよ。無理に青海弁を使おうとすると、テレビで耳にする、お笑いタレントの大阪弁みたいになっちゃうんだもの。大阪弁と青海弁じゃあ、ずいぶん違うものね」

自分はと言えば、高校を中退して以来三十年というもの、青海弁を一切使わずに生きてきた。標準語で考え、標準語で話す生活を長年にわたって続けてきたのだ。東京暮らしの中で、人から訛《なま》りがあると指摘されなくなって久しい。

「じゃあ当分は無口でいるのがいいよ。周りの人間が話す言葉を聞いているうちに、きっとカンが戻ってくるはず」

薫がこともなげに言うと、知子が「無口か、それ、いい考えだわ」と感心する。

「それより大切なことは、他人の人生を変えないことだよ。もちろん、自分たちが行動を変えることによって、周りの人にも影響が及ぶのは避けられないだろうけどさ。でも、それを最小限にしなきゃね」

薫が言うと、知子は一瞬眉間に皺を寄せたが、何も言わなかった。

「この状態は、いつまで続くんだろうね」

尋ねてみたところで誰も答えられないことはわかっていたが、不安でいっぱいで、尋ねずにはいられなかった。

「わかんない。この状態がいつまで続くかなんて……。だけどさ、明るく前向きに暮らそうよ。そうするしかないよ」

自分自身を元気づけるような薫の言葉に、知子が驚いたように目を見開いたが、薫は黙ったまま青い海の方を見た。

自分もつられるようにして水平線を眺めると、しんみりした気持ちになった。柄にもなく、歳をとるごとに自然を慈しむ気持ちが強くなっている。高校生だった頃は、よくここへ通ったものだが、見慣れた海にこれほど深い感銘を覚えたことはなかった。

「居酒屋で知子は言ったじゃない。人生をもう一度やり直したいって」

薫が責めるような言い方をする。

「そりゃあ言ったことは言ったけど……」

生暖かい海風が頬を撫でながら、傷んでぱさぱさになった晴美の長い髪をなびかせる。

潮の香りは何年ぶりだろう。

懐かしい匂いを思い切り吸い込むと、体中に力が漲ってくる感じがした。

やり直そう！

人生をやり直したい！

心の中でそう叫ぶと、無意識のうちに力強く拳を握り締めて立ち上がっていた。「私は前向きに頑張るよ」

「そうよ晴美、新しい人生の始まりよ」

薫が無理矢理のような明るい調子で言う。

「どうして？　薫も晴美も何か不満があったの？　人生やり直したいほどの不満が」

「まあ、おいおい話すわよ。といっても話す気になったらの話だけどね。それより、もう夕方だよ」

薫が指差す方向には、水平線に沈みかけたオレンジ色の太陽が輝いていた。その光は海面にひと筋の光を映し出し、まっすぐにこちらへ向かって走っている。それはまるで、三人の立つ位置から夕陽まで橋がかかっているように見えた。

「今日のところは解散しよう」

薫がそう言いながら腕時計を見て立ち上がる。

「解散……というと？」

知子が不安そうに薫を見上げる。

「それぞれの家に帰るのよ」

「うそっ」

知子が叫ぶように言う。

「だって帰らないわけにはいかないよ。女子高生が行方不明になったと思われて大騒ぎになるよ」

薫が当然のように言う。

「そりゃそうだ。薫の言うとおりだ」

口ではそう言いながらも、心細くて仕方がなかった。ひとりで自宅に帰らなければならないなんて……。それも、高校生として。

海の見える丘を、三人とも無言で下った。

道路に出てすぐのところにこぢんまりした寺があり、その前でふと立ち止まった。

「ねえ、これ何て読むの？　高校時代からカレギシって読んでたんだけど、合ってる？」

晴美は寺の門柱に取り付けられている小さな黒板に書かれた文字を指差した。

――彼岸会法要を行います。読経や法話も行いますので、お墓参りの際には是非参加してご供養をお願いしましょう。

「それはヒガンと読むのよ」

「へえ、どういう意味？」

そう尋ねたとき、門の中から老婆が顔を出した。着物の上に白い割烹着を着ている。三人の会話を聞いていたのか、さもおかしそうに笑っていた。

「あらあら、その黒板、ええ加減、消しとかんといかんわ。もう春分なんてとっくに終わっとるのに。檀家が少ないと、つい気が緩んでしまって。そうかそうか、最近の若い人は彼岸が読めんか」

恥ずかしくなってうつむく。

「彼岸ゆうのはな、春分と秋分にご先祖様を祀《まつ》る行事のことやがな。そいでも、もともとは、煩悩や迷いに満ちたこの世を此岸《しがん》、煩悩を脱して悟りの境地を開いた向こう岸のことを彼岸というんやわ。つまり、彼岸は迷いのない極楽浄土なんよ。此岸ゆう漢字はこんなん」

おばあさんは黒板の隅に「此岸」と書いてくれた。「そろそろ暗《くろ》なってくるで、早《はよ》う帰んなさいよ」

お礼を言ってから三人並んで、町へと続く坂を下る。

「此岸と彼岸か……。私たちは今、彼岸にいるんだよ。数時間前までいたのが此岸なんだ」

薫が言うと、知子の表情がほんの少し明るくなった。

「そうね、私たち、此岸では人生の初心者だったのよね」

「そうそう、だから私は失敗ばかりして苦しかったんだよ。うん、そうだよ。今、私は彼岸に立っているんだ。きっとそうだ。今度は失敗しないで、極楽浄土にしてみせる」

晴美は自分に言い聞かせるようにして、ひとりうなずいた。

♥

知子は、時計台の手前にある三叉路《さんさろ》でふたりと別れてから、自宅に向かっていた。

児童公園のぐるりに植えられた桜は七分咲きで、遠目に見ると薄ピンクの綿飴のように見える。頬をそっと撫でるような柔らかな風に、桜がちらほらと舞い降りて来た。東京では既に葉桜になりかけていたが、但馬地方の春の訪れは遅い。

東京で暮らすようになってから三十年の歳月が流れてはいたものの、盆と正月には毎年のように子連れで帰省しているのだから、ことさら故郷の町に懐かしさを感じることもあるまいと思っていたのだが、それは間違いだった。

今年の正月に帰省したときとは明らかに町の空気が異なっている。

すれ違う人々の服装や髪型や町並みには、昭和の匂いが色濃く残っていた。通りで遊ぶ子供の数も多く、急ぎ足で夕飯の買い物を済ませる主婦たちの割烹着姿もあちこちに見られ、町全体に活気がある。今は昭和五十年代の前半なのである。

それにしても、晴美と薫の、あのさばさばした前向きな態度はいったいどこから来るのだろう。人生をやり直したいと願っていたのは、自分だけだと思っていたのに、彼女たちは自分よりもっと強く望んでいたということか。

だったらなぜ、居酒屋では現状に満足しているふりをしたのだろう。プライドだろうか。自分も見栄を張りたい気持ちは人並みに持ち合わせているつもりだ。しかし、夫も同級生だから、学歴も勤め先も知られているし、つまり生活程度もわかっているだろうから今さら格好つけたところで仕方がないのだ。そこへいくと、独身のふたりは違うのだろうか。

木造の二階家が碁盤目状にぎっしりと詰まった城下町には、高いビルがひとつもないため、何にも遮られることなく大空が見える。空いっぱいに広がる夕焼けが、今も昔も変わらない色をしているということに、しばし感動して佇《たたず》んだ。

本屋の角を曲がると、前方に自宅が見えてきた。背中に夕陽を浴び、ひょろ長い影が前へ前へと伸びていく。枝の伸びた色鮮やかな八重山吹が山茶花《さざんか》の垣根越しに顔を出して、風に揺れている。木戸を押して小さな前庭を通り抜け、格子戸を開けて玄関に入ると、下駄箱の上に赤いチューリップが活けてあった。母は買い物に出ているのか、家の中は静まり返っている。

玄関から続く廊下を奥へ進み、誰もいない台所を見渡した。随所に、使い捨て時代に突入する前の、物の溢れていない暮らしの清々しさがある。

自分は今、何をすべきか、どう行動すべきなのか、考えても考えても何ひとつ思い浮かばず、その場にしばらく立ち尽くしていた。

——そうだ、とりあえず弁当箱を洗おう。

やっと、ひとつ思いつき、学生鞄からプラスチックのピンクの弁当箱を取り出す。流しに立ち、スポンジを泡立てて丁寧に洗う。すすぐために水道水を勢いよく出し、手の甲に当たる水の冷たさを心地よく感じているうち、少しずつ気持ちが落ち着いてきた。

今のこの状態は、自分の力ではどうすることもできないのだ。しかし、そのうち夢から覚めるだろう。それは明日かもしれないし、一週間後かもしれない。とにかく今は焦ってもしょうがないのだ。

そう思うと、午前中から続いていた体の細かな震えが止まった。

弁当箱を拭きながら、この当時の家の様子を思い出そうと、神経を集中させる。

――ああ、そうだ。二階には自分の部屋があるのだ。

四歳違いの兄の尚輝《なおき》は、東京の大学へ進学したため、信用金庫に勤める父親と内職をしている母親との三人暮らしだった。その後は浩之との結婚を機に、この家から自分の部屋はなくなり、代わりにそこは観葉植物の置き場となったのだった。

とにかく自分の部屋へ行ってみよう。それが帰宅後の高校生として自然な行動だろう。

階段を上り、自分の部屋の前に立つと気恥ずかしい思いになった。襖《ふすま》に手をかけると緊張したが、思い切って開ける。

途端に、斜に構えた山口百恵の冷たい視線とぶつかった。その横では長髪の吉田拓郎がはにかんでうつむいている。壁はポスターで埋め尽くされていた。

部屋に足を踏み入れ、じっくり見渡してみる。六畳の和室の壁際にはベッドが置かれ、床の間には本棚と、洋服ダンス代わりのビニール製のファンシーケースが置かれている。学生鞄を机の上に置いてラジカセに目をやると、カセットテープが入ったままだった。再生ボタンを押してみると、カーペンターズの曲が流れ出した。

高校生だった頃の、感傷的でどうしようもなく孤独だった自分が一気に蘇ってきた。十代というのはなんと恥ずかしい存在なのだろう。親が思っているほど子供ではないかもしれないが、本人が自覚しているよりは実はずっと幼くて、滑稽なほど自意識過剰である。

部屋の中を見渡すと、壁際にレモン色の膝丈のプリーツスカートがハンガーに吊るしてあった。手に取ってみると、ウエストが異様なほど細い。こんな華奢《きやしや》なスカートが入るのだろうか。疑問に思いながらも、制服のスカートを脱いでそれを穿いてみると、ぴったりだったので驚いた。

高校生だった当時は、それほど痩せている方だとは思っていなかったし、四十代のときは、決して太っているとは思っていなかったのに、それなのにずいぶんと違うものだ。高校生に戻った今は、何か別の生き物かと思うほど腰まわりに肉がついていない。

そのとき、階下でばたばたと忙しなく歩くスリッパの音が聞こえてきた。聞き覚えのある母の足音だ。

階段を降りて恐る恐る台所へ入ってみると、母の後ろ姿が見えた。買い物カゴからホウレン草を取り出している。

「知子、お弁当箱、出して」

母は振り返らずに言った。

「お弁当箱なら、とうに洗って棚にしまっといたで」

自分の口から青海弁がするっと出てきて、ほっとする。

「まあ珍しい。今日はどうゆう風の吹き回し？」

そういえば、中学高校を通して、弁当箱を洗ったことなどほとんどなかった。どうしてそのくらいの手伝いができなかったのだろう。早朝から夜遅くまで働いている母を、なぜ少しでも助けてやろうと思わなかったのだろう。当時の自分が情けなくもあり、そして母に申し訳なくもあり、切ない気持ちになった。

母は洋裁の内職をしていた。駅前商店街に、オーダーメイドばかりを取り扱う高級な洋装店があり、そこから仕事をまわしてもらっていた。店の常連客は、女医や女教師たちで、田舎町には数少ない現金収入の多い女たちばかりだった。都会のように洒落たブティックもないために、気に入った洋服が欲しいと思うときは、その店で注文することが多かったのだ。

豆腐をしまうために冷蔵庫を開ける母の横顔を見つめる。

若い！

今、何歳なのだろう。急いで年齢を計算する。

自分が十七だから、えっ？　四十三歳！

元の世界での自分よりも、今の母の方が年下なのだと思うと、妙な感じがした。

よく見ると、目の下には隈ができている。高校生のときに、母の顔を一度でもじっくり見たことがあっただろうか。母は疲れていたのだ。それなのに、「疲れた」という言葉を一度も聞いたことがない。自分はといえば、毎日のように子供たちに向かって「ママは疲れてるから」と言い訳していたのではなかったか。

「お母ちゃん、手伝うわ。何したらええかな」

ガスレンジにかかっている鍋を覗くと、底が見えないほどのジャコが入っていた。

「やっぱりちゃんと出汁を取った方が、味噌汁もおいしいわなあ」

言いながら、元の世界では、いつも〈だしの素〉を使っていたことを思い出し、恥ずかしくなった。

「お母ちゃん、そのキュウリ切ったげる」

母は初めて手を休め、娘を真正面から見た。

「こんなしょうもないことせんでもええ」

「えっ？　しょうもない？」

「知子は頭のええ子なんやから、とにかく勉強しなさい。炊事やら掃除やら洗濯やら、そんなつまらんことせんでもええ」

腕まくりしかけた手を止めて、母を見た。

「私はそれほど頭がええわけやなし。学年でも上の下くらいやし」

「男女共学の学校で、上の下ゆうたら立派なもんやわ。女の子は小学校のときだけは男の子よりしっかりしとるように見えるけど、中学以降は男の子に負けるのが普通やから、それ考えたら知子はようできる方やわ」

「中学以降……」

「この世の中でいちばん頭のええ女は、男のカスと同レベルって言うやろ。おじいちゃんが生きてた頃、しょっちゅう聞かされたもんや」

絶句した。

絶望的なおぞましさが鳥肌となって両腕を襲ってくる。

「早《は》よ、二階に上がって勉強しなさい。晩ごはんができたら呼んだげるで」

追い立てられるように自分の部屋へ戻り、学習机に向かうと、当時のことがまざまざと蘇ってきた。

母は、兄と自分を分け隔てなく育ててくれた。女の子である自分にも、偏差値の高い大学への進学を期待していた。だから頑張れた。明るい未来があると信じることができたのだ。

それなのに、願書を出す直前になって突然、父が言い出したのだった。

——女は短大で十分やろ。

啞然とした。しかしもっと驚いたのは、母が掌を返したように態度を変えたことだ。

——そら、お父ちゃんの言うとおりやわ。頭でっかちの女は見合いの話も少ないらしいで。

——四年制の大学に行かせてえな。そのために今まで必死で頑張ってきたんやから。

何度も頼んでみたが、父が頑として受け入れなかった。

——女医になれるくらい賢いんやったら話は別やけど、そうやなかったら女が大学なんか行っても意味あれへんわ。

その後、娘の懇願があまりにしつこいと思ったのか、ある日、父はきっぱりと言った。

——経済的余裕がないんや。

そう言われると、もうそれ以上は何も言えなかった。

しかし、あとになってそれは嘘だったとわかる。このとき大学四年生だった兄は、大手酒造メーカーへの就職が既に決まっていた。だから兄にはあれ以上学費はかからなかったはずだし、それよりも何よりも、この数年後に、荒れ放題だった裏庭を日本庭園に造り替えたのだ。立派な枝ぶりの松や伽羅《きやら》を植え、造園業者には数百万円を支払ったと父が親戚に自慢げに語ったのを憶えている。

逆算すると、この時点で既にかなりの預金があったことになる。つまり、父には自分の楽しみに使う金はあっても、女なんかを四年制大学に行かせる金はなかったということなのだ。そして、父が定年退職した後は、退職金の一部で庭に瓢箪池《ひょうたんいけ》を作り、鯉を放した。そのうえ、頻繁に夫婦で温泉旅行へも出かけるようになったのだ。

結局、父の言うとおりに東京にある短大の家政科へ進学し、卒業後はそのまま東京に残って食品メーカーに就職した。当時は女性社員の仕事といえば、お茶汲みとコピー取りだったが、たまたま冷凍食品の新商品開発部門に配属されたことにより、楽しくやりがいのある日々を送ることになった。それは予想外の幸運だった。先輩社員の厳しい指導の下ではあったが、試行錯誤を重ねて新しい料理を生み出し、社内の試食会での意見を取り入れて、更に研究を積み重ねる毎日は充実していた。

しかし、就職して数年経った正月に帰省したとき、母の言葉で再び混乱に陥ることになる。

――女はクリスマスケーキと言われるらしいやないの。二十四日までは売れ行き好調やけど、二十五日過ぎたら大安売りの半額セールなんやて。あんたも二十五までには結婚せんとあかんわ。嫁《い》き遅れたら大変なことになるし、一生後悔するで。

会社に勤めるようになってからは、いっぱしの大人になったように思っていたが、実はまだまだ自分というものが確立していなかったのだろう。

その証拠に、母のちょっとした言葉で、人生に対する考えが根本から揺らぎはじめ、結婚に対して無性に焦り始めたのだから――。

当時のことを思い出していると、深い溜息が出た。のろのろと学生鞄を開け、教科書やノートを取り出して、意味もなく机の上に並べてみた。

「どうせ専業主婦になるんだったら……」

誰もいない部屋でつぶやいていた。続きは心の中で言う。

――英単語を暗記するよりも、出汁の取り方を知ってる方がずっと役立つじゃない。

階下で玄関の引き戸が滑る音がした。父が帰って来たのだろう。

忍び足で階段の途中まで降り、そっと居間を窺ってみると、父は背広と靴下をあたり構わず次々と脱ぎ捨ててステテコ姿になり、テレビを点けてから畳の上にごろんと横になった。

父は、勤め先である青海信用金庫まで自転車で通っている。月末以外はほとんど残業もないので、五時三十分に仕事を終えると、五時三十五分には帰宅しているという、判で押したような毎日だった。

一家の大黒柱が夕飯前に家に帰ってくる生活など、元の世界では考えられないことだった。残業続きの浩之の帰宅時間はといえば、いつも日付の変わる直前で、それが当たり前になっていた。近所の家庭も似たり寄ったりで、通勤時間にしても一時間半は普通の範《はん》疇《ちゅう》だった。そんな東京での生活の異常さについて、あらためて考えさせられる。

居間に入って父に声をかけた。

「お父ちゃん、自分の背広くらい自分で片付けたらどうなん？」

父はびっくりしたように目を見開いて娘を見上げ、寝そべったまま口をぽかんと開けた。

「何を言っとるんよ」

台所から母が小走りに居間に入ってきた。

「男の人にそんなことさせたらいけんわ」

母は、夫の背広やズボンを次々に拾い上げ、ハンガーにかける。

「だって、お母ちゃんも朝から晩まで働いとるんやし、お父ちゃんが五時半に帰れるんやったら炊事くらい手伝ったらええやん」

「知子、今日はどないしたん。こんなん女の仕事やろ。私らは、男の人に料理やら手伝ってもらおうとも思えへんわ」

「……」

あまりの矛盾に声も出ない。

台所に戻っていく母の後ろ姿を腹立たしい思いで見つめた。

だったら聞きたい。

家事なんてしょうもないからしなくていい、それよりも勉強しろと言ったのはなぜなの？

たった今、それは女の仕事だと言ったじゃないの。

高校生だった頃は、親の時代と違ってこれからはきっと男女平等の世の中になると固く信じていた。実際に、学校の中ではすべて男女が対等だった。だからこそ勉強も頑張れたのだ。

最初から主婦にしかなれないとわかっていたなら、どこの世界に勉学にいそしむ女がいるだろう。

学校では『将来の夢』という作文を何度も書かされたものだ。夢は大きく持て、人生は努力次第だと教え込まれ、それを単純に信じて勉強に励んでいたら、ある日突然、親から「女は短大で十分だ」と言われ、そして次はクリスマスケーキ？

ふざけないでほしい。

人の人生を何だと思っているのだ。

もちろん男の人だって、思うがままに人生を送れたりはしないだろう。しかし、挑戦する前に土俵から強制的に引きずり下ろされる女の人生と、男のそれとは根本的に違う。

母が台所から茶の間へ料理を運ぶ。その姿を呆然と見つめていた。

母は、その世代にありがちな、自分の意見など持ち得ない女だったのではないか。そのときどきで思いついた中途半端な意見を、娘に押しつけていただけではないのか。だとしたら、なんと無責任で罪作りなのだろう。そんな母の浅薄な意見を素直に受け入れてきた娘の身にもなってほしい。母の言うことに耳を傾けてきたのは、自分より生きてきた年数が長い分、それなりの深い考えが身についていると信じていたからだ。しかし、本当は確固とした信念もなく、夫の言うままにただ流されて生きていただけなのだ。

もっと厄介なことは、矛盾していることに母自身が気づいていないことだ。こんな母親に育てられたら、娘の自分がわけがわからなくなって当然だったのだと、初めて気がついた。

「さあ、できたで。食べよ」

三人でテーブルを囲む。

鯵《あじ》のフライと薩摩芋の天ぷら、豆腐とネギの澄まし汁と、花鰹とシラスがかかったホウレン草のおひたし、タコとキュウリの酢の物などが卓袱台《ちゃぶだい》に所狭しと並んでいる。そのほかにも、昨日の残り物なのか、カボチャの煮付けの入った大きな鉢がどんと真ん中に据えてある。その横には数種類の漬物とラッキョウ、梅干、塩昆布もあった。どれもこれも、すべてが母の手作りだ。

爆発寸前の怒りがいきなりしぼんだ。

時間を惜しんで働く母が目の前にいる。この背中を見て育ったというのに、自分は結婚以来、これほどの品数をテーブルに並べたことなど一度もない。

いつの間に怠け者に成り下がってしまったのだろう。会社を辞めて専業主婦になってから も、鯵のフライなど面倒で、一度も作ったことがない。そういう手の込んだ料理は、スーパーの惣菜《そうざい》コーナーで買うのが普通だと思うようになったのは、なぜだったのだろう。

そのくせ、できあいの揚げ物は衣が厚すぎると、常に不満を持っていたのだ。

東京での、手を抜こうと思えばいくらでも抜ける便利な生活にどっぷりと浸かってしまっていた。要は、妊娠を機にさっさと会社を辞めたくせに、主婦としてのプロにさえなれなかったということなのだ。

つまり、自分は何をやってもいい加減な人間だということだ。

どう転んでも結局はたかが知れているということなのだ。

「鯵のフライが、こんなにおいしいもんやったとは知らんかった」

消え入りそうな声でつぶやいていた。

「まあ、おおきに。今日は塩加減がちょうどよかったからかもしれんなあ」

母が嬉しそうに微笑む。

一度だって、母の手料理を褒めたことがあっただろうか。手の込んだ弁当に対しても、感謝の気持ちを口に出して伝えたことなど一度もなかった。つまり、母にしてもらって当然だと考えていた様々なことを、自分自身が母親になってみたら、何ひとつやっていないのだ。外で働いてもいないくせに、家事に手を抜くのは自分の自由裁量だと勝手に思い込み、安きに流れていた。

夫の浩之は、大学を卒業すると同時に、家庭用エレベーターを販売する会社に就職した。高齢化社会に向けての成長産業だというのが、入社当初の彼の自慢だった。

そう、すべてが対等だった……結婚するまでは。

結婚してからというもの、均衡を保っていたやじろべえの片方だけに、浮き上がれない重石をつけられたのだ。共働きなのだから家事は半々に分担するものだと信じて疑いもしなかったのは、自分の方だけだった。抗議するたびに浩之は嫌な顔を隠しもしないまま皿を洗ったりするのだが、翌日になると元の木阿弥《もくあみ》だった。

知子が残業で夜遅く帰宅しても、先に帰宅していた浩之は何もせずにテレビを見ていた。米くらい研《と》いでおいてくれてもよさそうなものなのに、「腹ペコだから早く作ってくれよ。俺は仕事で疲れてるんだよ」と舌打ちをした。その当時はコンビニなどもなく、スーパーも弁当屋も夕刻を過ぎると店を閉める時代だった。その場にしゃがみ込みたくなるほどの疲れた体で米を研いでいると、涙がこぼれた。男とは、頼れる存在ではなかったのか。か弱い女を助けるのが男ではなかったのか。誰にも頼れずに孤独を噛み締めるこの状態はいったい何なのか。ひとりで暮らす方がよほど楽だと思うと、結婚して間もないのに、〈離婚〉という文字が頭に浮かんでは消えた。

そうこうするうちに妊娠が判明した。結婚と同時に会社を辞めるのが当たり前の風潮だったが、出産後も仕事を続けたいと思っていた知子は、会社を辞めなかった。妻が働き続けることに浩之は口に出して反対したわけではなかったが、かといって悪阻《つわり》の体をいたわって家事を肩代わりしてくれることもなかった。

知子は、会社での仕事と家事と悪阻で、心身ともにいっぱいいっぱいの日々だった。それでも妊娠八ヶ月までは歯を食いしばって会社勤めを続けたのだが、朝のスシ詰め電車での通勤は、大きく出っ張ったお腹にはあまりに危険すぎた。それに、そうして頑張ってみたところで、当時は産休も数週間しかなく、出産後は更に問題が山積みなのもわかっていた。ゼロ歳児を預けられる保育園には、何百人もの待機行列ができていたし、かといって実家が遠いために安心して赤ん坊の世話を頼める人もいない。ましてや浩之には何の期待もできなかった。それからしばらくして、頭にちらついていた〈離婚〉の二文字が〈諦め〉に変わっていった。それと同時に、浩之に対して不満を言うのをやめた。

二十年以上も前のことを、今さら言ってみても仕方がない。単なる負け惜しみにすぎない。その証拠に、同じ条件下でも会社を辞めずに働き続けた女性は世間には何人もいるのだし、自分と同じように妊娠を機に退職しても、子育てが一段落したあとは、難関と言われるような国家試験を突破して社会復帰した女性だってたくさんいるのだ。

「ご馳走さま。おいしかった」

食べ終わったあとの食器を大きな盆に次々と載せる。父は皿を重ねることさえせず、煙草を吸いはじめた。

流しの前に母とふたりで並んで立ったとき、母の真意を確かめてみたくなった。

「お母ちゃん、ちょっと聞くけどな、女ゆうもんは、一生懸命勉強して、ええ大学に入ったところで結婚したら終わりやわな?」

「そんなことあるかいな。これからは男女平等の時代なんやし、知子みたいな優秀な女は職業婦人でいけるがな。そらあんた、うちらの時代とは違うはずやわ」

頭がおかしくなりそうだ。母は、この数ヶ月後に、「女は短大で十分」と言い出す父に迷う余地なく賛同するのだ。この同じ口から、だ。そして数年後には、クリスマスケーキのたとえが飛び出す。どうにも理解できなかったし、腹立たしかった。

この当時の母は、娘の人生をどのように考えていたのだろうか。いい加減な気持ちで娘にあれこれと矛盾だらけのことを指示するほど、軽薄な人間にも、愚鈍な人間にも思えないのだ。こみ上げてくる憤りを呑み込んで、質問してみる。

「働き続けるゆうても、子供が産まれたらどうするん?」

「どうするも何も、子供なんか放っといても育つわ」

「なんなの、それ!」

叫んでいた。

子供を育てるのがとても大変な時代がやってくるのよ、お母さん。向こう三軒両隣なんかじゃなくて、マンションの一室で母親だけが孤軍奮闘して子育てをしなければならない時代が来るの。何もかもを捨てて遠くに行きたくなるくらい、どうしようもなくストレスが溜まるのが子育てなのよ。虐待の一歩手前で留まるのが、どれほど大変か、お母さん、あなたに想像できますか。放っておいても育つなんて、そんな時代はもうすぐ終わるの。いや、この時代であっても恐らく、都会では既に終わっているかもしれない。

「ほんなら聞くけど、女の人が会社で働いとる間は子供を誰に預けるん？」

「そんなん、誰でもええがな、適当で。手の空いてる人が見たらええやん」

「えっ？ それ、本気で言ってるの？ お母さんって、もしかして……」

本物の馬鹿じゃないの？

お母さん、あなたは実家もすぐそこなんだし、兄弟姉妹も多いうえに、そのほとんどがこの近所に住んでいるでしょう。私やお兄ちゃんを産み育てたときも、たくさんの手助けがあったんじゃない？ それにあの時代は、親戚じゃなくても近所の人が気軽に子供を預かってくれた時代だったわ。東京では、もう神経が参りそうだったのよ。親子心中したいと思うくらい、それほど子育ては大変だったのよ。

ああ、そういえば、赤ん坊や幼児を育てる時期を、充電期間と呼ぶ評論家をテレビで見たときの腹立たしさといったらなかった。

――働き続けることだけが自立ではないでしょう。今は焦らずに、家にいる時間を利用して資格をお取りになったらいかがでしょう。

一日二十四時間、自由になる時間などないのに？　眠る時間すら満足に取れないのに？　評論家、芸能人、作家、医師……金持ちだからベビーシッターでも家政婦でも雇うことができる女性たち、一旦仕事を休んでも復帰できるひと握りのエリート女性の生き方が、いったい何の参考になるというのだ。

「どうしても子育てに集中したいんならそうしたらええんやし、ほんでまた一段落したら勤めに出たらええがな」

何を言っているの。会社を一旦辞めたら子持ちの女にまともな就職先なんて二度とないのよ。具体的な就職状況なんてまるでわかっていないじゃないの。だいたいお母さんは、勤めに出たことなんて一度もないじゃない。

母がこれほど根拠のない発言をしていたとは思いも寄らなかった。彼女の言う「これからの世の中は男女平等」というのは、希望であり妄想であったのか。行き当たりばったりのいい加減な言葉だったのか。それともテレビか何かの単なる受け売りだったのか。

この時代の母親たちは、娘たちにいったい何を期待していたのだろう。具体像など何も持っていないくせに、無責任に発破をかけていただけなのだろうか。

母が特別に愚かな女だろうか。いい加減な人間だろうか。いいや違う、それは断じて違う。そしてもちろん悪気があって言っているのでもない。

世間知らず――。

これが答えだろうか。そしてそれは自分にも当てはまるのだ。四年制の大学を出たところで、どうなったというのだろう。

母の洗った食器を隣で拭きながら、どんどん気分が沈んでいった。

◆

黒川薫は、ふたりと別れてから自宅に向かって自転車をこいでいた。

薫の家は町外れにあり、周囲を田畑が取り囲んでいる。町の中心部にある知子や晴美の家からは、自転車で二十分ほどの距離だ。それゆえ、知子や晴美とは小学校は別であった。青海川に沿う県道から見る田園風景は、三十年後の姿と比べても意外なほど変わらなかった。

遠くに自宅が見えてきた。田んぼの中にぽつんと建っている。黒川家では、家族で食べる分くらいの米と野菜は作っているが、農家ではなく、両親はどちらも小学校の教師である。この当時、既に両親ともに五十を過ぎており、父親は校長の職にあった。

自転車を納屋《なや》に納めていると、家の中からピアノの音が聞こえてきたが、表にまわって玄関のガラス戸を開けた途端にその音はやんだ。

「誰？　お姉ちゃん？」

妹の声がした。

「そうや」

靴を脱ぎながら、慌てて妹の学年を計算する。薫は三人姉妹の長女である。今現在、自分が高校三年だから、ええっと……妹たちは、中三と中二だ。

玄関脇の洋間のドアを開けると、すぐ下の妹の桃子がピアノに向かって座っていた。顔だけをこちらに向け、にっこりと微笑んだ。

「お姉ちゃん、おかえり」

なるほど……みんなから可愛がられて当然だったのだ。目が合った途端に、愛くるしい自然な笑顔が浮かぶような子なのだから。そのうえに美人ときている。

それに比べて自分はどうだったか……。不細工な上に無愛想だったはずだ。

「何、じろじろ見とるん？」

「え？　ああ、桃子はピアノが弾けるんやなと思って」

「は？　何、今さら」

妹たちはふたりとも幼稚園の頃からピアノを習っていたのだが、自分はなぜか剣道教室とソロバン塾に通わされていた。

「お姉ちゃん、今日は剣道部は休みやったんか」

「なんで？」

「もうすぐ大会があるで猛特訓や言うとったやん。ほんやのにこんなに早《はよ》う帰って来てええんかいな」

「え？」

「友だちがみんな、桃ちゃんのお姉さんてかっこええなぁて言うとるで。なんせ剣道部始まって以来の女主将やもんなぁ」

すっかり忘れていた。剣道部や柔道部は、他の運動部と違い、男女混合でクラブ活動を行う。そんな中で主将になったのだった。自分のように幼い頃からずっと剣道を続けていた生徒はほかにはいなかったために、自分が主将になったことは当然だと思っており、自慢に思ったことすらない。

「薫、電話やで。学校から」

奥の居間の方から祖母のきぬゑの呼ぶ声がした。この当時、祖母は七十代の後半だ。そして、あと十六年ほど生きるのだ。「はーい」と返事をしながら居間へ急いだ。

久しぶりに祖母を見て、一瞬眼を疑った。七十代とは思えないほどの艶《つや》っぽさがあったからだ。髪も黒く染めており、間近で見ると、うっすらと口紅まで引いている。高校生だった頃の自分にとって、きぬゑは女ではなくおばあさんだったから、そんなことには気づかなかったのだ。しかし四十代を経験し、「光陰矢のごとし」という諺《ことわざ》が身に沁みるようになって以来、六十代も七十代もそう遠くはないという感覚がある。だから今初めて祖母をひとりの女性として見ることができるようになったのだ。

「青海高校の先生からや」

きぬゑから受話器を手渡されて電話に出てみると、剣道部の顧問である社会科の教師からだった。

「黒川、大丈夫か。熱でもあるんか？」

部活をさぼったことを叱られるかと思ったが、そうではなかった。教師には信頼されていた。学業はずば抜けて優秀だったし、理由もなく部活をさぼったことなど一度もない真面目な生徒だったからだ。

「すみません先生、なんか風邪ひいたみたいで」

「やっぱりそうやったんか。ドロンも心配しとったわ。今日の英語の時間、黒川が変やったって言うてな。まあ、ほんなら、ぬくぬくして早《はよ》う寝た方がええわ。大事にな」

電話で話をしている間中、ずっときぬゑが隣に立ち、顔を顰《しか》めて薫を上から下までじろじろと眺めていた。

「たいした風邪やないから」

祖母に心配をかけないように気遣う。

両親ともに教師をしているせいで、田植えや畑仕事は祖父母が受け持っていたのだが、それらを幼いときから手伝わされていたのは姉妹の中で自分だけだった。そういうこともあって、三姉妹の中では、最も祖父母と一緒に過ごした時間が長い。

早朝の清々しい空気の中での農作業も大好きだったし、畑を耕して様々な野菜の種をまき、それらが成長して実をつける過程を観察するのも楽しくてしょうがなかったので苦ではなかった。それに、男の兄弟がいないせいで、長男のような役割を期待されていることを当時から感じていたので、自分だけが特別扱いされることも嬉しかった。

幸いにも、両親の期待に副うように、三姉妹の中で自分だけが長身で、母親似だった。つまり痩せてはいるが骨太で頑丈そうな体つきである。

それに比べて妹はふたりとも一五八センチくらいで、体つきも女らしく柔らかな感じがする。浅黒い自分と違って、ふたりとも色白で丸顔だし、髪の質まで自分とは違い、細くて茶色がかっている。おまけに名前まで女の子らしく、桃子と真理絵といい、自分だけが男でも女でも通用する名前をつけられている。

「しかし、大女というのはかなわんなあ」

きぬゑの口癖だった。明治生まれの人間に言わせると背の高すぎる女は嫁の貰い手が少ないらしい。きぬゑの時代錯誤には慣れていた。心の中で話しかける。

――おばあちゃん、モデルの女の人は、もっと大きいんだよ、知らないでしょう。それにね、平成の世の中になれば、モデルではない一般の女の人でも、一七〇センチくらいあった方がカッコいいとされる時代が来るんだよ。大女なんて、死語なんだから。

「薫だけが母親に似てしもて、ほんまに難儀な……」

きぬゑの眉間の皺が一層深くなった。

それまで全く気づかなかったが、嫁姑《しゅうとめ》の不仲という平凡な図式が見えてくる。

「そないに大きいと学校でも目立つやろ」

驚いてきぬゑを見つめる。あまりに憎々しそうだったからだ。これが孫娘を見る目だろうか。

高校生だったときの自分は、祖母の言葉の全部を有り難いと思っていた。たとえ時代遅れの考えであっても、祖母なりに大女である孫の行く末を案じてくれていると思っていたからだ。なんと自分は純粋で善良で、そして人を見る目がなかったのだろう。

「目立ったらあかんの？」

挑発的な物言いに聞こえたのか、きぬゑは一瞬怯んだような表情を見せた。

「そりゃ別嬪《べっぴん》さんやったら目立った方が得やろけど、あんたの場合はなんぼなんでも……」

自分が猫背になった原因を今、初めて知ったような気がした。

「おばあちゃんて、優しそうに見えてほんまは性悪なんやな。嫁が憎けりゃ、嫁によう似た孫まで憎いってことかいな」

小柄なきぬゑが、心底びっくりしたような顔で薫を見上げた。

「何やてあんた、言うてええことと……」

そのとき、こちらに向かって歩いてくる足音がした。

「今からピアノ行ってくる」

桃子がレッスンバッグを持って言いに来ると、きぬゑは一瞬にして優しそうな笑顔を浮かべた。

「あらあら、もうそんな時間かいな、気ぃつけてな、桃ちゃん」

すぐ下の妹である桃子は、高校卒業後は自宅から通える私立短大を出て、市役所に就職した。といってもパート採用だ。そこで二年ほど働いてから三歳年上の市の職員と結婚して、三人の男の子を設けた。娘しか産まなかった母はひどく喜んだ。三人目が生まれたとき、母が言った言葉がいまだに耳の奥でこだまする。

――桃子はほんまに立派やわ。男の子を産めるなんてたいしたもんやわ。それも、三人も授かって。桃子は小さいときから仏さんにごはんをお供えする係やったからやろか。

母は、長年にわたって教師を務めてきたとは思えないほど、非科学的なことを言ったのだ。

末の妹の真理絵は、桃子よりは多少デキが良かったので、県立の短大を出て幼稚園教諭になった。真理絵は短大生だったとき、農協が主催する〈ミス梨乙女〉に選ばれた。総理官邸に〈ミス梨乙女〉の三人が招《よ》ばれたときの母の喜びようといったらなかった。当時の総理大臣と握手している写真は、立派な額に入れられて、のちのちまで応接間に飾られることになる。

真理絵はその後、中学で数学を教えている五歳年上の男性と結婚し、男の子がふたり産まれた。

——可愛い孫が五人も生まれて、ほんまに幸せやわ。ええ娘を持ったもんやわ。

母に褒めてもらうには、一流といわれる大学に合格するよりも、妹たちのように平凡に結婚して男の子を産めばよかったのだろうか。中高と、ずっと学年で一番の成績を取っていたのに、祖母にも母にも褒められたことなど、記憶にある限りは一度もない。

そして、記憶力には抜群の自信がある……。

★

晴美は、道路を挟んで向かい側にある硝子《ガラス》屋の前から、母親の経営する店を眺めていた。〈ひょうたん屋〉と白抜きされた芥子《からし》色の暖簾《のれん》が風に揺れている。国道に面した店は、トラックの激しい往来のせいで、排気ガスや粉塵《ふんじん》にまみれて、うっすらと粉をふいたようになっている。まるでセピア色の映画を見ているようだった。

本当に久しぶりだった。

妊娠して高校を中退するときの、母の嘆きの声をいまだに憶えている。

――どうせ妊娠するんやったら、もっと金持ちを狙わなあかんやろ、このドアホが。

晴美が八歳のとき、国鉄職員だった父が病死した。専業主婦だった母は、それまで住んでいた小さな二階家の一階部分を改装して、カウンターがあるだけの小さな飲み屋を始めた。それが〈ひょうたん屋〉で、二階部分が住居になっている。

母にはパトロンがいた。烏《から》野《す》倫《の》太《りん》郎《たろう》という陶芸家だ。晴美がまだ幼かったとき、彼は既に老人だった。いつも苦虫を噛みつぶしたような不機嫌そうな顔をしていて恐ろしかったのを憶えている。

烏野は、寺の住職のように頭を丸めていた。いや、今思えば、剃っていたのか禿げていたのかはわからない。頭髪以外は、僧職の持つ清潔感や上品さとはほど遠く、色黒ででっぷりと太っていた。そんな男が、なぜ家に泊まっていくのか、晴美は幼い頃から不思議でならなかった。襖一枚隔てた隣室から聞こえてくる喘ぎ声の意味を知ったのは、小学校の高学年になった頃だ。その夜から、晴美は母と烏野を憎むようになった。烏野は、晴美の父親が病気で入院していたときから出入りしていたからだ。

ずいぶん後になって知ったのだが、烏野は全国的に名の知られた陶芸家で、様々な展覧会で受賞歴もあり、彼の焼いた茶碗には当時から高値がついていたらしい。

彼は貧困な農村の子沢山の家の出で、まだ子供だった頃に窯元《かまもと》に預けられたという。その窯元の嫁《い》き遅れたひとり娘の婿養子になってからは、恐妻家として知られていたらしい。しかし、ひとまわり年上の妻が脳溢血《のういっけつ》であっけなく亡くなってからは、まるで若き日の青春を取り戻すかのように、あちらこちらに女を作った。

晴美は、車の往き来が途絶えた一瞬を狙って道路を横切り、〈ひょうたん屋〉の前に立った。

自分の育った家なのに、入るのがなんだか恐かった。

最初の一歩が前へ出せない。

道路工事の作業員として青海町に来ていた雅人《まさと》の子を身ごもったのを機に、高校を中退して東京へ出て行って以来、一度も実家に足を踏み入れていない。それでも、いつだったか懐かしさのあまり、一度だけこっそりと帰郷したことがあった。しかしそのときは、観光客を装い、帽子を目深に被って家の前を何度か往復しただけだった。

排気ガスで汚れた空気を鼻から思い切り吸い込み、それを口から吐き出すと同時に、店の引き戸を開ける。

「あら珍しい。えらい帰りが早いなあ」

カウンターの中で料理の下拵《したごしら》えをしていた母が顔を上げて、晴美を一瞥《いちべつ》した。柿渋染めの紬《つむぎ》に、白い割烹着がよく似合う。ぴかぴかに磨き上げられた白木のカウンターに清潔感が漂っている。

「えっと、お母ちゃんは、今、何歳?」

ショックを受けていた。

今目の前にいる母親が、記憶の中の母よりずっと若くて美しかったからだ。

「はあ?」

母は思い切り顔を顰めた。「鬱陶しい子やな」

娘の問いには答えず、銀色に光る業務用冷蔵庫を開ける。鶏肉を取り出す母の背中が苛々している。

そうだった。母はいつでも忙しく、そしていつも怒っていた。

頭の中で母の歳を計算する。三十八歳だ。ということは……「お父ちゃんが死んだとき、もしかしてお母ちゃんはまだ二十九歳やったん?」

「だったら、何や」

振り返った母の顔は怒りで満ちていた。「わけわからんこと言うとらんと、早《はよ》う二階に上がりなさい!」

一刻も早く目の前から消えてくれと言わんばかりだった。母はいつも晴美を邪魔者扱いしていた。いっときも休むことなく、こまねずみのように立ち働く背中、口を開けば娘を罵倒する女、それが母だった。

悲しかった。

母は背を向けて、鶏もも肉の塊を切りはじめた。その小さな背中に向かって心の中で話しかけた。

――お母ちゃん、私な、ほんまに寂しいて寂しいて、つらかったんやで。

今になって思えば、そんな気持ちの持って行き場がなくて自暴自棄になっていたのだ。

誰でもいいから優しくしてほしかった。誰でもいいから甘えてみたかった。そんなときだ。

甘いマスクの雅人に声をかけられたのは。

「お母ちゃん、大丈夫か。熱でもあるんと違うか?」

母の横顔が赤みを帯びているような気がして尋ねる。

母は鶏肉を切る手を止め、首だけを後ろへ捻《ねじ》ってじっと娘をみつめた。

「ちょっと風邪ひいたみたいやわ」

打って変わって静かな声で答えた。

「今日は店を休みにしたらどうなん。お母ちゃん、無理したらあかんで」

母は心底驚いたような顔で晴美を見た。

なぜ驚く。

こんな簡単なねぎらいの言葉さえかけたことがなかったということ?

確かに、母の目を見てまともに会話をするようなことは、ほとんどなかった。売り言葉に買い言葉の毎日で、母に罵倒されるたびに、鳥野との不倫の関係を揶揄《やゆ》して「エロババア」などとひどい言葉を投げつけ、走って逃げるのが常だった。

「休むわけにはいかんわ。ようけ仕入れたんやし。まだまだ借金もあるしな」

母の横顔から険が消え、穏やかな表情になっている。ひと口大に切った鶏もも肉をステンレス製のバットに並べ、日本酒をふりかけはじめた。

「借金?」

思いもしなかった。そこそこ儲かっていると思っていたのだ。いや違う。店の経営状態など心配したことすらなかった。

「そうや、この店の改装費用もまだ返済できとらんし」

母が大きな溜息をついた。

知らなかった。鳥野が金を出してくれているから心配ないと思っていた。鳥野は薄汚く見えるが、実はびっくりするほどの大金持ちだ。この十年後に脱税で捕まるくらいだから。

そもそも、晴美が鳥野の経歴を詳細に知ったきっかけは、彼が脱税で捕まり、そのことで女性週刊誌を賑わしたからである。どこから見ても女性には好まれにくい風貌であるにもかかわらず、全国各地に女がいることの不思議さを、皮肉交じりにおもしろおかしく書きたてた記事がほとんどだった。それらによると、彼の武器は札束だけだったはずだ。

母は、足許のダンボール箱の中から里芋を取り出して流しに置いた。

「たとえ赤字やったとしても、あの陶芸家のおじさんが援助してくれてるんやろ」

母の背中が一瞬びくっと震えたあと、ふと手を止めて、黙ったまま自分の手許を見つめた。驚いたのかもしれない。母と自分との間で、鳥野について真面目な話をしたことなど一度もなかったからだ。鳥野は店の二階に頻繁に出入りしていたにもかかわらず、母子の間では、まるで存在しないかのごとく話題に出すのを避けていた。互いに口汚く罵《のの》しり合うとき以外は。

「まあ、そりゃあ、あの人に助けてもらっとるとも言えるけど……」

「けど？」

「そんなこと、子供は知らんでもええ！」

母は吐き捨てるように言い、蛇口を勢いよくひねって里芋をタワシでごしごしと擦りはじめた。

どういうことなのだろう。つらそうな母の横顔を見ているうちに、急に涙が膨れ上がってきたので、土間を走り抜けて階段を駆け上がった。

母が大嫌いだった……はずだ。

母を軽蔑していた……はずだった。

しかし、自分が今までイメージしていた母と実際とは大きく乖離《かいり》している。母はじっと何かに耐えながら、ひたむきに一生懸命働いていた。健気《けなげ》だった。元の世界の自分は、果たして母親を軽蔑する資格のある大人だったろうか。

今の母と同じ三十八歳の頃、自分は何をしていた？　場末のキャバクラで年増とからかわれながら荒《すさ》んだ生活をしていたのだ。

母は、魅力的な女性だ。高校生だった頃は、そんなことに気づきもしなかった。当時は、目鼻立ちがはっきりしたハーフのような顔立ちの女が持てはやされていたからか、母のような純日本人的な顔立ちを美人だとは思わなかったのだ。いや、それ以前に、三十を過ぎた子持ちの女など、高校生から見たら、既に女でさえなく、おばさんだった。だから美しいかどうかの秤《はかり》にかけたことすらなかったのだ。母の白いうなじや切れ長の目許に、あれほどの色香が漂っていたとは知らなかった。

二階に上がり、自分の部屋の襖を開けた途端に立ち尽くした。足の踏み場がないほど散らかっていたからだ。お菓子の袋や脱ぎ捨てられた洋服や靴下が、まるで泥棒が入ったあとかと思うほど散乱している。

道路に面した窓辺に近づき、学習机の上を眺める。歯形がついたままの干からびたメロンパンがあり、その周りにはパンくずが散らばっていた。そのパンくずの上には色とりどりのマニキュアの小瓶がいくつも置かれていて、机の両脇にはアイドル雑誌が積み上げられている。いちばん上にある雑誌の表紙は、新沼謙治と高田みづえのツーショットだ。

恐る恐る机のひきだしを開けてみると、意外にもきちんと整理されていた。たくさんのネックレスやブローチや指輪などが、空き箱を利用して仕切った中に、整然と並べられている。夜店で安物を買って来ては、バラバラにしてペンチで自分の好みの形に仕上げたものだ。

深い溜息をついていた。

なんと長い間、忘れていたのだろう。希望に燃える時期が自分にもあったということを。将来はアクセサリーのデザイナーになりたいという夢を持っていたのだった。人生は諦めが肝心だとうそぶくようになったのは、いつの頃からだっただろう。

ふと、足の裏に違和感を覚えた。見てみると、ビーズや綿埃《わたぼこり》がたくさんくっついている。

「いくら何でも汚なすぎるじゃん」

他人事のようにつぶやいていた。

次の瞬間、片っ端からゴミを拾い上げ、次々とゴミ箱の中に放り込んでいった。

自分はいったい母の何を見て育ってきたのだろう。あんな小さな背中で休みなく働いている母に小遣いをせびり、不良仲間と夜中まで遊びまわっていた。

家事も店も一度たりとも手伝わなかった。かといって、家で教科書を開いたことなど、ただの一度もない。いや、教科書なんか学校に置きっぱなしで自宅に持ち帰ったことさえないのだ。

しばらくすると、やっと畳が姿を現わした。

あれ？　ちょっと待てよ。

この程度の散らかりようを、なぜそれほどまでに汚いと感じたんだろう。

数時間前までいたはずの東京のアパートを思い出していた。そこは、ここよりも、もっとずっと散らかっていたし、どこもかしこもうっすらと雪が積もっているのかと思うほど埃だらけだったはずだ。

きっと、母の背中を見てしまったからだ。

一生懸命働く、母親のひたむきさを初めて知ったからだ。

散らかっている方が落ち着くなどというふざけた言葉が、あの人——二十代から寡婦として歯を食いしばって生きてきた母——の前では、単なる怠け者の言い訳にすぎないと思い知ったからだ。

これからは、ちゃんと生きていこう。

階下に降りて、バケツと雑巾を捜した。

♥

放課後、知子が校舎を出て空を見上げると、登校時に比べて更に雨が激しさを増していた。

タイムスリップしてからというもの、ほぼ毎日、三人で会っている。そうしないと、なんだか不安で心細いのだ。

自宅に帰れば自分の部屋でひとりきりになることができるが、教室ではそうはいかない。元の世界では仲良しだった友人たちとも、うまく話すことができなくなっている。彼女らのちょっとしたしぐさや目の動きなどで、自惚《うぬぼ》れや演技や照れ隠しなどが見えてしまう。そんな老練な自分の存在自体が卑怯極まりない気がして、すべてがぎこちなくなっている。それを気にするせいで口数が極端に少なくなり、笑顔でいようとすると不審な目で見られ、まだタイムスリップして数日しか経っていないというのに、クラスの中で浮いている感じがするのだ。

雨の中をひとりで大時計に向かって歩いた。放課後の待ち合わせ場所を、校門の前から時計台の前に変更した。なぜなら、秀才の薫と不良の晴美の奇妙な組み合わせに、何ごとかといった目を向ける生徒が多かったからだ。

大池の水面に雨粒が絶え間なく降り注ぎ、強風で海のように波が立っている。池に映る大時計の姿が歪んで見えた。

「知子」

振り返ると、晴美が長いスカートの裾を濡らしながら歩いて来た。晴美は、今でもネオンテトラみたいな化粧をして登校している。それというのも、化粧を急に変えると、却って目立ってしまうからだ。

晴美の数メートル後ろから薫も来る。今日は朝から雨だったので、海の見える丘に行くのはやめて、晴美の家に集合することになっていた。三人で無言のまま篠突《しのつ》く雨の中を急いだ。

〈ひょうたん屋〉の場所は以前から知ってはいたが、店の中に入るのは初めてだった。

「ただいま」

晴美が引き戸を開けて中に入る。その後に続く。

「お帰り」

カウンターの中にいた晴美の母親は、こちらに背中を向けたまま言い、大量の玉葱《たまねぎ》を剝く手を止めなかった。

「お邪魔します」

薫の声で、初めて母親が振り返ってこちらを見た。

「こんにちは」

続いて知子がお辞儀をすると、手を止めて驚いたように大きく目を見開いた。

「まあ、これはこれは。お友だちかいな。早《はよ》う、上がってもらいなさい」

母親は相好を崩した。「あとで、おやつ持っていったげるでな」

晴美から聞いていた母親のイメージとは、ずいぶん違った。線の細い美人だし、第一、優しそうだ。

二階にある晴美の部屋も、想像していたのと違って、きれいに片付いていた。六畳ほどの部屋には勉強机と整理箪笥がひとつあるだけだからか、広く感じる。

窓の下は国道で、大型トラックが通るたびに部屋が揺れた。

「適当に座って」

晴美が座布団を出してくれる。

道路から舞い上がった土埃が、木枠の窓の隙間から入ってくるであろうに、掃除が隅々まで行き届いていて感心する。

しばらくすると、階段を上る軽快な足音が聞こえてきた。襖をノックしてから母親が部屋に入って来た。ファンタグレープの瓶を三本と、薩摩芋の天ぷらが載った皿を大きな四角い盆に載せている。

「揚げたてのアツアツやから、ベロ、火傷《やけど》せんようにな」

そう言って、車座になって座っている三人の真ん中に、お盆ごと置いた。

「ほんまによう来てくれんちゃったわ。晴美がいっつもお世話んなっとってなぁ」

「いいえ、こちらこそお世話になっております」

「いきなりお邪魔して申し訳ありません」

知子と薫が次々に言うと、感心したように何度も頷く。

「お母ちゃん、次からはコーヒーにして。みんなコーヒーが好きやねん」

「あらぁ、そうやったん？　それにしても『好きやねん』なんて、今日は大阪弁かいな」

晴美が「あっ」と言って、桃色の舌をぺろっと出した。「それよりお母ちゃん、仕事が忙しいだろうから、もう下《ここ》に行っててよ」

「まあ嫌やわ、急に東京弁使うたりして。ええ友だちができると、言葉遣いまできれいになるんやなあ。ほんならまあ、ごゆっくり」

母親はふふっと笑ってから階下に下りて行った。

足音が聞こえなくなるまで三人とも無言だった。会話を誰にも聞かれないようにと、常に気を配っている。高校生に戻ったとはいうものの、元の世界で四十代だったときよりも、ずっと慎重になり、大人としての落ち着きが身についたような気がする。周りから見ると奇妙な高校生に映っているかもしれない。

「本当に親不孝だったよ、あの頃の私」

ジュースのふたを栓抜きで次々と開けながら、晴美はしみじみと言った。

「優等生を家に連れて来るだけで、お母ちゃんがあんなに嬉しそうな顔するなんて……」

薫が早速、フォークで薩摩芋の天ぷらを突き刺して、ふうふう言いながら食べている。

「こんなおいしいの、食べたことないよ」

薫が感心したように言う。「お芋の自然の甘さが上手に引き出されてるよ」

「お母ちゃんが、私の友だちにジュース出してくれるなんて初めてだよ。瓶のジュースは原価が高いから、次回からはインスタントコーヒーで我慢してね」

鼻の奥がツンとした。薫も呼吸が止まってしまったかのように、晴美を黙って見つめている。さすが母ひとり子ひとりの家庭だけあって、晴美はちゃんと家計のこともわかっているのだ。

そのとき、再び階段を上って来る足音がした。

「またまたお邪魔しますよ」

言いながら母親が襖を開けた。

「これも食べてみてえな」

見ると、お皿の上におはぎが三個載っている。

「これもおばちゃんが作ったん？　このあんこも？　まあ上手やわ。なめらかで艶があって、私、おはぎ大好きやん」

薫は満面に笑みを浮かべて言った。どうやら薫はかなりの食いしん坊のようだ。

「うちのお母ちゃんが作るあんこは天下一品やで」

「まあ、そない大げさな」

嬉しそうに笑いながら、母親は階下に下りていった。

「ところで、頼みがあるんだけど……」

打って変わって、晴美が思い詰めたような顔をしてふたりを交互に見つめた。

「来週の二十日のことなんだけどさ、私と一緒に下校してくれないかな。それで、できればこの家まで私を送り届けてほしいんだよね」

「そんなのお安い御用だけど、それは何の日だっけ?」

尋ねると、晴美はすぐには答えず、グラスにジュースを注いだ。薫も何の日かわからないらしく、知子と目が合うと首を傾げる。晴美が緊張している空気が伝わってきたからか、ふたりとも晴美の答えをせかさなかった。

晴美は、薩摩芋の天ぷらをひと口かじってから、ゆっくりと口を開いた。「忘れもしないよ。高校三年の四月二十日のこと」

雅人に声をかけられた日だと言うのだ。彼からのデートの申し出に、その場でピースサインを出して応じてしまったらしい。

「もちろん今度は無視する自信はあるよ。あんな男、憎くて仕方がないんだし。だけどね、二度と失敗したくないと強く思えば思うほど、異様に緊張して、思わぬ行動に出てしまうんじゃないかと心配でさ」

晴美は気弱な笑いを見せながら、喉をごくんと鳴らしてジュースを飲んだ。

「その日は手をつないで帰ろう」

薫が力強く言う。

知子は、その工事現場を避けて回り道して帰るのが、最も安全確実に違いないと思った。この海沿いの城下町は、道がきっちりと碁盤目に交差している。そのために、どの道を通ったところで最終的には晴美の家に辿り着けるはずだ。

「道路工事の場所はどこなの?」

知子は尋ねたが、晴美が答えた場所は、高校の門を出て旧城下町に入る手前の、避けては通れない一本道だった。

「その日は六時間目が終わったら必ず下駄箱のところで待ってるから、一緒に帰ろう」

薫が言うと、晴美は安心したように薩摩芋をごくんと飲み込んだ。

「しかし、おいしい」

薫はもくもくと食べながら言う。「このあんこも何とも言えずおいしいし、天ぷらも普通じゃないよ」

「お母ちゃんに言っておくよ。きっと喜ぶよ」

「東京のデパ地下でも、ここまでおいしいのは手に入らないわね」と、知子も感想を言うと、

「小豆や薩摩芋そのものがおいしいんだよ。うちのお母ちゃん、材料を見る目があるみたいだから」

晴美が嬉しそうに母親を自慢した。

四月二十日になった。

知子が昼休みに薫を誘ってE組に行くと、教室の後ろの方に人だかりができていた。覗いてみると、輪の中心にいたのは昨日までとは別人のような晴美だった。

背中まであった金髪が真っ黒になっていて、肩のところで一直線に切り揃えられている。おかっぱ頭といっても、決してクレオパトラのようではない。やぼったい田舎娘という感じだ。そのうえにスッピンだったので、驚くほど幼く見えた。

「どうしたん？　その清楚な格好は」

晴美を取り囲んでいる女子生徒たちが、晴美を問い詰めていた。

「先公に、何か言われたんか？」

「晴美には似合えへんわ。ごっついおかしい」

いつもと違って弱々しく見える晴美が、うつむいたまま黙っている。まるでキャバレー

のベテランホステスに取り囲まれた、世間知らずの少女のようだった。

晴美に助け舟を出そうにも、気が焦るばかりで何をどう言えばいいのかわからなかった。E組には、自分の知らない不文律があるかもしれない。それを考えると、余計な口出しをすることにより、却って晴美を困らせる結果になってもいけないと思う。

晴美を取り巻いている女子生徒の中には、進学クラスの知子や薫を、場違いだと言わんばかりに胡散臭そうに睨んでいる者もいる。

「何を言われたんか知らんけどなあ、大人にちょっと注意されたくらいで、品行方正な格好してくるなんて、笑わせてくれるやんか」

女子生徒のひとりがそう言いながら晴美の肩を小突くと、晴美はいきなり立ち上がって怒鳴り散らした。

「じゃかましわ、あほんだら！　人がどんな格好しようと勝手やろうが！　いつ、あんたらに迷惑かけたんじゃ！」

さすがスケバンだけあって、ドスがきいている。

周りがしんとなり、中には後退りした女子生徒もいた。

「ほんならひとつ聞くけどな」

今度は男子生徒が晴美ににじり寄ってきた。異様な風体の少年だ。なんと、眉毛がない。パンチパーマをビールで脱色したうえに、生え際には青々と剃りを入れていて、まるでチンピラだ。学生服はワンピースかと思うほど長く、見事な龍の刺繍《ししゅう》が施してある裏地がちらちらと見える。その下はボンタンといわれるだぶだぶの学生ズボンで、薄汚れた上履きの後ろはぺちゃんこに踏みつけられていた。

睨みを利かせているつもりらしいが、男の子を産み育てた経験のある知子からみると、彼のしぐさのひとつひとつが滑稽でたまらず、笑いをこらえるのに苦労した。

「今日はなんで先公を庇《かば》ったりしたんじゃ。いっつも就職クラスのE組を馬鹿にするような太田なんかを。えっ、言うてみいや」

殴りかかったりしないだろうか。

心配になり、薫を目で探すと、彼女はいつの間に教室内に入ったのか、窓際にもたれかかったまま腕組みをして、まるで芝居でも見に来たかのように、楽しそうな表情で眺めていた。

次の瞬間、晴美は両手で机をバンッと叩いてから、男子生徒を睨み返した。

「よう考えてみんかえ。そりゃあ太田はいやらしい先公かもしらん。でもなあ、ヤツもほんまは気ぃ弱いんやで。それにまだ三十そこそこの若さやろ、奥さんもおるし小さい子供もおる。追い詰めた結果、学校を辞めたりしてみいな、太田一家は野垂れ死にするんやで。ちったぁ手加減したらんかい！」

晴美は、堂々と言い切った。

男子生徒は阿呆のようにぽかんと口を開けて晴美を見ていたが、はっと我に返ったように「なんじゃ、女のくせに」と捨て台詞を残して教室を出て行った。

だんだんと、固いアスファルトを破壊するドリルの音が大きくなってくる。

薫が一歩先を歩き、その後ろを知子は晴美と並んで歩いていた。校舎を出るときから晴美の顔はこわばっている。

校門から続く坂を下り、右手に折れる。前を歩いていた薫が、急に立ち止まったかと思うと振り向きざまに言った。「やっぱり晴美はひとりで行くべきだよ」

晴美は怯えたような顔になり、薫を見上げた。

「本当は四十七歳のおばさんなんだよ、私たち。もういい加減、どんなことだって自分ひとりの力で乗り越えるべきなんだよ」

薫の毅然とした態度を前に、晴美が助けを求めるようにこちらを見る。

「薫の言うとおりかもね。生き直すには勇気も必要だし」

突き放すように言ってみると、晴美は考えるように宙を睨んでいたが、胸を両手で押さえてから思い切り深呼吸した。すると、息を吐き出し終えた途端に、気弱な女子高生だった顔つきが、気丈な四十女のそれへと一変した。酸《す》いも甘いも嚙み分けたといった、すごみのある目つきをしている。

晴美は薫を追い抜いて、先頭に立って歩きはじめた。背筋がピンと伸びている。その後ろを、数メートルの間隔を開けて、知子は薫と並んで歩いた。

ドリルの音が耳をつんざくような大きさになってきたと思ったら、次の瞬間、ぴたっと鳴り止んだ。

あの男が雅人だろうか。

道路にぽっかり開いた大きな穴の中に、陽に灼けた男がひとり立っていた。上半身だけが道路から上に出ていて、首にかけたタオルで額の汗を拭いている。白いランニングシャツが汗でぴたっと体に張りついていて、遠目でも胸の筋肉が盛り上がっているのがわかる。男は眩しそうに目を細めて、雲ひとつない青空を見上げた。

だんだんと近づくにつれ、男の輪郭がはっきりしてきた。甘いマスクに長髪が似合っている。晴美は歩く速度を緩めずに、ぐんぐんと男に近づいて行く。

男の視線が青空から道路へ戻る途中だった。男は、前方から歩いてくる晴美にふっと目を向けたのだ。その瞬間、晴美の後ろにいた知子は拳に力を入れ、身構えた。

しかし予想に反して、男の視線はすぐに晴美から外れ、知子に目を留めた。そして、知子に向かってにっこり笑ってウィンクしたのだ。知子が驚いて目を逸らすと、男は苦笑しながら道路端に置いてあった水筒に手を伸ばした。

どうしたのだろう。元の世界では雅人の方から晴美に声をかけてきたと聞いている。それなのに、今目の前にいる彼は晴美に興味を示さない。

そのとき既に、晴美は工事現場をあっけなく通り過ぎてしまっていた。

何も起こらなかったのだ。

知子が薫とともに晴美に追いついたとき、後ろの方で声がした。

「お姉さん、可愛いねえ」

振り返ると、雅人はほかの女子生徒に声をかけていた。

声をかけられたのは、晴美と同じクラスの子で、昼休みに晴美を責めていたネオンテトラの中のひとりだった。雅人と立ち話を始めた女子生徒の楽しげな笑い声が響いてくる。デートの約束でもしているのかもしれない。

「大人の言うことって聞くもんだね」

晴美がしみじみと言う。「先公の好きな言葉に、『服装の乱れが非行の始まり』というのがあるよね。高校生のときはバッカじゃなかろかと思ってたけど、四十代後半になって、やっと身に沁みてわかったよ。スッピンにおかっぱじゃ、誰も声かけないよね」

「赤坂晴美、第一関門クリア、だね」

薫が安心した表情で言う。

次の瞬間、晴美が急に足を止めたと思ったら、振り返って大声で叫んだ。「典子《のりこ》ちゃーん」

晴美の大声で、雅人と話していたネオンテトラがこちらを向いた。

「気いつけんとあかんでぇ、そのおっちゃん、若作りしとるけど三十四歳や。そのうえ秋田県に妻子を残してきておりますがな。妻子やで！　さ、い、し！　奥さんと子供やがな。それでも仲良うしたいんやったら、絶対にコンドームをお忘れなく！」

驚愕と恐怖の入り混じったような顔で雅人が晴美を見つめている。

「雅人が声をかけたんは、典子が可愛いからと違うでー。典子が軽そうな女に見えるからや。ただそれだけやでー」

晴美は大声で叫んだあと、急に小声になってひとりごとのようにつぶやいた。

「高校生のとき、私も勘違いしてたんだよ」

そのあと、晴美はいきなり右手を挙げて、大きく左右に振った。

「さ、い、な、らー」

それは典子にではなく、雅人に対して言ったのだろう。今まさに晴美はつらい過去と訣別したのだと知子は思った。

前を向いて歩き出したとき、晴美の目から大粒の涙がぽろぽろとこぼれ落ち、乾ききったコンクリートに黒い点々を残した。

歩きながら、知子は晴美の背中をそっとさすってやった。いつの間にか、娘を思う母の気持ちになっていた。

「おーい、知子」

聞き覚えのある声に振り返ると、男子生徒がひとり、こちらに向かって走って来るのが見えた。香山浩之だった。

「あのな……これから一緒に図書館に行けへんかと思ってな」

浩之が極度に緊張しているのがわかる。

「悪いけど、これから約束があるで」

浩之は「ふうん」と言いながら薫と晴美を交互に眺めた。

「また三人でか？」

「うん、まあ」

妙な間が空いた。

——やっぱり浩之と一緒に図書館に行く。

知子がそう言い出すのを浩之は待っているのだ。長年連れ添ってきたのだから、単純な夫の気持ちは手に取るようにわかった。

「ほんならな、急ぐで」

知子は、晴美の腕を取って歩き出した。浩之を可哀相に思わないわけではなかったが、煩わしいという感情の方が勝っていた。そんな自分を冷酷な女だと思うと気分が沈む。

ぐるっと遠回りをして海の見える丘に着くと、それぞれがお気に入りの切り株に腰掛けた。

「香山君のことをどうするつもり?」

晴美が心配そうに尋ねる。

「どうって……」

昨夜《ゆうべ》も、浩之から電話がかかってきたのだ。浩之は、知子のつれない態度から心変わりを疑っているようだった。

あっ。

——他人の人生を変えるな。

薫が言った注意点が心に重くのしかかっていたのは、浩之のことだったのか。彼との結婚を考えると気が滅入る。高校時代のような恋心を持つことは到底できないし、元の世界で四十代まで経験した女から見ると、浩之は純朴な少年であり、子供でしかなかった。

進学クラスは三つあるために、浩之とはクラスが違うことが唯一の救いだ。

「前みたいに香山君と結婚するんだよね」

当然といった感じで晴美が尋ねる。

「いや、それはちょっと……」

言い澱《よど》むと、晴美は驚いたような顔を向けた。「だって、元の世界で香山君との結婚を決めたときは、一生この人についていこうと思ったんだよね?」

「ついていく?」

知子と薫が、声を揃えて聞き返していた。

「男の人に『ついていく』という感覚が、私にはわからないわ」

知子が言うと、薫も大きく頷く。「そうだよ。それはおかしな感覚だよね。だって、自分の人生なのにどうして誰かについていかなきゃなんないわけ?」

今度は晴美が心底びっくりしたふうに、のけぞってみせる。「進学クラスの女子って変わってる。私、進学クラスの女子とは仲良くなったことがなかったから、今まで気づかなかったよ」

「私たちはちっとも変わってなんかいないよ。晴美の考え方のほうが、古くて虫唾《むしず》が走る」

薫が、きっぱりとした調子で言った。

「そうは言うけど、青海町の町長も男だよ。ね、そうだよね。青海高校の校長も教頭も男だよ。総理大臣だって男だし、上に立つ人間はみんな男じゃん。女が男に従うのは当然のことだよ」

晴美の言うことに、薫はむっとした表情のまま押し黙っている。

「それに、体だって男の方が大きいんだし、オリンピックなんか見ても男の方が走るの速いし、砲丸投げも遠くまで飛ばせるし……原始時代だって、獲物をたくさん捕ってくる男と夫婦になった女は楽して生きられたに決まってるよ」

「私は原始時代の人間じゃないよ！」

薫が真顔で叫ぶ。

「え？　あ、ごめん。失礼なこと言って」

晴美が慌てて謝る。「でも……やっぱり……今の時代に置き換えると、獲物をしとめる能力は、経済力だとか地位や名誉になると思うし……」

「晴美、あんたにはプライドってものがないの？」

心なしか、薫の声から元気が消えている気がした。

「プライド……それは？　えっと何の話？　意味わかんないよ」

晴美が戸惑っている。

本当に正しいのは、晴美かもしれない。晴美は教養がない分、生まれながらの本能をそのまま持ち続けているのではないだろうか。本能を素直に受け入れられる女だけが、実は幸せに生きられるのかもしれない。

いや、そんなはずはない。そうは思いたくない。絶対に。

それを認めてしまったなら、自分の根幹が揺らいでしまう。女は努力して自分の能力を磨く必要などなくて、上等の男を手に入れるために女を磨くことだけに意味があることになる。

それは違う。晴美の考え方は間違っている……はずだ。

でも実際の社会を見ると……。

助けを求めるように思わず薫の方を見た。

「世間知らずというのは、私みたいなのを言うんだ、きっと。晴美の方が現実的で賢いのかもしれないね」

薫がつぶやくように言ったのが、知子にはショックだった。秀才の薫なら自分なんかとは違って、確固たる彼女なりの人生哲学を持っていると思っていたからだ。

沈黙が流れた。

「で、結局知子は、香山君とはつきあわないの？」

進学クラスの女子の、わけのわからない話についていくのを諦めたのか、晴美が話題を元に戻した。

「子供たちに会いたいとは思うけど……だけど、もう一度彼と結婚したところで、全く同じ子供が産まれるのかしら」

知子の問いに、薫が腕組みをして考える。「どうだろう……同じ夫婦の子供だから、元の世界での子供と似てはいるだろうけど、タイミングや体調を考えると全く同じということはあり得ないでしょうね。男女の別からして違ってくるかもね」

これで本当に踏ん切りがついたと、知子は思った。子供がまだ幼かったならばこうはいかないだろう。たぶん会いたくて気も狂わんばかりになるに違いない。しかし、子供たちは既に大学生と高校生だったので、休みの日に親と出かけることもなくなって久しかった。

「薫がこの前、他人の人生を変えるなと言ったでしょ。やっぱり私は、前と同じように浩之と結婚しなきゃならないかしら」

「そんなこと、私に相談することもないでしょ」

「どうしてよ」

「だって、知子は迷ってないじゃない」

息を詰めて薫を見つめる。

そうだ、薫の言うとおりだ。自分は迷ってなどいない。

「せっかくもう一度与えられた人生なんだから、思ったとおりに生きてみようよ。他人の人生を変えるなというのは、いたずらに変えるなということよ。知子は知子の気持ちを第一に考えればいいんだと思う。それに、香山君はしっかりした人だから、知子に振られたくらいでどうってことないよ」

「手放すなんてもったいないよ。かっこいいじゃん、香山君て。男らしいし」

晴美が残念そうに言う。

確かに男らしい。男の沽券《こけん》にかかわること、つまり家事や育児などの女々しいことは一切しない男だ。知子は知らず知らずのうちに皮肉な笑いを浮かべていた。

「知子は、若い香山君を久しぶりに見て、惚れ直したりはしないの？　結婚前の恋愛時代が懐かしいでしょう？」

　薫が尋ねる。

「そうでもない」

　若くてハンサムな浩之を見ても、それほど心を動かされないのは自分でも意外だった。それどころか、その邪気のない純朴さにすら苛立ちを覚えるのだ。長年の夫婦生活における恨みつらみがそれほどまでに募っていたのかと思うと、自分でも戸惑うばかりだった。

「香山君とはうまくいってなかったの？」

　晴美が心配そうに知子を覗き込んだ。居酒屋での、他人の不幸を楽しむような雰囲気は微塵《みじん》もなくなっていた。

「そういうわけじゃないけど……。だけど、違う人生も試してみたいの。実は子供の頃から女優になるのが夢だったのよ」

「へえ」

「意外」

　次々に驚いた顔を知子に向ける。

「だけど女優になったとしても、いつかは誰かと結婚するんだよね」

　晴美が尋ねる。

「ううん、もう結婚はいい。二度としない」

薫が更に目を見開いて知子を見た。

「それは、絶対に反対。考えが甘いよ」

晴美が強い調子で反論する。「私が四十代のとき、母親はまだ六十半ばだったけどね、いつかは親も死ぬ。そうなったとき、兄弟姉妹もいない独身の私は天涯孤独になるわけよ。知子みたいに結婚して子供がいた人には、この心細さはわからないだろうと思う」

晴美は続けて一気にまくし立てる。「平均寿命が長くなったとは言っても、交通事故や病気で早死にする人もいるよね。私はそれを密かに期待してたんだよ。だってひとりぼっちになって長生きするなんて真っ平ごめんだから。でもある日ね、早死にするどころか、逆に百歳以上生き延びる人が世の中にはざらにいることに気づいたんだ。そのときは全身に鳥肌が立ったよ。たったひとりで、それも蓄えもなく、老後何十年も生きさらばえるなんてさ」

「そう言われると、そうね」

知子は、晴美に調子を合わせないと悪いような気がして、つい同調してしまう。いや、これが自分の悪いところなのだ、相手の気分を害さないことを何よりも優先してしまう。いつだって控えめな女を演じて、あとになって被害者意識を持つのだ。生き直すのだから、もうそんな卑屈な自分は卒業したい。

知子は顔を上げて真正面から晴美を見た。

「ねえ晴美、結婚しようが子供がいようが、人間はみんな孤独よ」

独身者の孤独よりも、夫がいて孤独を感じる方がずっとつらいわよ、と知子は心の中で晴美に話しかけた。

「知子には、独身の気持ちなんてわからないよね、薫」

同意を求める晴美に、

「まあ、そりゃあ立場が違えば、お互いになかなか理解できないわけだけどね……」

薫が歯切れ悪く答えた。

★

数日後、晴美はひとりで陶芸家の烏野倫太郎の家へ向かっていた。

烏野の屋敷は、町を見下ろす高台にある。勾配の急な坂の下から見上げると、石垣が土台となっている家は、城のようだった。その背後には竹林が迫っていて、空の青さに笹の緑と白壁が、くっきりとしたコントラストを描いている。

正面玄関を避け、裏手にまわる。屋敷をぐるりと囲む板塀に沿って歩くと、小さな木戸があり、〈窯通用口〉と墨で書かれた蒲鉾板くらいの木片が釘で打ちつけられていた。木戸を押して中に入ると、広い前庭に置かれた棚に、透きとおるような白を特徴とする白磁の青海焼が所狭しと並べられている。

小学校五年生のときに、社会科見学で訪れて以来だ。確かあのときは、若い男の弟子がいて、土から茶碗ができ上がるまでの工程を教えてくれたのだった。青海焼の歴史は日本書紀の時代まで遡るらしく、国の伝統工芸品に指定されていると説明してくれたのを憶えている。青海焼は高価なため、地元の人間でも冠婚葬祭などの特別なときにしか使わない。

窯の煙突から出た煙が、横に長く引いた形で空中に漂っていた。

奥にある小屋の中で、人が動く気配がした。晴美は怖気《おじけ》づきそうになったが、自らを鼓舞するかのように深呼吸をひとつすると、拳を強く握りしめて歩き出した。

砂利の敷かれた庭で足音を忍ばせるのは不可能だった。小屋に近づいて半開きになっていたドアから中を覗くと、いきなり烏野と目が合った。とっくに足音に気づいていたようで、轆轤《ろくろ》をまわす足を止めて戸口の方を見ていた。肉づきのいい太い首がねじれて、何本もの皺が寄っている。

そこにいたのは、遠い記憶の中の烏野より、ずっと若い男だった。作務衣《さむえ》を着て頭を剃っていたせいで、子供の目には年寄りに映っていたのだろう。

烏野は、晴美を上から下まで無遠慮に眺めた。

「ほう、もう不良はやめたんか、お嬢さんみたいな格好して」

髪型を変えたうえに、いつものようなけばけばしい化粧もしていないのだから、晴美の方から名乗らない限り誰だかわからないだろうと思っていた。それなのに、ひと目見ただけで、〈ひょうたん屋〉の娘だとわかるとは意外だった。

次の瞬間、背筋がぞっとした。烏野の目が、子供を見る優しい目つきではなかったからだ。女を品定めするときのそれだった。

からみつくような視線から目を逸らし、晴美は言った。

「お願いがあって来ました」

「ここに来るのは、あんたのお母ちゃんは知っとるんか？」

「いいえ」

「そうやろなあ。まあ、ここにお座り」

烏野が指差したのは、彼の腿にぴったりとくっつくほど近いところにある椅子だったので、晴美は少し離れた向かい側の丸椅子に腰掛けた。

「私は今、高校三年生で……」

「いちばんええ年頃やわなあ」

舐めまわすように制服のスカートから伸びた脚を見る。この前まで穿いていた、床を引きずるようなスケバンスカートで来るべきだったと後悔した。

「お願いって何や。就職の世話か？　と、いうことは……」

烏野が宙を睨んで自分の顎を撫でると、伸びかけた髭のせいでじゃりじゃりと音がした。

「あんたは〈ひょうたん屋〉を継がんのか？」

「いいえ、就職の話じゃなくて、大学へ行きたいと思って」

「へっ？　大学？」

わざとらしいほど素っ頓狂な声を出す。

「わしは中卒やさかい、そういうことはわからん」

怒ったような顔で言ったかと思うと、にやっと笑う。「聞いとらんけどなあ、あんたが大学へ行くほど、そないによう勉強できるとは。それどころか、しょっちゅう警察に補導されとったんと違うんか。そんな女子《おなご》が大学に受かるんかいな」

「これから頑張ろうと思ってます」

良い生活をするためにはレベルの高い男を捕まえなければならない。そのためには自分も大卒という学歴をつけておいた方がいい。そして、それが結局は親孝行に繋がる。

「ほんで何か、わしに学費出せってか。血は争えんなあ。お母ちゃんにそっくりやわ。その、恐ろしく図々しいとこなんか」

かっかっかと、甲高い声を出して小馬鹿にしたように笑う。

歯の隙間に黒ゴマが張りついているのが見えた。

「出してやらんこともないけどな。ほんでも、わしからの借金がこれ以上増えてもええんかなあ」

烏野は愉快そうに、にやっと笑った。

「借金？」

母が烏野から借金をしているとは知らなかった。

「店の改装費用やらは、全部わしが出したったんや」

「えっ？」

改装費用は銀行から借りたのだと勝手に思っていた。月々の返済に追われて、そのせいで毎月赤字が続いていると思っていたのだ。烏野はそんな母を可哀相に思い、金銭の援助を申し出てくれたのだと思っていた。それなのに借金という形になっていたとは。

「知らんかったんか」

「銀行から借りとると思っとったで」

「アホか、母子家庭に金貸してくれる銀行なんてあるかいな。そこいくと、わしはいつだって母子家庭の味方やけどな」

そういえば、烏野が脱税したときの週刊誌の記事には、烏野の愛人たちは母子家庭の母親ばかりだと書かれていた。

「学費も貸してやらんこともないけど、そうするとあんたのお母ちゃんも、なかなかわしから逃げられんということになって、可哀相やがなあ」

烏野は楽しそうに言った。

逃げられん？

母は烏野から逃れたいと思っているのだろうか。母と烏野が恋仲ではなくて、借金のために嫌々つき合っているのだとしたら、母があまりにも可哀相だ。

「借金はあとどれくらいあるんですか」

「そんなことは、お母ちゃんに聞いたらええやろ！」

烏野は急に大声を出したあと、目を逸らした。

なぜ急に不機嫌になるのだろう。何か変だ。後ろめたいことがあるのではないか。もしかして母は騙されているのではないだろうか。調べてみよう。いったい借金がいくらあって、月々の返済はいくらなのか。利子はいくらなのか。今もまだ本当に借金が残っているのか。

「あんたのお父ちゃんの入院費や手術費用も全部、わしが立て替えてやったでなあ」

烏野は、まるで晴美の疑いを察知したかのように慌ててつけ足す。

父が亡くなったのは、八歳のときだった。胃癌だったと聞いている。

「病院の費用はどれくらいかかったんですか」

「もう忘れたわ。十年も前のことやしな」

癌の手術というのは、あの当時どれくらいの金がかかったのだろうか。見当もつかない。

それと、〈ひょうたん屋〉の改装費用はいくらだったのだろう。

烏野が捕まった時点でも、母はまだ借金を背負っていたのではないだろうか。週刊誌に書かれた興味本位の烏野の女性遍歴の中で、「関西地方の国道沿いでカウンターだけの飲み屋を経営する女」のことも書かれていたから、まだこの先、少なくとも十年は烏野との関係は続くはずだ。

どうして家庭の経済状態に考えが及ばなかったのだろう。高校生にもなっていながら、母の苦しみに気づいていなかった自分の幼さが許せなかった。

「今日の話は、聞かんかったことにしてください」

晴美は立ち上がった。

「そうか……学費くらい出してやらんこともないのやけどな。まっ、また気が変わったら遠慮のう来たらええわ。あんたのお母さんも、もうええ年やからな。そろそろ四十や」

だから何なのだろう。意味がわからなかったので烏野を見ると、彼はにやっと笑った。

「そら、四十女より十七、八の娘の方がぴちぴちしとってええわな」

両腕にぞわっと鳥肌が立った。

どうしようもなく心が沈み込み、黙って踵を返して工房を出た。

坂道を下りながら、晴美は考えた。

愛人の娘である自分が学費を出してもらうことくらい簡単なことだと思っていた。烏野は有り余るほどの金を持っているのだから、学費が借金になるなどとは考えてはいなかった。今日ここへ来れば、烏野は満面の笑みを浮かべて大歓迎してくれると思っていた。今までは烏野を軽蔑したような目でしか見ていなかった高校生の娘が、わざわざひとりで訪ねて来て学費の申し出をするのだ。なんだかんだ言っても結局頼れるのは烏野しかいないということを、母親の愛人として優しい気持ちで受け入れ、また頼りにされていること自体を喜ぶだろうと想像していた自分は、救いようのない馬鹿だ。

烏野と母親の関係は、自分のイメージしていた愛人関係というものとは、およそ異なるものだった。金のために好きでもない男と寝ることのおぞましさを自分は経験から知っている。その耐え難い関係を、母はもう十年近くも続けてきたのだ。自分さえいなければ、こんな苦労を背負わずに済んだのに。

もう少しで母を更に苦しめるところだった。母を今の状態からなんとか救ってやらねばならない。薫や知子にも相談してみよう。

ともかく今夜から自分にできること……そうだ、店を手伝おう。少しでも、今すぐにでも、母親の役に立ちたい。

自宅に戻ると、ジーンズと白いTシャツに着替え、家庭科の調理実習で使っているピンク色のエプロンをつけた。

階段を下りてカウンターの中に入ると、鍋の中の根みつばを菜箸でかき混ぜていた母が、びっくりしたように顔を上げ、晴美のエプロン姿を凝視した。

「お母ちゃん、私、何しよ。何でもできるで」

「またそないな、ええ加減なことゆうて。あんたにできることゆうたら……」

「そこのピーマンはどうすんの？」

「肉詰めにしようと思っとるんやけど……でも、まだ挽肉の餡《あん》ができてえへんし……」

「ほんなら、私が餡を作るわ」

「そうはゆうてもなあ、作り方が……」

母は言い澱みながら、壁の時計をちらっと見た。自分ひとりで作った方が早いと思っているのだろう。それでも娘が初めて手伝うと言い出したのを邪険にすることもできないと思い、躊躇しているのだ。

「この前、家庭科で習ったばっかりやわ。ものすご、おいしいできたで。そのときの作り方をよう覚えとるから、ひとりでできるわ」

嘘をついた。ほんの一時期ではあったが、弁当屋で働いたことがあるのだ。キャバレーでの勤めがほとほと嫌になり、堅気の生活をしようと誓った三十代前半の頃のことだ。とはいえ、どんな誓いを立てても、一年ともったためしはなかったが……。

そこは、老夫婦ふたりだけで切り盛りしている小さな店だったが、安くておいしいことで近所では評判だった。晴美は、そこでたくさんの料理を覚えた。もともと手先が器用だったこともあり、その店のおかみさんに鍛えられて、味つけもうまくなり手早くなったのだった。

「家庭科か……。まあ、そないゆうんなら、やってみてもらおか」

それから開店までの一時間、ピーマンの肉詰め以外にも次々と下拵えをこなしたので、母は驚いて言った。

「まあまあ、色々と上手に作れるんやねえ。全然知らんかったわ。学校ゆうとこも、少しは役に立つことを教えてくれるんやなあ」

夕方五時半に開店すると、地下足袋を履いた土木作業員風の男たちが五、六人雪崩《なだ》れ込んできて、カウンター席に奥から詰めて座った。

「ああ、腹減った。酒飲む前に、なんかメシある?」

仕事帰りなのだろう。首にタオルを引っ掛けたままで、顔は土埃で真っ黒に汚れている。晴美がおしぼりを出すと、男たちは一斉に晴美を見た。

「ああ、それな、うちの娘」

母が簡単に紹介する。「親子丼でええか。えっと……一、二、三……六人前やな」

「そりゃそりゃ、また真面目そうなええ娘さんやな」

「まあ、ほんにほんに」

「中学生か？」

次々に言い、物珍しそうに晴美を見る。烏野の、女を品定めするような目つきとは明らかに異なっていた。六人が六人とも子供をいとおしむような目つきをしている。

「いいえ、高校生です」

答えてからカウンターの中に入る。中では、母が親子丼用に玉子をボウルに割り入れて、かき混ぜている。晴美はその横で、炊き立てのご飯を丼に次々とよそった。

「ビールもらおかな」

「わし、冷奴がええわ。しかし今日は四月と思えん暑さやったな」

「フェーンなんたらやそうや、そいで、わし、小松菜のお浸しいただこかな」

カウンターの中は真剣勝負だった。ふたりで働いても目が回るほど忙しいのに、今までパートも雇わず母ひとりでやってきたことに、晴美は驚嘆していた。母には無駄な動きというものが全くといっていいほどない。カウンターの中は狭いながらも動線がよく考えられた配置になっていた。

閉店間際まで、客は途切れることなく入って来た。当時は、この国道沿いに飲食店など数えるほどしかなかったのだから、それは当然のことでもあった。意外と家族連れも多く、飲み屋というよりも食堂といった感じだった。

暖簾を店の中にしまい入れた頃には日付が変わっていた。

へとへとだった。何の根拠もなく、どうせ楽な仕事なんだと決めつけていたのは、なぜだったのだろう。

本当に子供だった。

許してほしい。

今日一日の店の様子を見る限りでは、〈ひょうたん屋〉は儲かっていると思う。

◆

薫は、夕飯の手伝いをしようと、二階から下りて来た。

タイムスリップして二週間が過ぎていた。

「薫は今日も剣道部を休んだんか?」

「部活はもう辞めたんよ」

「ほうかほうか、そらええこっちゃ。女だてらに剣道なんてしよったら嫁の貰い手がのうなるわいな。ただでさえ薫は……」

言いかけてやめた祖母は、にやりと笑って台所へ向かう。

「ちょっと待って。おばあちゃん、言いたいことははっきりゆうてよ」

もしかしたら母にも同じように嫌味を言い続けてきたのだろうか。今のように、周りに誰もいないときを狙って。腹が立つというよりも、祖母のレベルの低さが嫌になる。

「なんか手伝おうか」

祖母のあとを追って台所へ行く。

「今夜は今朝幸《けさゆき》がおらんから、夕飯は簡単なもんにしよ」

父の今朝幸は、月に何日か帰って来ない日があった。その理由を何度か母に尋ねた覚えがあるが、そのたびに「ちょっと用事」というような、あやふやな答えが返ってきたように憶えている。それを言うときの母の、これ以上ないというほど暗い目が、強烈に瞼に焼きついている。

「面倒臭いから今日の夕飯は正子《まさこ》に任せようかな」

祖母は本当に気ままだった。夕飯の直前になってから、作る気がなくなっただの、疲れただのと言い出し、仕事で疲れて帰宅した母を翻弄することが多かったのだ。

「お母ちゃんは最近残業が多いで、疲れとるがな」

「そんだって、私だって眠たいし」

夕飯を作らないのなら「作らない」と、事前に母に言っておくべきなのだ。

「お父ちゃんはいったい、どこに行っとるん」

共働きでありながら、家事育児の負担はすべて母親にかかっていたことを思うと、父親を責めたくもなってくる。

「そないなこと、子供が知らんでもええ」

子供が？

祖母の顔を見ると、勝ち誇ったように鼻の穴を膨らませていた。

元の世界で高校生だったときは、祖母と母の仲が良くないことなど、全く気づかなかった。祖母が母だけではなく、母によく似た自分をも毛嫌いしているなんて、想像したことすらなかったのだ。

「私、ちょっと本屋に行ってくる」

嘘をついた。

「今からか？　外はもう暗いがな」

祖母が止めるのも聞かず、五〇ccのバイクにまたがり、父親が校長を務める小学校へと向かった。

小学校の裏門に着くと、その手前にある竹林の中にバイクを停め、父の車が出てくるのを辛抱強く待った。

二十分ほどすると、見慣れた乗用車が通用門を出て来るのが見えた。父が運転をしていて、ほかには誰も乗っていないようだ。黄昏どきとはいえ、交通量の少ない閑散とした道路だから、後をつけると気づかれるかもしれない。しかし、ジーンズに紺色のジャンパーを羽織り、ヘルメットをかぶっているのだから、きっと少年にしか見えないだろうとも思う。

大丈夫だろうか、どうしたものかと思っていると、ちょうどうまい具合に、軽トラックが薫の乗ったバイクを追い越して、父の車の後ろにつけた。

父は、どこへ行くつもりなのか、家とは反対方向に車を走らせている。

青海町唯一の歓楽街が見えてきた。ついこの前まで田んぼだったところだが、スナック、パチンコ屋、喫茶店、焼き鳥屋などが十数軒並んでいる。

父は共同駐車場に車を入れた。どの店に入るのだろうと、薫がバイクにまたがったまま喫茶店の看板の陰からうかがっていると、父はどの店にも入らずにスナックとパチンコ屋の隙間の、人ひとりがやっと通れるような細い路地を奥へ歩いて行った。

松の木の根元にバイクを停め、足早に父のあとを追った。辺りはとっぷりと日が暮れていたし、パチンコ屋から漏れ聞こえる軍艦マーチがうるさくて、あとをつけるには好都合だった。

路地を通り抜けると、二階建ての小さなアパートが建っていた。父は素早く周囲を見渡してから、足音を立てずに鉄製の外階段を上がっていく。コソ泥のように挙動不審な父の姿を見るのは生まれて初めてのことで、なんだか悲しかった。

父が勤める小学校の、何か問題を抱えた児童の家庭訪問に違いないという考えが、大きく揺らいでいた。担任クラスを持っている一般の教師ならともかく、校長ひとりだけで児童の家庭を訪問するなどということは、そもそもあり得ないのではないか。

父は外廊下を奥まで進むと、ズボンのポケットから鍵を取り出し、自分でドアを開けて、その中に消えていった。

数分後、水商売風の派手な女性がどこからか現われ、鉄階段をカンカンと大きな音を立てながらサンダルで駆け上ったあと、同じドアを入って行った。歳のころは三十半ばくらいだろうか、ぽってりとした唇に真っ赤な口紅を塗り、遠目にも肉感的な女だった。

父に愛人がいるなどとは考えてもみなかった。真面目なだけが取り柄の堅物だと思っていたのだ。冗談を言うのさえ聞いたことがないのだから。

薫は、音をさせないように鉄階段をそっと上がった。ドアには表札代わりなのか、マジックで〈ユリカ〉と書かれた厚紙が画鋲《がびょう》で留められていた。

母が、テレビを見ているときなどに、グラマラスな身体を露わにした女優が出てくると、「いやらしい!」と吐き捨てるように言ってチャンネルを変えてしまう理由は、ここにあったのかもしれない。

母は、娘たちの前では、姑のいじめや父の浮気に関しての怒りを露ほども見せなかった。そんな母親業の偉大さに頭が下がる。昼間は働き、帰宅後は祖母の恩着せがましいうえに中途半端な家事の取り仕切り方に右往左往させられている。家事に関しては、たぶん母ひとりでやった方が精神的なストレスは少ないだろうと思う。

母はいったいどこでストレスを発散していたのだろうか。いや、発散したことは一度もなく、何十年もの間、怒りを溜め込んで生きてきたに違いない。一方で、祖母は嫁をストレスのはけ口にしていたのかもしれない。

その夜、薫は二階にある自分の部屋で、机の上にノートを広げた。新しいページを開き、一行目に「人生計画」と書く。今度の人生では、平凡な結婚をして子供を産み育てようと決めていた。元の世界では、独身だというだけで数え切れないほど悔しい思いをしたからだ。

あのときの、天野《あまの》部長の言葉が今も忘れられない。

――宮重《みやしげ》さんはちゃんとした人だから。

宮重友紀子《ゆきこ》とは同期入社だった。総合職でありながら同期の女性のほとんどが、結婚や出産で次々と会社を辞めていく中、四十歳を過ぎても働き続け、副部長に昇進したのは、薫と友紀子のふたりだけだった。

あの日はたまたま忘れ物を取りに会議室に戻った。大きな会議室をアコーディオンカーテンで二つに仕切った向こう側では、既に別の会議が始まっていた。

――来月から始まる医療管理システムのプロジェクトリーダーには、女性を起用しようと思うんだ。

カーテンの向こう側から、システム本部の天野部長の声が響いてきた。

——黒川薫か宮重友紀子のどちらかが適任だろうと思っている。

天野部長は、男と思えないほど甲高い声を出す。周りに聞こえていないと思っているのは本人だけというのが、社内でも有名な笑い話だった。

——宮重には家庭がありますし、子供もまだ小学生と保育園児でしょう。リーダーを任せるのはどうでしょうか。それに比べて黒川薫は独身ですし、残業も出張も男と同じようにこなしますよ。今までだってそうでしたし。

柴田《しばた》営業部長の声だ。

天野も柴田も同じ部長職ではあるが、天野が五十代後半なのに対して、柴田はまだ四十九歳であるため、柴田は天野に常に敬語を使っている。柴田は、会社始まって以来のスピード出世と言われていた。仕事ができるだけではなく、部下からの信望も厚い。

薫は、カーテンのこちら側で身じろぎもせずに耳を澄ませていた。来月から始まる医療管理システムというのは、社運を賭けた仕事だと聞いていたからだ。うまく稼動すれば、将来はパッケージ化して全国展開するという。そんな大きなプロジェクトのリーダーになって成功を収めれば、部長職も夢ではない。

——宮重の家庭の事情は確かに君の言うとおりだけど、黒川に部下がついてくるかが問題だよ。

——といいますと？

——宮重はお母さんというだけあって柔らかい感じがするよな。だからかなあ、若い女の子を見ていると、プライベートな悩みなんかは宮重ばかりに相談に行くみたいなんだよな。

——へえ、それは知りませんでした。

柴田が興味なさそうに言う。

——ほんと、女の子を使うのは難しいよ。仕事以外のことも色々と心配してやらなきゃならないからね。柴田君はいつも男ばかりで昼を食べに行くだろう。それじゃあだめなんだよ。俺みたいに、昼は社員食堂に行って、若い女の子のグループと同席して話を聞いてやらなきゃ。俺なんてそのために、今流行《はや》りのファッション用語や芸能人のことまで調べてるんだからさ。

——しかし現実問題として、客先である病院の事務方から要請があれば、いつどこにでも出向くことのできる身軽な社員でないと困りませんか？　宮重は、子供が熱を出したとかで急に早退することも多いですし、保育園の送迎の関係で残業も一切できないようですよ。

——柴田君も相変わらず堅いね。そんなことはどうでもいいんだよ。実質的なリーダーには、三十代のしっかりした男をサブリーダーと称して配置するつもりなんだから。

——え？　つまり女性を起用するのは企業のイメージアップのためだと、天野部長はおっしゃってるんですか？

——当たり前じゃないか。女にリーダーが務まるわけないだろ。

——そうは思いません。黒川は切れ者だし、いつも堂々として逃げ隠れしない人間性が、僕は……。

——何言ってんだよ。頭の良し悪しじゃなくて、人を引っ張っていく力がないとダメなんだよ。女にそんなのあるわけないだろ。だいたい女の上司についていきたい男がどこにいるって言うんだ。

——失礼します。

ドアをノックする音と同時に女性の声が聞こえてきた。

——コピーは三部でよかったですよね。

甘ったるい声は石田麻耶《いしだまや》だ。入社二年目の総務の女性で、小柄で大きな目がくるくるとよく動くところが、小動物を連想させる。社内では、中高年の男性社員のアイドル的存在だった。

——おお、サンキュー。マヤちゃん、いいところに来たね。新しいプロジェクトを立ち上げようと思うんだけど、マヤちゃんのような若い女性から見て、黒川薫と宮重友紀子のどちらがリーダーだと仕事がしやすいかな。

薫は、大きな溜息が出そうになるのを、慌ててこらえた。天野部長は「若い女性」という言葉の響きが大好きなのだ。

――どっちも嫌だな、私。やっぱりリーダーは男の人の方がいいですよ。

――ほお、それはどうしてかな。

天野部長の声が嬉しそうだ。やに下がった顔つきが容易に想像できた。

――やっぱ女って感情的だし、えこひいきが激しくて……。

――そうかそうか、わかるわかる。女性はどうしたって視野が狭いからな。とってもよくわかるよ、マヤちゃんの気持ち。だけど、あえていえば、どっちの女性がいいのかなあ。

――そりゃあ宮重副部長ですよ。家庭とお仕事を両立されてますから、尊敬している女の子もたくさんいますよ。黒川副部長のように独身のままだったら、どんな馬鹿女だって仕事を続けられますもん。

――ちょっとその言い方、どうかな。黒川のような開発部の総合職の女性と、君のような総務部のアシスタントとは違うんだから。

柴田営業部長が口を挟んだ。

――おいおい、柴田君、そんなこと言ったらマヤちゃんが傷つくだろう。相手は若い女性なんだから、もっと優しくしなさいよ。僕はね、マヤちゃんの言うこと、本当によくわかるよ。で、マヤちゃんもずっと仕事を続けるつもりなの？

――まさか、マヤはいい人ができたら明日にでもやめますよ。

――それは正解だよ。女の子はそれくらいがちょうどいいんだ。

――独身の女の人って、なんだかこう、ギスギスしていて怖いですもん。ああはなりたくないって、やっぱ思っちゃいますよ。

――同感、同感。

天野の低い笑い声が響く。

叫びたかった。結婚して子供がいることが、それほど偉いことなのか。だいたい、そんなプライベートなことと、コンピュータの仕事と何の関係があるのだ。様々なライフスタイルを選択する人々が、どんどん増えてきている昨今だというのに、いったいいつになったら独身でいることが色眼鏡で見られなくなるのだろう。年増の独身女はヒステリックに決まっているという思い込みも、もういい加減にやめてほしい。たとえ柔らかな物腰を身につけて、にこやかな笑顔を四六時中貼りつけていたとしても、結婚しない限り、永遠に何かしら言われ続けるのは明らかだ。一挙手一投足を、結婚していないことに無理矢理結びつけようとする人間がいる限りは。

――やだあ、怖い。柴田部長、睨まないでくださいよ。

麻耶の媚びるような甘い声が聞こえたあと、会議室を出て行く音がした。

――じゃあ、決まりだな。

——ちょっと待ってくださいよ。こんな重要なことを総務の女の子なんかに相談するなんて。

——人聞きの悪いこと言うな。相談なんかしとらんよ。参考意見を聞いたまでだ。

——今のこと、石田麻耶が言いふらして噂にでもなったら、天野部長は信頼を失いますよ。

——あとでマヤに口止めしておいてくれ。

——え？　僕がですか？　嫌です。

——嫌って、おまえ……。

——何度も言うようですが、黒川薫は切れ者です。ソフト業界では、黒川みたいにひらめきのある人間が貴重な人材なんですよ。それにね部長、上司が女性だからという理由で部下がついて来ないなんていう時代はとっくに終わっています。今は男だろうが女だろうが、仕事のできる上司にしか部下はついて来ない、もうそういう時代になっているんですよ。

——それは俺に対する皮肉かい？　そういえば確か、君と黒川薫は同じ大学だったよな。もしかして一流大学を出ている者同士の助け合いなのかい？　俺なんかどうせ学閥とは縁がないからな。

遠くの山から聞こえる犬の遠吠えに、薫はふと我に返った。

机の上に広げたノートを見つめる。鉛筆を持つと、「人生計画」と書いたすぐ下に、「二十代で結婚」と書いた。とりあえず結婚というものをしてみよう。せっかく人生をもう一度やり直すチャンスを与えられたのだから。

そうでないと、何を言っても負け惜しみと受け取られる屈辱的な生活に舞い戻ることになる。

立ち上がって窓辺に近づくと、春の月が見えた。

簡単なことだ、結婚なんて。誰でもしている。

沈丁花《じんちょうげ》の香りがした。

第三章　それぞれの進路

♥

夏休みも終わり、二学期が始まった。

タイムスリップしてから五ヶ月が流れていたが、新宿の居酒屋〈遠来の客〉はまだ影も形もないようだった。知子は、電話番号案内で調べてみたり、東京で暮らしている大学生の兄に頼んで新宿まで見に行ってもらったりしたが、やはりあの店は存在しなかった。

前の世界にはもう二度と戻れないかもしれないと、知子は思い始めていた。もしそうであれば、気持ちを切り替えて前向きに生きて行くしかないのだが、計画どおりにうまくはいかなかった。アイドル歌手のオーディションをきっかけに芸能界へ入った後、女優に転身しようと目論《もくろ》んでいたのに、いくら応募しても片っ端から書類審査で落とされるのだ。

もうあと三、四歳若かったらどんなに有利だったろう。高三では遅すぎたのだ。

やはり女優になるのは夢で終わるのだろうか。専業主婦がせいぜい身の丈に合っていたということかもしれない。運命というものはもともと決まっていて、人生を何度やり直そうとも結局は同じところに行き着くものなのだろうか。

書類審査の落選通知が郵送されて来るたびに気弱になり、投げやりになりそうだった。いったいこれからどうやって生きていけばいいのだろう。

普通の高校生ならともかく、見かけは高校生でも精神年齢が四十代である女が投げやりになると、どうなってしまうのか想像するだけで恐ろしい。だから、これ以上自分を暗い気持ちに引きずり込まないよう、毎日を多忙なものにしようと工夫していた。

学校から帰宅するとすぐに弁当箱を洗い、夕飯の米を研ぎ、洗濯物を取り込んで畳んだ。

「おおきに、知子。ほんでもあんた受験生なんやから無理せんでもええで」

母は言った。

「これくらい大丈夫やわ。さあて炊事手伝おう。お風呂も沸かしとこうか」

忙しく働いて時間がなくなる方が、追い詰められた気分になって勉強がはかどるのだ。

芸能界に入れなかったとしても、薫のように総合職として働き続ける人生を選びたい。間違っても専業主婦になるのだけはよそう。となると、大学進学を目指して受験勉強に精を出さなければならない。そう思うと、元の世界であれほどつらく感じていた膨大な量の暗記も、今は粘り強く頑張ることができる。

あと三ヶ月もすれば、願書を出す時期になる。そのときになって、父がいきなり「短大へ変更しろ」と言い出すことはわかっている。しかし、どうあっても四年制の大学を受けるつもりだった。

うまい方法を思いついたのだ。短大を幾つか受験して、四年制は記念だと言って受験する。しかし不思議なことに短大は全部落ちてしまい、四年制の大学にしか受からなかった。

そういうことにすればいい。

夜の九時を過ぎて浩之から電話があったのは、両親ともに町内会の温泉旅行に出かけていて、家には知子しかいない日だった。

「もしもし、確かおまえ、井上陽水のLPを全部持っとるやろ。貸して欲しいのがあるんやけど」

聞いているこちらが赤面しそうになる。話をするきっかけをなんとかつかもうと、考えに考えた末のことなのだろう。というのも、浩之はひどい音痴で、お気に入りの女性アイドル歌手の曲以外は一切興味がない男なのだ。

「ええで。どのLPなん。明日、学校に持って行ったげるわ」

「いや、明日やのうて……今から知子の家に取りに行ってもええかなあ」

「まあ……別に、ええけど」

受話器を置いてから十分もしないうちに、浩之は自転車に乗ってやって来た。玄関先に突っ立っている浩之は、恥ずかしさのあまり、下を向いたまま知子の方を見ようともしない。

「『帰れない人』が入ってるやつ、貸して」

「帰れない人？　そんなタイトル聞いたことないけど」

「えっ？」

浩之が絶句したまま更に視線を下へ落とす。

「ああわかった。『帰れない二人』のことか？」

「えっと……そうや、それ、貸して」

浩之には、靖之《やすゆき》という二歳違いの弟がいて、陽水の大ファンなのだ。きっと弟に聞いて来たのだろう。

「ちょっと待っとって」

二階の自分の部屋に戻ってレコードを探し出してから、階段を駆け下りる。

「返すのはいつでもええから」

浩之はLPを受け取ると、玄関の格子戸に手をかけた。「ほんなら、また明日」振り返った浩之は、初めて知子の目を見た。

「うん。さいなら、気ぃつけて」

浩之は、もう一度振り返った。

「なるべく、早《はよ》う返すから」

「返すのはほんまにいつでもええわ」

「ほんでも悪いし」

どうせ聴きもしないのだろう。

だいたいからして、弟がこのレコードを持っていないわけがない。

「それ、当分聴けへんで、そんなに急いで返さんでもええわ」

「でも、なんぼなんでも今週中くらいには……」

時間稼ぎをしている。

高校時代というのは、どうしてこうも言いたいことが言えないのだろう。浩之は生徒会で堂々と問題提起をすることもできるし、部活では後輩に具体的で的確な指示を出すことだってできるのに。

しかし、今、浩之が言いたいと思っている類のことは、絶対に高校生には口に出すことはできない。

——もう少し君と一緒にいたい。

——君ともう少し話がしたい。

羞恥心の塊《かたまり》のような若者にとって、それを言うには死ぬほどの勇気がいる。しかし、それこそが青春時代なのかもしれないと知子は思った。歳を重ねると、いや、人によっては高校を卒業した途端に、獲物を探すように恋愛に対して貪欲になり、図々しくなる。そうなったときは、とっくに若葉の頃を過ぎてしまっているのだ。

「ちょっと上がっていったらどう。お茶でも淹《い》れるわ」

「えっ」

浩之が心底びっくりしたような顔をする。

「大丈夫。今夜はお父ちゃんもお母ちゃんも温泉旅行で家におれへんの。私ひとりやから遠慮することないで」

「大丈夫って……」

浩之が緊張した面持ちで、全身を強張らせたのがわかった。

知子から見ると、目の前にいるのは男ではなくて少年だった。子供であった。

青春真っ只中は、どうでもいいことに深く傷ついたり、つまらないことで惨めさを募らせたりするものだ。その一方で、自分は特別な人間なんだという傲慢さを抱えているもので、とてもじゃないが、心は中年の女が、そんな少年と恋人同士になるのは無理である。

「さあ、早《はよ》う、あがって」

戸惑っている浩之を促す。

浩之が知子の家にあがるのは初めてだった。

一階の和室の居間に案内してテレビをつけると、歌番組をやっていた。知子が隣の台所でカルピスをふたつ作って居間に戻ると、浩之は知子が勧めた座布団に正座していた。テーブルにグラスを置いて、浩之の向かいに座る。

「どうも」

浩之がぎこちなく頭をペコンと下げる。

「サッカーの夏の大会、残念やったね」

知子が言うと、緊張の面持ちだった浩之の表情が、一瞬のうちにむっとした表情に変わった。

それを見て知子は慌てた。青海高校が一回戦で負けたのを決して馬鹿にしたわけじゃないのだ。浩之が三年間クラブ活動を頑張ったことに対する賞賛と労《ねぎら》いの意味で言ったに過ぎない。高校生の子を持ったことのある母親としての、自然な気持ちだった。

「えっと……」

焦った。「あの……私は別に……」

ちょっと待て。私、おかしい。

浩之のご機嫌を取ろうと必死になっている自分に気づく。

もう、そういうの、やめようよ。

もういい加減、卑屈な自分を卒業しようよ。

自己嫌悪を溜息とともにそっと吐き出しながら、梨を手にとってナイフでむき始める。

「やっぱり家庭的なんやな。梨むくの、うちのお袋より上手やわ」

うつむいて梨をむく姿がしおらしく映ったのか、女らしく映ったのか、浩之は急に機嫌を直して笑顔になった。

驚いて浩之を見つめた。機嫌がころころと変わるのが、高校生の頃からだったなんて知らなかった。東京での厳しいサラリーマン生活のストレスゆえだと思っていた。

浩之の持つ、一触即発の雰囲気のせいで、常に家庭の中の空気が張りつめていた。顔色を見ながら右往左往して生活していたのは、妻の知子だけではなく、ふたりの子供たちも同様だったのだ。

もちろん、そんな家庭はザラにあるだろう。実際に、自分が育ったこの家でも、みんなが始終父親の顔色を窺っていた。

でももう嫌なのだ。許せないのだ。一家の大黒柱であっても、稼ぎ頭であっても、男であっても、周囲に気を遣わせる権利などない。家族というものは、お殿様と下々の者で成り立っているのではない。こんな暮らしの中では、家族は一瞬たりとも寛《くつろ》げないではないか。

ゆったりできる空間が家庭にないとしたら、この広い世界の中の、どこにも安らげる場所がないということなのだ。まさに三界に家なしだ。

人生は思ったよりずっと短い。そんなことは、四十歳を過ぎた人間なら誰だって知っている。そんな貴重な人生の時間を浩之なんかの顔色を窺いながら生きていくなんて、本当に馬鹿馬鹿しい！

猛然と意地悪な気持ちが湧き起こってきた。

知子はいきなりテレビを消した。

静かな夜だった。庭から聞こえてくる虫の鳴き声が却って静寂さを強調する。

沈黙が流れた。

男子高校生との間に流れる沈黙など、自分は全く平気だが、思ったとおり、純情な浩之は耐えられなかったのだろう。日頃は無口な浩之が、流行《はや》りの歌謡曲についてぼそぼそと語りはじめた。

「最近、Ｃｈａｒゆう名前の妙な歌手がテレビによう出とるやろ」

「妙？」

「なんか女みたいな顔して『気絶するほど悩ましい』を歌っとるやつや」

「知っとるがな、私、Ｃｈａｒ大好きやもん」

途端に機嫌が悪くなるだろうと思ったら、案の定だった。そのギタリストは、浩之が最も軽蔑するタイプの男性である。髪が長くて色白で可愛い顔をしている。浩之の信条である質実剛健とは程遠い、軟弱な雰囲気を持っている。

「あんな男が好きやなんて、おまえの頭おかしいぞ」

「おかしいことないわ。ほんなら日本中の女がみぃんなおかしいことになるで」

「いいや、絶対おかしい。これは譲れんし僕は認めん」

おまえなんかに認めてもらわなくてもいい。

「ところでなあ、浩之のお父さんてどんな人なん」

いきなり歌手の話題を遮られて、浩之は知子を不思議そうな目で見た。

「どんな人って言われてもなあ、まあ……普通の人」

浩之は梨にフォークを刺して、ひと口かじった。

「お母さんに対して優しいか？」

「どうやろなあ。頑固で亭主関白という感じはするけど」

「女を奴隷のように扱う、男尊女卑の権化みたいな人なんと違うか」

「そんなことあるわけないやろ。お袋が親父の顔色を窺っておどおどしてるだけやがな。お袋は自分の意見や感情がない人やから」

「意見ならまだしも感情がない人なんて、この世の中におれへんで」

「いや、そんなことない。現にうちのお袋がそうやもん」

「浩之は生まれ変わるんやったら、男と女とどっちがええと思う？」

またもやいきなり話題が変わったからか、浩之が戸惑っている。

「……そら、男やわ」

「ほお、迷う余地なしか。それはまたなんで」

「女なんかに生まれたら、結局は家のことせんとあかんし、子供できたら働くわけにもいかんしなあ」

「ふうん、浩之の将来のお嫁さんがバリバリ働く人やったらどないするん？」

「ちゃんと家のこともやってくれる女の人やったら、外で働いても文句は言えへんけど」

「共働きでも、浩之は家のことは手伝えへんつもりなんか」

「そりゃそうやわ。だって僕は男やもん」

「あんた、そんなに偉いんかいな。私の偏差値の方が、あんたのよりずっと高いで」

言ってしまってから、知子は苦笑した。「今の冗談や。気にせんとって」

高校生相手に大人げない自分が滑稽で、そして哀れだった。二度とこの男と結婚するまいと固く心に誓った。こんな男に、自分の大切な人生を台無しにされたらたまらない。

「もっと頑張って勉強するつもりやで。女に負けとるなんてみっともないしなあ」

何を勘違いしたのか、同意を求めるように知子を見た浩之も哀れだった。

ふと、元の世界での三十年前のある日のことを思い出した。父の鶴の一声で短大に変更せざるを得なくなり、浩之に相談したときのことだ。浩之は満足そうな笑顔を隠しもしなかった。そして、父と同じことを言ったのだ。――「女は短大で十分やろ」

自分より成績の劣る男子に言われた時の悔しさが蘇る。

この時代は、四年制の大学を出た女子の就職は厳しかった。それはわかっている。けれども意地があった。学力はある。偏差値も高い。その証拠を残したかったのだ。女イコール馬鹿だという偏見を少しでも持たれたくない。本当につまらない意地だ。しかし、それでも譲れないものは譲れない。

「実は、相談があるんやけど」

浩之は尻のポケットからくしゃくしゃに皺の寄った封筒を取り出した。

「黒川薫からラブレターもらったんやわ」

「えっ、嘘やろ」

思わず大きな声を出してしまった知子を見て、浩之に笑顔が戻った。

「ほんまやがな、ほら、読んでもええで」

浩之が手紙を知子の方へ差し出したが、人が書いた手紙など読むわけにはいかない。

それにしてもなぜ薫が浩之にラブレターを出したりするのだろう。知子は、浩之が持つ花柄の封筒をじっと見つめた。

「交際してほしいと書いてあるんやけど、どうしたらええと思う?」

目の前にいる少年が期待している答えは明白だった。

「それは浩之が決めることやろ。薫のこと好きなんやったらつき合ったらええんやし」

怒気を含んだように聞こえたのだろうか。浩之は、知子を慰めるような優しい目つきになった。

「いや、僕はあんなん好きやないで。黒川はしっかりしすぎとるし、それに強そうやしな」

「面白いことゆうやんか。しっかりしとるに越したことはないやろ。それとも何か、女はアホで従順な方が可愛いし、そのうえ便利やっていうことか」
浩之が驚いたように見つめる。

やめよう、やめよう。あまりに大人げない。

「私は、薫をごっつい価値ある人間やと思っとる。あの強さも賢さも正義感も、大好きや」

浩之は黙って梨を頬張った。

浩之の気弱な純情さと子供っぽさを心底鬱陶しいと思った。それと同時に、長年連れ添ってきた浩之に対して、苛ついた感情しか持てない自分を薄情な女だとも思った。浩之には悪気などない。それは十分にわかっている。

この先いったいどうすればいいのだろうか。浩之を一方的に振ることもはばかられた。受験前に精神的ショックを与えるのはいくらなんでも酷だと思うからだ。厄介なことに、浩之に対して母親のような感情が芽生えはじめていた。浩之との間に生まれた息子は既に二十一歳だったが、その息子よりも、今目の前にいる浩之の方が年下なのだ。

「それにしても、学校の行事はどれもこれも盛り上がれへんなあ」

話題を変えよう。明るい話を少ししたら、もう帰ってもらおう。「うちら白け世代て言われとるけど、ほんま当たっとるわ。文化祭も、もっと面白いこと取り入れた方がええと思えへん?」

楽しそうな声音で、文化祭の話題を振ってみた。

「僕はどっちでもええけど」

その浩之の言葉を聞いた途端、突如として腸《はらわた》が煮え繰り返るような激情に駆られた。

——どっちでもいい？　あなたはいつだってそうよ。自分に降りかかってこなければ、何だって「どっちでもいい」んじゃない！

知子が四十代半ばのとき、両親はともに七十そこそこだった。しかし、浩之の父親は大正生まれで既に八十半ばにもなっていた。その妻である浩之の母親はひとまわり年下で、幼い頃に父親を亡くし、貧困な家庭に育ったらしい。若い頃は青海小町と評判の器量良しで、浩之の父親に見初められ、十七の若さで香山家に嫁いで来たという。

浩之の母親から頻繁に東京の知子のもとへ電話がかかってくるようになっていた。姑は舅《しゅうと》に関する愚痴を、電話で切々と嫁の知子に訴えるのだ。年老いた舅は、年齢とともに更にわがままで頑固者になってきたという。そのために、嫁の知子に一ヶ月に一、二度は帰省して、舅の面倒を見てくれないかと懇願するのだ。それを浩之に相談すると、「僕はどっちでもいいよ」という言葉しか返って来なかった。自分にとっては、どっちでもいい問題なんかではなかった。やっと子育てを卒業できそうだと思ったら、今度は故郷に住む舅の世話か。それも、老いてなお矍鑠《かくしゃく》としていて、寝たきりでもなければ病気で入院しているわけでもないのだ。

——僕は夕飯なら適当に外で済ませてもいいんだし、子供たちもコンビニ弁当で我慢させるさ。僕に気兼ねなく帰省してもいいんだよ。

何を言っているの。気兼ね？　冗談じゃないわ。いったい誰が誰に気兼ねすると言うの。

結婚当初から、男尊女卑の考えが色濃く残った舅が大嫌いだった。舅にとって、知子は人格を持ったひとりの人間ではなく、香山家の長男の嫁以外の何者でもなかった。長男の嫁を顎でこき使う権利が、自分にはあると固く信じて疑わないような男だ。

舅は、役場を勤め上げたあとは町長を三期務めた。他人に対しては笑顔を絶やしたことがないといってもいいくらい、驚異的に外面《そとづら》が良かった。隠居したあとも、家に客を招くのが大好きで、いつまでも周囲の尊敬の眼差しを必要とする人だった。

客が、浩之の母親の器量の良さを褒めることは多かった。

——いつまでも、ほんまにきれいな奥さんで。

——いやいや、もう家内も年ですわ。こいつは貧乏な育ちで学校もろくに行っとらん無学なやつで、本当にものを知らんのですが、気性はさっぱりしとるうえに、料理もなかなかのもので……。

それを言われるたびに、姑が屈辱で顔を歪めているのを、舅はたぶん死ぬまで気づかないだろう。いや、案外気づいているのかもしれない。それでも何とも思っていないのだろう。なんせ、自分のことしか考えていない人だから。

盆暮れに帰省しても、同じ町内にある自分の実家に帰れるのは一晩だけで、あとは浩之の家のお手伝いさんと化していた。浩之の家は本家であるために、盆も正月も親戚中が寄り集まる。その食事と酒の用意だけでも、大変な重労働だった。

そんなことは些細なことなのだろうか。恨みを持つのは、自分が狭量な人間だからだろうか。

――どうせ、おまえも暇なんだしさ。

その当時、浩之が頻繁に放った言葉だ。

娘が中学に入学した頃から、自分でも何か資格を取って働きたいと考え始めていた。できれば、何年か働いてお金を溜めてから大学に社会人入学をしたいと思っていた。

浩之には内緒で毎週のように就職情報誌を買い、目を皿のようにして隅から隅まで舐めるように見た。分厚い雑誌だったが、赤ペンを片手に持っていても、赤丸をつけるような箇所はほとんど見当たらなかった。女性の求人には「二十三歳まで」と、今では信じられないような厳しい年齢制限がついていたからだ。

今思えば、中学生や高校生の頃に明るい未来を信じていたのは、単に世間知らずだったからなのだ。

知子は、自分の娘には一度たりとも「勉強しろ」と言ったことがない。「何のために」と問い返されたら、空しくて答えられないからだ。

渋谷の繁華街をうろつく、けばけばしい化粧をした女の子たちをテレビで見ても、非難する気持ちは起きなかった。彼女たちはみんな自分の母親を見て育ってきたのだ。どうせフツーのオバサンになるのなら、今のうちに人生を楽しんでおかねば後悔する。オバサンになったら何ひとついいことがないと達観しているようにも思えるのだ。

世話、世話、世話……そして介護。自分の人生は人の世話と介護で明け暮れるのか。舅の次はきっと姑、そしてその次は夫だ。

どうせ何の取り柄もない女なのだ。人の世話をするくらいが関の山かもしれない。だが、舅の世話をするくらいなら、パートに出て働きたいと思う。そんな自分は、冷血人間なのだろうか。

もしも自分が国会議員ならどうだろう。キャリア官僚ならどうだろう。女医ならどうだろう。仮にそうだとしたら、夫も舅も、嫁に一目置くのだろうか。少なくとも、そんな立派な仕事を辞めてまで田舎に帰って舅の世話をしろとは言わないのではないか。しかし、そんなエリート女性はほんのひと握りだ。それ以外の女には家政婦に徹する人生がついてまわるのだろうか。男は違うじゃないか。浩之だって舅だってエリートでもなんでもない、平凡な、どこにでもいるオヤジだ。

——うちのお袋が、新幹線代を持ってくれると言ってるんだから、帰省しやすいだろう。それに、どうせいつかは親父やお袋の介護をしなけりゃならないわけだから、今のうちに少しずつ慣れておいた方がいいよ。

どこにも出口がなかった。

——僕のことは本当にいいから。知子がいなくなると不便になるけど……。でもほんと、僕は犠牲になるから。

犠牲？　犠牲！　犠牲って……。

どこか遠くへ行ってしまいたかった。

「そういう言い方はないでしょ。どっちでもいいって言う卑怯な人、大っ嫌い！」

無意識のうちに、テーブルを叩いていた。大きな音がした。

高校生の浩之は、息を呑んで知子を見つめている。

急いで深呼吸した。

「ごめん。なんだかちょっと疲れとるみたい」

熟練している作り笑いを頬に載せる。

「もっと、おとなしい女やと思っとったのに……」

浩之の言い方には、まるで「今まで騙されていた」というような腹立たしさと失望が込められていた。

「もう遅いし、帰った方がええわ」

玄関まで出て浩之を見送ったあと、澄んだ夜気の中で満天の星を見上げた。

◆

薫は、先ほどから知子の視線が気になっていた。

知子がちらちらと自分の方を盗み見しているのが視界に入る。もしかしたら知子は、自分が浩之に手紙を渡したことを知ったのではないだろうか。

「知子、どうした？　いやに今日は無口だね」

晴美も、知子がいつもとは違うことに気づいたようで、顔を覗き込むようにして尋ねた。

「そう、かな」

知子が目を泳がせる。

「手紙のこと？」

思い切って自分から尋ねてみた。こうなったらもう開き直るしかない。

「なになに、手紙って何のことよ」

晴美は、切り株からお尻が落ちそうになるほど身を乗り出す。

尋ねられた知子はうつむいて黙ったままだ。やはり浩之から聞いていたのだ。知子にしゃべってしまう浩之も浩之だが、知子も嫌な感じだ。直接問い詰めてくれればいいものを。

「私さ、香山君にラブレター渡したんだ」

「うそっ！　薫が？　なんで香山君に。なんで、なんでなんで」

晴美が大きな声を出す。

丘の上は涼しい海風が吹いていた。なだらかな丘に、伸び放題の雑草が風にゆらゆらとなびいている。それらが海藻のように見えて、まるで海の底にいるような錯覚に陥る。

「今度の人生では結婚したいと思うんだよね。実はね、中学時代から香山君のこと好きだったの。ずっとサッカー部のキャプテンをやってたでしょう」

サバサバした言い方が、却ってわざとらしいかもしれないと、気弱になりかける。

「私、薫に協力するわ」

知子が、目を見て言った。「彼がどういう女性が好みか、私だいたいわかるから、薫にアドバイスできることがあるかも」

あまりにあっさりした知子の態度に、漠然とした不安にかられた。それを敏感に察知したのか、知子は早口で付け足した。「薫が浩之と恋人同士になれば、私だって解放されて自由に生きられるもの。一石二鳥なのよ。ただ……」

「ただ、何よ」

晴美が自分のことのように先を促す。

「浩之は、女らしい女性が好きなのよ。三歩下がって控えめな感じのね。薫にそういう演技ができるかしら」

「そりゃ薫には無理だ」

即座に晴美が断言した。「だって薫は清冷寺達彦と学年で一、二位を争っているような女だよ。薫から見たら、自分よりずっと頭の悪い香山君の三歩も後ろをついて歩くなんて馬鹿馬鹿しくてやってられないよ、ねっ」

晴美がこちらを見て同意を求める。

そんな演技くらい、やろうと思えばできるのではないかと思ったが、自信があるわけでもないので黙っていた。

「それにさ」

さらに晴美が続ける。「薫は香山君と身長も同じくらいなんだし、どう見たって釣り合わないよ」

複雑な表情のまま切り株の一点を見つめていた知子が、すっと顔を上げて晴美を射るような眼差しで見た。「晴美の言い方だと、女の方が劣っているカップルじゃないと、うまくいかないように聞こえるんだけど」

今度は晴美が心底驚いたような顔で知子を見返す。「何言ってんの。そんなの常識じゃん」

「どこの国の常識よ、誰の常識なのよ」

知子が挑むような目をするのを初めて見た。

「知子、本気で言ってんの？　そんなの大昔からの決まりごとだよ。だから女はみんな、自分より年上の男と結婚するんだよ。そして、頭の出来の方は、最低でも自分よりマシな男を選ぶんだよ」

「つまり、香山君よりずっと成績がいい私は、ふさわしくないってことね」

小学校時代から、自分よりも成績のいい男の子がいなかったので、ピンとこない。

「そりゃそうだよ。男のプライドが粉々じゃん」

「一概にそうとも言えないと思うわよ。現に私だって浩之より成績いいんだし」

知子が言う。「もしも薫に控えめな女を演じることができたらの話だけど、浩之ならきっとこう思うはずよ。黒川薫は勉強はできても所詮はやっぱり女だな、男の僕に頼らないと生きていけないんだなって。そういうの、彼の優越感を最もくすぐるはずよ」

「うーん、なるほどね。知子は読みが深いね。あたしはそこまで気がまわらなかったよ。薫のような優秀な女にかしずかれると、男冥利に尽きるというわけか。うん、有り得るかもね」

「だけどそもそも、そんなレベルの男でもいいの？　薫」と知子が尋ねる。

「いいよ、いいよ」

なぜか晴美が即答する。「だって、香山君てかっこいいじゃん。少年らしくてさ。なんかこう、女とは違う生き物って感じが強烈。そんな男はなかなかいないよ」

関係のない晴美がはしゃいでいる。

「確かに……恋愛だけを考えると……」

知子が考えながら言う。「高校時代の彼はかっこいいかもね」

「香山君のことは本当にもういいの？　知子」

念を押すと、知子は大きく頷いてから笑顔になり、言った。「薫が浩之と結婚したら、どういう結婚生活になるのか想像できないだけに、私ものすごく興味あるわ。ねえ薫、もし本当に浩之と結婚したら新婚家庭に招待してよね」

「どうぞどうぞ、是非いらして、なあんてね。そんなにうまくことが運ぶだろうか」

晴美は、知子と自分の間に座っていて、片方がしゃべるたびに、顔を忙しそうに振り向ける。

「私の方でも色々と作戦を考えてみるわ。全面的に協力するから」

知子が力強く言った。

長年にわたって夫婦だったというのに、そんなに簡単に割り切れるものなのだろうか。

知子が積極的に応援するというのは予想外だった。二度と浩之とは結婚しないと言ってはいたが、いざ他の女にとられそうになったら、気持ちが揺らぐだろうと思っていたのだ。

協力的な知子の態度を見ると、まるで一刻も早く厄介払いをしたいように思えて不安が残る。

「あの……ついでに私の相談にも乗ってもらいたいんだけど、私……清冷寺君と結婚したいと思ってるんだよ」

晴美が言いにくそうに切り出した。

「清冷寺君？」

清冷寺といえば、代々医者の家柄だ。彼は医学部へ進み、父親が院長を務める清冷寺クリニックの跡を継いだ。この地域では最も大きい総合病院だ。

小児科医になった彼は、薫の甥っ子たちのかかりつけだった。

「何よりもまずは、安定した暮らしをしたいと思うんだよね」

晴美の過去を思うと、経済的に恵まれた生活を求めるのも無理はないと薫は思った。

「晴美には、そういうのがいいかもね」

知子も賛成した。

「どう、清冷寺君ていい人なの？」

なぜか知子が薫の顔を見て尋ねる。「薫なら彼がどういう人か知っているでしょう。教室の中でも彼とよく話をしてたじゃない」

そう言われれば、清冷寺は頻繁に話しかけてくる。彼は理数系が得意だったが現代国語が苦手で、学校で行われる模擬試験の模範回答が腑に落ちないときなどに「教えてほしい」とよく来たものだった。それに、清冷寺が小学生の頃、薫の母親が彼の担任だったことがあるらしく、うちへ何度か遊びに来たこともあった。

「母子家庭で育ったうえに学歴もない私なんか、清冷寺家が反対するよね、きっと」

薫は、清冷寺家に詳しいわけではなかったが、学歴や家柄にこだわらない雰囲気があったように記憶している。清冷寺の母親は、かなりの美人ではあったが、「お医者様の奥様」然とした女性ではなく、それどころか清冷寺クリニックの中で最も働き者の看護婦だった。

薫の祖父が風邪をこじらせたときに、共働きの両親に代わって病院へ付き添ったことが何度かあるが、清冷寺の母親は病院内を忙しそうに走り回って働いていたし、父親である院長先生も駄洒落好きの気さくな人だった。

「だからせめて短大くらいは出ておこうかなと思って……」

晴美は、母親のパトロンの鳥野に会いに行ったときの様子を話した。「でも残念ながら、学費なんてとても出してもらえそうになかったよ」

「何言ってるのよ。出させるのよ。簡単よそんなの。脅せばいいだけのことよ」

知子がこともなげに言うので驚いた。

「脅すって……」

不良だった晴美でさえも、びっくりしている。

「なんだってやるのよ、思い切って。せっかく与えられた二度目の人生なんだもの。確か、その陶芸家は今から十年ほどあとに脱税で捕まるでしょう。きっと今も脱税してるわよ」

知子の憎々しげな言い方が気になる。知子は、浩之だけではなく、世の中の男性全員に対して怒りを持っているのではないか。結婚するということは、そんなに大変なことなのだろうか。それとも、浩之との結婚生活がそれほどつらかったということか。そう考えると不安が増してくる。

「ね、知子、ちょっと教えて。正直に答えてね。香山君は暴力を振るったりする人？」

「は？」

いきなり話が烏野から浩之に飛んだからか、知子が不思議そうに薫を見つめる。「ひっぱたかれたことさえないよ、一度も」

少し安心する。

「いくら何でも、暴力亭主だったら即座に別れるに決まってるじゃない」

「ごめんごめん、そりゃそうだよね」

言ってからふと晴美を見ると、これ以上ないというほど暗い目をしていたので慌てた。晴美は、あの雅人という男から暴力を振るわれて流産までしたのに、しばらくは別れなかったのだ。薫の視線に気づいたのか、晴美が顔を上げた。「そんなの、帰るところがある女の言う台詞だよ。行くところがなければ暴力を振るわれても別れられないよ」

「晴美には帰るところがあるじゃない。実家に帰ってお母さんのお店を手伝えばよかったじゃないの」

触れられたくないであろう晴美の過去にまで、知子が土足で踏み込むのは何故なのだろう。知子はどちらかというと控えめで、ずけずけと物を言うタイプではなかったはずだ。

「どのツラ下げて帰るんだよ」

晴美が喧嘩腰で知子を睨む。

「どのツラだっていいじゃない。私だったらすぐに帰るわよ」

「経験もないくせに」

「もしも浩之が暴力亭主だったらという想定の話だけどね、私には子供がふたりいたから、世間体なんて構っていられなかったと思うわ。子供たちに安心して暮らせる環境を与えるためだったら、人に笑われようが親に罵倒されようが、厚顔無恥になれたと思うの」

晴美が口を固く結んで海を見つめた。

ともかく、浩之が暴力を振るうタイプの男ではないというのは真実のようだが、それでも漠然とした不安が残る。

「……知子、しつこいようだけど、香山君とは二度と結婚したくないという本当の理由を聞かせてくれない？」

「彼が特に酷い男だと言ってるんじゃないのよ。相手が誰でも、もう私は結婚はしたくないの。それにね、私の結婚生活が参考になるとは思えないわ。薫が奥さんになったら浩之がどういう夫になるのかなんて、私にだって想像できないし」

聞いた途端になぜか強烈な嫉妬心が湧き起こってきた。恋愛なら多少なりとも経験があるし、世の中は恋愛映画や恋愛小説で溢れかえっているから、恋愛中の男女は誰しも似たり寄ったりだと想像できる。しかし、倦怠期の夫婦や冷め切った夫婦の関係は経験がないだけに、ピンとは来ない。そこには、他人には窺い知ることのできない深い情や絆があるのではないだろうか。そう考えると、そこに妙に艶《なま》めかしいものさえ感じてしまうのだった。

♥

大晦日になった。

知子の家の玄関には正月用の花が活けてある。青々とした松が、千両の艶のある赤い実を引き立てている。

母は、年内の洋裁の注文をすべて縫い上げて仕事納めとし、正月の準備にかかっていた。東京の大学へ行っている兄も冬休みで帰省している。明るくて屈託のない兄が帰って来たからか、家の中が急に賑やかになっていた。

大掃除が終わると、知子は母と正月準備の買い出しに出かけた。魚屋をまわり、肉屋に八百屋、最後に老舗《しにせ》の和菓子屋にも寄る。田舎ではまだスーパーマーケットが主流でなかった時代だ。

知子は、幼い頃から年末の忙しない雰囲気が大好きだった。年中ミシンに向かっている母が、年末になると真っ白い割烹着を着て一日中台所にいるのも嬉しかったし、父もやたらと機嫌が良かったからだ。

母と作ったおせち料理を重箱に詰めていると、父が腕まくりをしながら台所に入って来た。父が鼻歌をうたうなんて滅多にないことだ。

「あれ、まだ用意はできとらんのか」

テーブルの上を見渡した途端に、笑顔が消えて険しい表情になった。

「午後になったら蕎麦《そば》を打つってゆうたやろ！」

父が年越し蕎麦を打つのが恒例だった。

「ごめん、ごめん」

母が慌てて謝る。

「謝ったら済むっちゅうもんやないやろ」

「もうちょっとだけ待っとって、今すぐにここを片づけて用意するでな。お父さんの打つ蕎麦はほんまにおいしいでなあ」

母が一生懸命に機嫌を取る。

「昨日から言うとったのに、何で用意しとけへんのんじゃ、このボケが！　ほんまに女ゆうたら阿呆ばっかりで、もう！」

「すぐに用意するわ、な、お父さん」

「もうええわ！　わしゃ知らん！」

父は言い捨ててそのまま玄関に向かい、外へ出て行った。力まかせに玄関の格子戸を閉める音が家中に響く。

知子は幼いときから、父が癇癪《かんしゃく》を起こすのが怖かった。父が理不尽なことで家族を怒鳴り散らすと、一瞬にして家が暗い雰囲気に包まれる。普段から何が父の機嫌を損ねるのか全く予想がつかず、緊張の解ける間がなかった。

幼い頃、よく夢想したものだ。もしも、魔法使いがひとつだけ願いをかなえてくれるとしたら、アメリカのホームドラマに出てくるような「優しいパパのいる家庭」の子供になりたいと。

テレビのトーク番組などでは、頑固親父の存在を古き良き時代の象徴のように言うコメンテーターも多いが、それに耐える家族がどれだけ我慢を強いられているかを考えたことがあるのだろうか。

「最低の男やわ」

無意識のうちに吐き捨てるように言っていた。

母が驚いたように見る。

「知子、そういう言い方したらあかんわ。お父さんかて悪気はないんやから」

母はテーブルの上を片づけてから、蕎麦を打つ道具を並べはじめた。

「ええっとこれで準備万端かな。麺棒もあるし、打ち粉もあるし、ボウルには水も入れたし……」

母は、テーブルの上を何度も何度も指をさして確認する。

「ひとつでも足りんもんがあると、また癇癪玉が破裂するでな」

母が弱々しく笑う。

「蕎麦なんて出前頼んだらええやん。買《こ》うてきてもええんやし」

「そうはいかん」

「なんでえな、お父さんの打った蕎麦がそんなにおいしいか」

「いいや全然おいしないで。食べてる途中でぼそぼそと麺が切れるし、まずいまずい。私の作ったおつゆがええ味やから、お父さんの下手くそな蕎麦もおいしい感じるだけやわ。錯覚や、錯覚」

思わず大きな溜息が出た。

家族全員が気を遣い、何ごともお膳立てしてやらねばならない夫とは、いったい何なのだ。まるで幼児ではないか。

「しゃあないがな。お父さんはほんまは蕎麦を打ちとうて打ちとうてたまらんのやから」

夕飯前に帰ってきた父は、上機嫌だった。パチンコに行き、相当勝ったらしい。

大晦日の夕飯は毎年すき焼きと決まっていた。卓上ガスコンロに置いた南部鉄の鍋が熱くなったところに牛脂を放り込むと、ジュッと音がした。

四角い炬燵《こたつ》のそれぞれの辺を家族四人で囲む。

四十代の父と母、そして大学生の兄と高校生の私。

家庭の中で子供でいられた期間は、なんと短かったのだろうとしみじみ思う。

「尚輝が有名な会社から内定もらったから、ひと安心や」

日本酒で顔を赤らめた父は顔をほころばせて言う。

「尚輝は大学でも成績が良かったでな」

母も嬉しそうに言い、兄のお猪口《ちょこ》に酒をついでやる。

「そうやったな、成績は優と良ばっかりや言いよったな。尚輝、それでこそ男や」

男……。

一瞬にして知子の楽しい気分が吹き飛んだ。

そっと母の横顔を盗み見ると、母は満面の笑みのままだった。

それでこそ男だ、男になった、男だろ、男なら——こういう言葉が、未来の可能性を信じている、「男」ではない少女の心をどれほど傷つけるか、父はきっと一生気づかないだろう。

夕飯が終わると、テレビを見た。レコード大賞はジュリーの「勝手にしやがれ」で、新人賞は清水健太郎の「失恋レストラン」に決まった。

「おかしいな、どう考えても新人賞はピンク・レディーやろ」

兄が真剣な眼差しで同意を求めてきたので、思わず笑う。この当時は、受賞者が妥当かどうかを兄妹で毎年真剣に話し合っていたのだった。

風呂を済ませた頃、紅白歌合戦が始まった。一曲目は郷ひろみの「悲しきメモリー」で、続いて紅組のトップは桜田淳子の「気まぐれヴィーナス」。芸能界デビューを目論んでいた知子は、紅組の舞台衣装や髪型を食い入るように見つめる。

しばらくすると、「青春時代」という曲が流れてきた。紅白初出場の森田公一とトップ・ギャランだ。

耳を澄ませて、歌詞を噛み締めるようにして聴いた。青春時代が素晴らしいなどという間違ったことを最初に言い出したのは、誰なのだろう。青春というのは苦くてつらいものだ。ひどく孤独で情緒不安定なこの時期を、有意義に過ごせる人間は数少ない。

その歌が終わったとき、一旦人生経験を積んだ大人が、将来をしっかりと見据えた打算的な青春時代を送ることに罪悪感を覚えていた。卑怯者のような気がした。

しかし、こうなってしまったからには、もう失敗するわけにはいかないのだと気を取り直す。

除夜の鐘が鳴る頃、家の電話が鳴った。

――ああ、知子？　あけましておめでとさん。

浩之だった。一ヶ月前に交際を断ったはずだ。それなのになぜ電話をかけてくる。

「もう関係あれへんやろ！」

思わずきつい口調で言ってしまった。

プライドの高い浩之が未練がましく電話をかけてくるなんて、よほどのことだ。勇気を振り絞ったに違いない。わかってはいても、怒りを抑えられなかった。

紅白歌合戦を見たときから、浩之に対する憎しみが今さらのように募ってきていた。炬燵にあたりながらゆっくりとテレビを見て新年を迎えるのが、実に二十数年ぶりだと気づいたからだ。

結婚してからというもの、大晦日は浩之の実家で早朝から夜中まで、台所と居間を往復していた。子供たちがまだ小さかった頃は、その合間を縫って子供たちを風呂に入れたり、寝かしつけたりもした。もうへとへとだった。

日が明るいうちに一年の垢を流し終え、酒を酌み交わしながら寛ぐ権利があるのは、舅《しゅうと》と浩之と、そして浩之の弟の靖之だけだった。

靖之は、知子が中学時代に部長をしていたブラスバンド部の後輩だった。中学時代は知子に対して敬語を使っていたくせに、兄嫁になった途端に、舅と同じように知子を顎で使うようになったのだ。

新年が明けて二日目の夜になると、やっと香山家から解放されて実家に帰ることができた。結婚したばかりの頃は、実家に帰った途端に緊張が解けるのか、毎年のように熱を出して寝込んだものだ。

激しく罵り合ったり、または全く会話がなかったりする夫婦に比べると、自分たちはマシな部類に入ると思ってきた。しかし、一度たりとも大きな喧嘩をしたことがないのは、円満だったからなんかじゃない。自分がじっと我慢を重ねてきたからなのだ。妻が心の中に爆弾を抱えているような家庭が、果たして幸福な家庭といえるのか。

「悪いけど、もう切るで」

知子は、浩之の返事も聞かずに受話器を置いた。

三学期を迎えた。

土曜日の午前授業を終えると、知子はすぐに東京へ向かった。

オーディションの書類審査に初めて通ったのだ。両親には大学の下見に行くのだと嘘をつき、東京の兄のアパートに泊めてもらうことにした。

両親に芸能界に入りたいのだと正直に言ったところで反対されるのはわかっている。父は、芸能人など単なる見世物に過ぎないと言い切るほど頭の古い男なのだ。

今回はアイドル歌手のオーディションではなく、『不倫』という映画の女子大生役の募集だった。男優は既に決まっていた。ハンサムではないがセクシーな俳優として主婦層に人気があり、不良中年の役を得意とする四十半ばの男だ。

控え室に入って周りを見渡してみると、今までになく年齢層が高かった。応募規定に十八歳以上とあったからだが、二十代後半と見える女性も多かった。

ほとんどの女性が正統派の美人か、そうでなければ個性的でチャーミングな顔立ちをしていた。そんな応募者たちを見ると、心の底にほんのわずかに残っていた自信が一気にしぼんで消えた。

しかし、元の世界のように、日本人離れしたスタイルの女性は、まだほとんどいなかった。自分は薫ほどではないが背は高い方だし、手足も長い。もしかしたらいけるかもしれない。そう思うと徐々に緊張感が高まってきた。

定刻になると、十五人ずつ名前を呼ばれた。自分の順番が来るまでは、パイプ椅子に座って膝の上に載せた拳をじっと見つめていた。諦めかけていたところに来た、たったひとつのチャンスだと思うと、極度に緊張しそうだった。全く関係のないことを考えてリラックスしようと思うが、何も思い浮かばなかったので、口の中で九九を二の段からお経のように言ってみる。

やっと自分の名前が呼ばれて隣の部屋に移動すると、そこは小さめの体育館といった感じの稽古場だった。五、六人の審査員が椅子に座ってこちらを見ている。

知子のいたグループの審査はあっという間に終わってしまった。ひとりずつ名前と年齢を言わされただけで、誰ひとりとして質問もされなかったのだ。十五人全員がダメだったのかもしれない。

暗く沈んだ気持ちでいたが、三十分後に張り出された最終候補者の中に、自分の名前を見つけたときは、嬉しくてもう少しで声を上げるところだった。数年後に流行る髪型を先取りしたのが功を奏したのかもしれない。

最終候補に残った八人は、揃いの白いビキニを着せられて舞台に一列に並ばされた。

「二十五番の人に質問します」

審査員から真っ先に指名されたのは、自分の隣に立っている女性だった。横目でそっと隣を窺う。

あっ！

紺屋麗子《こんやれいこ》だ！

ああ、もうだめだ。

彼女は数年後に人気女優となり、立て続けに何本かの映画で主演をしたのちに、歌舞伎役者と結婚する。そして潔く一線を退くのだ。

その手の運命は変わりはしないだろう。

つまり、彼女で決まりだ。

「今回の映画はね、濡れ場が勝負なんだよ。君はヌードになれるのかな」

「えっ……」

麗子は、それきり黙ってうつむいてしまった。ほかの女性たちも驚いたように隣同士で顔を見合わせたあと、息を詰めて成り行きを見守っている。

「女優という仕事はね、すべてをさらけ出さなきゃいけない。それが芸術というものなんだよ。プロ根性というものが、君にあるかどうかを知りたい」

「ヌードはちょっと……」

「あっそう。君はヌードにはなれないって言うんだね」

質問した審査員は、突き放すように言ってから麗子を一瞬睨んだ。そのあとは、審査員席で男たちが顔を寄せ合ってぼそぼそと話し込んでいる。

しばらくして、その中のひとりがマイクを手にした。

「ヌードになれるという人がいたら、手を挙げてください」

静まり返った。

女性全員が、息を詰めて身じろぎもしない。

心臓がどくどくと大きく波打っていた。

どうしよう。

どうすべきだろう。

もしここでチャンスを逃したらもう人生は終わりだ。手を挙げるべきなのだ。だけど、ヌードになるなんて絶対に嫌だ。でもこのチャンスを逃したら、元の世界と同じような平凡な人生が待っている。

どうしよう……どうしよう！

いったいどうしたらいいの！

私はいったいどうすべきなの⁉

焦りと緊張で口の中が渇き、掌が汗ばんできた。

「はい！」

次の瞬間、知子は大きな返事とともに手を挙げていた。

「あ、君ね。そう、じゃあブラジャーを外してみて」

耳を疑った。

「今、ここで……ですか？」

「そうだよ。今ここで」

絶句した。

怒りで手が震えてきた。

ここでヌードになる必要がどこにある⁉

「撮影に入って土壇場になってから、嫌だと泣き出す子が多いもんでね」

「……」

「あれ？　どうしたの。やっぱり脱げないの？」

知子は一歩前に踏み出て、両手を背中にまわしてブラジャーを外し、審査員席に向けて胸を張って見せた。

「ほお、度胸あるねえ」

審査員全員が息を詰めて、裸の上半身を穴のあくほど凝視している。

周りの女性たちの非難の視線が背中に突き刺さる。無理もない。自分も高校生だった頃には、見知らぬ中年男たちの目の前で裸になるなんて想像するだけでぞっとした。

この時代には、ほとんどの高校生が心身ともに潔癖さを保っていた時代だ。まだまだ子供だと思っている自分に対して、好色な視線を向けられるだけで吐き気がするほどの嫌悪を感じたものだ。

「もうちょっと、こっちに近づいてくれるかな」

審査員席に向かって歩く。

脚が少しでもきれいに見えるようにと、平均台の上を歩くような感じで交互に前へ出した。しかし、脚を見ている審査員はひとりもいなかった。全員が知子の胸と白い小さな布に隠された股間を交互に見つめている。

審査員席の真ん前に立たされた。

「ちょっと、こっちにも来て」

一番端っこに座っている審査員が呼んだ。

その男の目の前まで行く。

「ほお、いいねえ」

その男は、わざとらしく自分の股間をさすって見せた。首が見当たらないほど醜く太ったその男を、ひっぱたいてやりたい衝動にかられた。それは、その男個人に対してというよりも、若い女を性の対象としてしか見ることのできない世の中の男すべてに対しての憎悪だった。

「その流し目もいいねえ」

流し目などした覚えはない。思わず睨みつけてしまっていたのだ。

「わかった。じゃあ、元の位置に戻って」

踵を返すと、突っ立ったままの女の子たちが一斉に鋭い視線を投げかけてきた。思わず両手で胸を隠し、元の位置まで戻ると、後ろを向いたまま素早くブラジャーをつけた。

「乳首の色が今ひとつだけど……」

「ピンク色に化粧しちまえばいいよ」

男たちがひそひそと話し合っている声が背後から聞こえる。

「では、グランプリは曽我知子さんに決定します。準グランプリは紺屋麗子さんです」

簡単な表彰式のあと、ぞろぞろと控え室に戻った。

女性たちは次々に紺屋麗子に「おめでとう」と言ったが、自分は見事なまでに無視された。

「あそこまでしたくないわ」

こそこそと話すようでいて、わざと聞こえるように言っている。

「売春の経験でもあるんじゃないの。でなきゃあ脱げないわよ」

「ああなると女ももう終わりよ」

「軽蔑しちゃう」

「一発屋で終わるわね」

居たたまれなかった。

のろのろとした動作で、揃いの水着から私服に着替える。すぐ隣で、同じように着替えをしている紺屋麗子に何気なく目をやった。次の瞬間、驚いて彼女の裸の胸を凝視していた。麗子は知子の視線に気づいたのか、くるっと背を向けると、素早くタートルネックのセーターを頭から被った。

知子は控え室を出て、言われていたとおりに第一会議室に行くと、審査員席では見かけなかった真面目そうな映画製作会社の男が待っていた。

「早速ですが、今後のスケジュールです」

男は、スケジュール表や台本などを机の上に置いた。

「撮影は四月の半ばからですが、上京はいつ頃になりますか」

大学受験を控えていることを話すと、男はにこやかな表情で言った。

「それはいい！　是非、頑張って合格してくださいね。本物の女子大生というだけで宣伝効果がありますからね。大学は有名であればあるほど、こちらとしては助かります」

第四章　十五年後

♥

知子は三十三歳になった。

マンションのエレベーターを待っていると、バッグの中で携帯電話が鳴り響いた。

「うるさいわね」

ほかに誰もいないのをいいことに、わざと大声を出す。そうすることによって、苛立ちが少しでも解消されるのを期待したのだ。

「あー暑い。東京は暑い」

額に汗が滲み出る。バッグに手を突っ込んでハンカチを捜すついでに、手探りで携帯電話の電源を切った。月曜日の夜中といえば、晴美からの電話に決まっている。高校を卒業してからの十五年というもの、毎週のようにかかってくるのだ。

最上階でエレベーターを降り、部屋へ向かう。静まり返った深夜の廊下に、キャリーバッグのキャスターの回転する音だけが響いた。

鍵を開けて部屋の中へ入るなり、蒸れた空気が体中にまとわりついてきた。数時間前までいたロケ現場である蓼科《たてしな》高原のさわやかさが嘘のようだ。うだるような都心の暑さは、疲れた体に応える。

リビングルームに入ると、窓辺にかけ寄って窓を全開にした。途端に排気ガス臭い生ぬるい空気が入ってきた。

いったい何やってるんだろう。胸いっぱいに吸い込みたくなるような冷たい空気を想像していたなんて、疲れすぎて頭が働いていない証拠だ。最上階にもかかわらず、眼下を行き交う車のエンジン音と甲高いクラクションの音が容赦なく響いてきた。

溜息をひとつついてから、開けたばかりの窓を閉める。ストッキングを脱ぐと、フローリングのひんやりとした感触が足裏に心地好かった。寝室のドアを開け、エアコンの除湿ボタンを押すと、ベッドに倒れ込むように突っ伏した。

どうせ眠れないだろうなと知子は思う。神経が毛羽立っているときはいつもそうだからだ。仰向けになり、両手を目の前にかざしてみると、指がまだふやけていた。

二時間もののサスペンスドラマでは、浴室で殺される娼婦の役だった。わざわざ半裸になって何時間も泡風呂に浸かっていた割には、事件の鍵を握る重要な役どころでもなく、単なるゆきずりの女の役に過ぎなかった。

リビングの電話が鳴りはじめた。たいした音量でもないのに、疲労のせいか、けたたましく感じて神経に障る。身体がだるくて起き上がれない。出なくてもいいや。仕事関係ならこんな時間にかかってきたりしない。

だ。

ああしつこい。なかなか鳴り止まない。

仕方なくベッドから起き出して、スリッパも履かずにリビングへ行く。きっと晴美から
うんざりする。

放っておこうかとも思ったが、先週も無視したことを思い出して、仕方なく受話器を持ち上げた。

「私、晴美やけどな、こんな夜遅うごめん。あっ、もしかして、もう寝とったん？」

「いえいえ」

「ほんで、あれ、どうやった？　新宿に行って見てきてくれたんか」

晴美は、〈遠来の客〉がオープンするのを、この十五年間、首を長くして待っている。

開店したら、すぐにでも地下の個室を予約して、額縁の裏に隠されているボタンを押し、再びタイムスリップしようと計画しているのだ。

「行ってみたわよ。先週、ちょうどあの辺りでロケがあったから捜してみたわ。でも残念ながらまだみたいよ」

今現在、その場所にはジーンズショップが建っているのだが、いつか取り壊されて〈遠来の客〉が建設されるはずだ。しかしそれがいつなのかが、誰にもわからない。

「オープンしたらすぐに電話してあげるってば」

もう何年も言い続けてきたことを、また今夜も繰り返す。

「わかっとるけどな、なんや落ち着けへんし」

「あの居酒屋に集まったのは四十七歳のときだったでしょう。私たちは今三十三歳なんだから、開店するのはまだまだ先なんじゃない？」

「いいや、そんなはずないで。あの居酒屋は、そんなに新しい建物やなかったし、内装も結構古びとったわ」

完全に方言に戻っている。

「古びてたんじゃなくて、アンティークな内装だったのよ」

「いいや、そんだけやあれへんわ。その証拠に外壁にはびっしりと蔦《つた》がからまっとったやんか」

そう言われればそうだ。

「だけど、晴美はお医者さんの奥様になれて満足してたんじゃないの？」

毎週のように電話がかかってくるのは、本当に鬱陶しい。今の人生のままで十分じゃないかと意地悪なことも言いたくなってくる。

「いいや、ええとこの奥さんにはなり切れんわ。やっぱり女っちゅうもんは、釣り合った家に嫁にいくのが一番やで」

晴美の話によると、結婚を反対された清冷寺家とは、いまだにうまくいっていないらしい。ことあるごとに、清冷寺家側の親族から嫌味を言われるという。以前、薫から聞いた話では、清冷寺の家風は学歴や家柄にこだわらないというものだった。しかし、晴美の話を聞く限り、内情は違うようだ。

晴美は高校を卒業後、隣町の女子大へ進学した。そこは定員割れに四苦八苦しているような大学で、推薦状さえあれば誰でも入れることで有名だった。学費は鳥野に出させたらしい。鳥野に脱税のことをほのめかすと、無利子どころか「おまえに寄付しちゃる」と言ったという。それどころか、晴美の母親の許へも通って来なくなったらしい。

「夫側の親族なんて、適当に無視しなさいよ」

それがどんなに難しいことか、知子には身に沁みてわかっていたが、晴美との会話を早く打ち切りたくて、いい加減なことを言う。

「そうは簡単にいくかいな。もう上品ぶるのも疲れたし、たまに大声でわめき散らしたいときがあるわ」

上品にふるまえていると思っているのは、本人だけではないだろうか。しばらく会っていないが、電話で話すときの雰囲気からして、とてもじゃないが上品な晴美など想像できない。

「清冷寺君のことを嫌いになったわけじゃないんでしょう?」

「当ったり前やん。私は清冷寺家のステータスに惚れたんやから」

「と、いうと?」

「例えばな、男が女の美しさに惚れたとしても、美人も年齢とともに変化するわなあ。性格の良さに惚れた場合にしても、結婚したら嫌な面がなんぼでもようけ見えてくるやろ。でもな、学歴やら職業やらのステータスは、ずっと変わらんわ」

「じゃあいいじゃない。つまり清冷寺君に対する愛情に変化なしってことでしょ。それに、前よりずっといい生活だとは思っているんでしょう?」

言いながらも、そこまで割り切れる女が果たしてこの世の中にいるのだろうかと疑問にも思う。たぶんそんな女は、心の奥底にある本当の気持ちを封印して暮らしているのだ。

「何とも言えん。前は確かに苦しかった。でもあれはあれで貧乏なりに楽しかったで。今みたいにお金があり余る生活は、ほんまにおもろない」

元の世界を美化しているとしか思えなかった。〈遠来の客〉で飲んだときの晴美は、投げやりだったし、年齢の割に老けていて、節約生活を楽しむ心の余裕があるようにはとても見えなかった。

ぐうとお腹が鳴った。そういえば喉も渇いている。

「わかったわかった。〈遠来の客〉がオープンしたら、すぐに電話してあげるから」

「まっ、もうちょっとの辛抱やな。そろそろ開店してもええ頃や。今は仮の姿やと思っとるから、こうして毎日の生活になんとか耐えられるんやわ。早《はよ》う、もっぺん高校時代からやり直さんと、どもならん」

「でもね晴美、万が一タイムスリップできなかったことも考えて、今の生活を大切にしておいた方がいいわよ」

「冗談はよしこさんや。今のまんまやったら死んだ方がマシやわ。そうそう、先週のことなんやけど、まあ、ちょっと聞いてえな」

また始まった。どうでもいいような愚痴を毎週聞かされてはたまらない。晴美も人の迷惑を考えない阿呆になりつつある。それというのも、元の世界と違って、たいして苦労のない暮らしを送っているからだろう。

「じゃあ、またね」

晴美の返事を待たずに、受話器を置いた。

寝室に戻ってベッドに倒れ込み、瞼を閉じる。

晴美に催促されるまでもなく、〈遠来の客〉があった場所を、ほぼ毎月見に行っていた。それは晴美のためではなく、自分のためだ。あの店がオープンしたら、すぐに高校時代にタイムスリップしようと決めている。そして宝塚音楽学校に入るのだ。その後は宝塚歌劇団でスターとなり、それを足がかりに芸能界に入る。そうすればヌードになる必要などないのだから。

『不倫』という映画でデビューしたのが、そもそもの間違いだった。あの映画でヌードになったために、世間に植えつけてしまった強烈なイメージを、いまだに拭い去ることができないでいる。色気で男を食い物にする悪女、主婦の敵……同性から最も嫌われるイメージだ。必死に受験勉強に励んだ甲斐あって名のある大学に入学できたというのに、インテリ女優とはついぞ呼ばれていない。

どんな役でもこなしてこそ女優と言えるのだと意気込んでいたのに、デビュー以来、色気を武器に生きている女の役しかまわってこないし、ＣＭといえば決まって入浴剤だ。地道に生きるＯＬの役や人間味あふれる女刑事の役が喉から手が出るほど欲しいのに、そんな出演依頼は来たためしがない。

それに比べて、あのときのオーディションで準グランプリになった紺屋麗子はどうだ。『不倫』には知子のクラスメートの役で出演し、その清楚な容姿と役柄がぴったり合ったためか、主役の知子よりも評判になったのだ。その後は、映画にしてもテレビドラマにしても、文部省が推薦するような、文豪が書いた名作シリーズばかりに主演した。その数年後に、歌舞伎役者と結婚して一線を退いたが、いまだに楚々とした上品なイメージを保ち続けている。

ふたりとも今まで週刊誌に載った色恋沙汰は互いに数知れないが、記事の書かれ方には雲泥の差があった。自分の場合は、九割方がでたらめの記事で、相手の男性はすべて既婚だった。かたや麗子の相手は、七光りの若手俳優や歌舞伎界のプリンスばかりで、それも

「微笑ましいおつき合い」とくるから呆れる。

気分が落ち込むことはわかっていても、自分のことが書かれている週刊誌を読まずにはいられなかった。なぜ自分だけが、これほど悪意に満ちた書かれ方をしなければならないのだろう。

いつだったか、知り合いのディレクターから麗子の生い立ちについて聞かされたことがある。彼女は北海道の貧しい漁村の生まれだった。アイドルの故郷を訪ねるというテレビ番組で、彼女の生家を訪ねたスタッフが、ひと目見るなり撮影を中止したと言う。岸壁に建っていたのは、家というよりも掘っ立て小屋に等しい代物で、寒風吹きすさぶ中、トタン屋根が吹き飛ばされないように、屋根の上にはたくさんの石ころが載せてあったという。

しかも、彼女が中学卒業と同時に上京したあと、北千住のキャバクラで働いていたことなど、一度たりとも週刊誌に掲載されたことはない。それどころか、なぜか出身は横浜となっているし、名門女子大が開催した源氏物語解説の夏期講習に参加しただけで、その女子大を卒業したことになっているのだ。

彼女が大手プロダクションに所属し、そこの社長の愛人だったからだろうか。マスコミ操作が実にうまかった。

彼女が『不倫』のオーディションでヌードにならなかったわけも、あのあとすぐに判明した。控え室で揃いの水着から私服に着替えるとき、彼女の胸にキスマークが幾つもついていたのを知子は目撃したのだ。

彼女の生まれや育ちを非難する気はさらさらない。それどころか同情心でいっぱいだ。ただ、彼女の世渡り上手な面を見るにつけ、自分の不器用さに嫌気がさすのだ。

そのうえ、自分が親不孝者だと思うと悲しくなる。女子大生がヌードで映画に出るような時代ではなかったし、芸名が本名と同じ「曽我知子」なのだ。きっと両親は田舎で居たたまれない思いをしているに違いないのに、決して知子を責めたりしないことが一層つらかった。

仰向けに寝転がったままベッドの脇に置いてある写真立てに手を伸ばし、写真を見つめる。トレビの泉の前で、母と並んで撮ったものだ。めげそうになったときは、この写真を見て、親孝行もたくさんしたじゃないかと自分を励ますことにしている。それは母とふたりでヨーロッパ旅行をしたときのもので、費用は知子が全額出した。『不倫』がヒットしたのをきっかけに、入浴剤やシャンプーのCMの仕事が舞い込んだのだった。それらによって、かなりのギャラを得ることができ、大学四年間の学費も自分の稼ぎから納めることができたのだ。

その後一度だけ帰省したが、そのときの父は知子と目を合わせようともしなかった。母ははっきりとは言わないが、父は母に対して「おまえの育て方が悪かったせいや」と今も詰り続けているようだ。

そんなこともあり、ここ十年の間、一度も帰省していない。

いつの間に眠ってしまったのか、目を覚ますと窓から眩しい光が差し込んでいた。壁の掛け時計を見上げると、既に昼の十二時をまわっている。昨夜はなかなか寝つけなかったが、いつの間にかぐっすりと眠ってしまったようで、久しぶりに気分がすっきりしている。

起き上がろうとすると、身体のあちこちが筋肉痛になっていた。浴室での撮影のせいだ。浴槽にのけぞり、片足だけを縁に載せるという無理な姿勢を保っていなければならなかったからだ。

監督の、ぞっとするような猫撫で声が耳に蘇る。

——お湯の量を減らしてみようか。もっと際どいところまで見せなくちゃ、もったいないもんね。

——ともちゃんの魅力を最大限に引き出してあげるからね。太腿の肉付きがちょうどいい感じ。ほんと理想的なプロポーションだよ。

ああ忌々しい！

鬱々とした気持ちのまま、撮影現場であるペンションの浴室での様子を、何度も何度も思い出していると、頭がおかしくなりそうだった。

気分転換しなければならない。

そうだ、久しぶりに買い物に出かけよう！

そう決めて起き上がると、身体が少しシャキッとした。

シャワーを浴びたあと薄化粧をした。夏らしいスカイブルーのワンピースにオフホワイトのジャケットを羽織る。シフォンのスカーフを首に巻きつけ、鏡を見てにっこりと微笑んでみた。

マンションを出て空を見上げると、青空の中に白い雲がぽっかりと浮かんでいた。頬や髪を撫でる生暖かい風に慰められて、ほんの少し心が軽くなった気がする。

その日は馴染みのブティックや靴屋を何軒か巡り、のんびりと買い物を楽しむことができた。

帰りに近所のスーパーへ寄った。コンビニでできあいの惣菜を買うことはあっても、スーパーへ来るのは本当に久しぶりだった。たまには野菜たっぷりの料理を作って、夏バテ気味の体に元気を取り戻そうと思う。

レジカゴをカートに載せて、冷房の効いた店内を歩く。ちょっと来ない間に、売り場の配置や雰囲気ががらっと変わっていた。野菜や肉が、手に取りやすい高さになっている。

「知子、お久しぶり」

野菜売り場でバラ売りのトマトを選んでいると、背後から肩を叩かれた。驚いて振り向くと、黒川薫が立っていた。

薫に会うのは何年ぶりだろう。薫と浩之の結婚披露宴の招待状が来たのは六年前だが、残念ながら地方ロケの都合で出席できなかった。その翌年に晴美が上京したときに三人で会ったから、薫と会うのは五年ぶりということになる。是非とも薫と浩之の新居を訪問してみたいと、ずっと思い続けていたが、招待されもしないのに自分からは言い出しにくかった。

それだけじゃない。薫は自分を避けているのではないかと思うことがある。電話して「会おうよ」と言うたびに、薫は何かしら都合が悪いと言ってくるのだ。互いに都内に住んでいるというのに、薫は知子とは積極的に連絡を取ろうとはしない。そんな状況下でも、薫の生活をおおまかにでも知っているのは、晴美が電話で教えてくれるからだ。薫は、遠く青海町に住んでいる晴美とは、なぜか頻繁に連絡を取っているようなのである。

薫に嫌われているのだろうかとも思う。だとすれば、とても寂しい。

自分にとって、薫と晴美は今やかけがえのない友人なのだ。タイムスリップするという不思議な共通体験をしたのは三人だけなのだから。

「薫、元気にしてた？　本当に久しぶりね」

薫は、白いブラウスに水色のエプロンをつけて、髪はお椀をかぶせたようなショートカットだった。まるで小学生の男の子のようだ。浩之は長い髪の女が好きだったはずだ。自分と夫婦だったときは、なかなか髪を切らせてくれなかったのを思い出す。

「知子も元気そうね」

「薫も買い物？　じゃないようね」

薫のエプロンの胸には、このスーパーの店名が刺繍《ししゅう》されていた。

「私ここで働いてるんだよ。今月から」

薫は高三にタイムスリップした直後は、自宅から通える隣町の短大に行くと言っていたが、進路指導の先生が大反対したうえに、薫自身も秀才としてのプライドがどうしても捨てられず、前の人生と同じ東京にある難関大学に進んだ。大学を卒業後、しばらくは大手進学塾の講師をしていたが、浩之と結婚すると同時に専業主婦になったと聞いている。

思い起こせば大学生時代、浩之の気持ちを薫に向けさせるのは、拍子抜けするほど簡単だった。アパートでひとり暮らしをしている浩之のもとに、足繁く通って手料理を作るようにと、薫にアドバイスしたのは自分だ。浩之が遠く故郷を離れて寂しがり屋になっていたことが功を奏したのか、薫と浩之は大学を卒業後数年のうちに結婚した。ほっとした反面、勝手な言い分だが、身のまわりの世話をしてくれる女性なら、自分とは全く違うタイプの女性でも構わないという浩之の性向に深く傷ついた。

ふたりの間に子供が産まれたとは、まだ晴美からも聞いていなかった。夫婦二人だけの暮らしであれば、薫がパートに出て家計を補助するのは当然のことだろう。浩之の安い給料では預金もままならないに違いない。

「ここの仕事は何時までなの？　よかったらコーヒーでもどう？」

秀才の薫と、男尊女卑の権化のような浩之が、いったいどのように折り合って生活しているのかを、少しでもいいから知りたかった。

「ええっと、そうだねえ……」

薫が腕時計に目をやる。

ちょうど六時だった。

たぶんこのあと薫は急いで家に帰り、夕飯の支度に取りかかるつもりだったのだろう。

「ちょっとだけ。ねっ薫、久しぶりなんだし、いいじゃない」

薫は一緒にコーヒーなんか飲みたくないのかもしれない。それに、あんまりしつこいと、浩之に対する未練だとか薫に対する嫉妬だと勘違いされる可能性もある。

しかし、今はそんなことに構っていられなかった。とにかく薫と浩之の結婚生活の様子を知りたくてたまらなかったのだ。常に毅然としている薫が、自分の感情や意見を押し殺して浩之に従うという図が、まるで想像できないからだ。

「うん、いいよ」

薫が明るい調子で言ったので、ほっとした。

そのあと、スーパーのすぐ近くにあるイタリアンレストランへ先に行って待っていると、私服に着替えた薫が店に入ってきた。

服装の悪趣味は相変わらずだった。長身でハンガーのような広い肩に小さな顔を載せているというのに、ピンクのフリルのカットソーを着ている。ジーンズが膝丈なのも、薫には似合わない。

「ここのケーキおいしいのよ」

薫の目の前に写真入りのメニューを差し出して勧める。薫の話をゆっくり聞きたいというのに、コーヒー一杯だけでは時間が稼げないと思ったからだ。

夕飯は浩之と家で食べるのだろうが、大食漢の薫ならケーキ一個くらい大丈夫だろうと、頭の中で目まぐるしく考える。それに、甘いものには目がないはずだ。

「ケーキだけじゃ、ちょっとねえ……」

薫は、メニューを隅から隅まで眺め出した。

「死ぬほどお腹が空いてるんだ私。せっかく久しぶりに会ったんだから、食事していこうよ」

「え？　いいの？　そりゃ私はいいけど……だけど薫こそ本当にいいの？　香山君の夕飯は大丈夫？」

「ダンナのメシまで心配してらんないよ」

「えっ？」

驚いて薫を見つめる。夫婦仲がうまくいっていないのだろうか。

店員が注文を取りに来た。

「鮮魚のカルパッチョと、それと……オックステイルの赤ワイン煮込みと、生ハムとチーズのバジリコ風味パスタと……これは、ひと皿何人前？」

店員に次々と注文する薫の横顔を、呆然と眺める。

店員が注文を繰り返してから去って行くと、薫は座り直して知子の正面に向き直った。

「私はいつも外食だよ。彼は店屋物が多いみたいだけど」

みたい……って。

ウェイターが飲み物を運んで来た。知子はビールグラス、薫はワイングラスを持ち上げて乾杯した。

「香山君は、夕飯作れとは言わないの？」

「言わないよ」

ますます様子がわからない。

薫の口から、是非一度家に遊びにいらっしゃいという言葉が出るのを期待して待つ。

「休みの日は、彼が掃除で私が洗濯。それが終わったらふたりで近所のスーパーに買い出しに行くんだよ。休みの日なんかは彼が夕飯を作ってくれることが多いね。だけどあんまりおいしくない。彼って、何年経っても料理の腕が上がらないんだもの」

驚いて薫を見つめる。掃除機を持つ浩之の姿や、台所に立つ彼のエプロン姿が、うまく想像できない。

「知子は本当に綺麗になったよ」

そう言う薫の目が、一瞬鈍く光ったように見えた。

「そう？　だとしたらメイクもヘアもプロ任せだからよ。それに、テレビで見慣れると誰だってそれなりに綺麗に思えてくるものなのよ。錯覚よ、錯覚」

早口でまくし立てた。自分が美しくなったかどうかなんて、この際どうでもいい。とにかくふたりの生活をもっと詳しく知りたかった。「それにしても、香山君も変わるものね」

さりげなく話題を元に戻す。

「私が夫を操縦する方法を覚えたからだよ」

さして自慢げでもなく、薫はさらりと言う。

「操縦というと？」

「最初は簡単なことを頼むんだよ。例えば、下拵えを全部やったあとに彼を台所に呼んで、フライパンで炒めてもらうとか。そういった、失敗しにくい工程をやってもらって、そのあと大げさに褒めちぎることがコツ。そうして慣れてきたら、家事の担当を決めてしまうの。夫も家事をやって当然という態度は絶対に見せちゃダメだね。それは逆効果になる」

よく聞く話だ。夫をおだてまくっていい気にさせ、家事に協力させるという方法だ。自分も過去に何度か試みたがうまくいかなかった。

「それとね、近所の奥さんたちに『うちの夫は家事ができる』と自慢しておくんだよ。そうすると、メンツを保つためにやめるわけにはいかなくなるみたい」

何か腑に落ちなかった。

「薫は専業主婦でしょ。それなのに、それって……」

先ほどから感じていた違和感の原因がわかった。男女が家事を半々にやるべきだとしたら、それは共働きが前提ではないか。薫は専業主婦なのだから、浩之に厳しく家事を分担させるのはおかしいと思う。

「何言ってるの。私、働いてるじゃない。現にそこのスーパーで、知子もさっき見たでしょ」

「働いているとはいっても、一日に数時間のパートなんでしょう?」

「違うよ。朝から晩まで働いてるよ」

「あっ、そうだったの」

「それどころか私、あそこのスーパーの店長だよ」

薫が苦笑いしながら説明する。

パートとして勤めはじめたのだが、めきめきと頭角を現してしまい、数ヶ月後には仕入れ担当になり、そのうちパソコンも自在に操れることが会社側にわかり、あれよあれよという間に店長に抜擢《ばってき》されたというのだ。

「ここまで電車で一時間半もかかるんだよ」

郊外のマンションに住んでいるらしい。駅前のスーパーマーケットに、気軽な気持ちでパートに出たつもりが、能力を買われて都心にある本店へ転勤させられたのだという。

「えっと……結婚して子供を育てることが人生の目標だったよね、薫」

「その予定だったんだけど、やりがいを求める気持ちを抑えられないタイプみたいだよ、私って」

澄ました顔でひとごとのように言ってから、グラスの底に残ったワインを飲み干す。

「香山君は、いわゆる理解のある夫ってやつなのね」

自分のときには考えられないことだ。ショックだった。

薫はそれには答えずに、にやっとニヒルな笑いを浮かべた。気持ちの真っ直ぐな薫には珍しい表情だ。

「ところで香山君のご両親ともうまくやっているの？」

サラダを自分の皿に取り分けながら、更に尋ねる。聞けば聞くほど傷つき、暗い気持ちになっていく予感はしたが、知らずにはいられない。

「あの頑固ジジイ、恐るべき男尊女卑だね」

ほっとした。薫のような頭のいい女でも、やはりあの舅には翻弄されるのだ。自分だけじゃないとわかって嬉しかった。

「お盆やお正月はどうしてるの？　香山君のところは本家だから色々と大変でしょう」

質問の内容に反して、はしゃいだ声が出そうになる。

「別に大変じゃないよ。帰省しても香山の家になんか行かないもん。自分の実家で母の手料理を食べて寝正月よ」

「ほんと？　香山君のご両親は何も言わないの？」

「言う言う。ジジイはもうカンカンだよ。だけどあんなの無視無視」

「え、だって……そういうの、香山君はどう言ってるの」

「そりゃあ夫婦だもの。彼は私の心強い味方だよ」

絶句した。

この違いはいったい何？

自分と夫婦だったときの浩之は、常に自分の父親の肩を持ったのだ。

「それにお義母《かあ》さんも私の味方だから心強いわ」

耳を疑った。

浩之はもちろん、あの姑が舅の意に沿わぬ行動をしたことが一度でもあっただろうか。

「お義母さんは、ジジイと違って優しいからね」

「優しい？」

確かにきつい姑ではなかったが、優しくしてもらった覚えはない。始終舅の顔色を窺っていて、気の毒なくらいおどおどしていたが、舅の機嫌を直すためなら嫁の気持ちなど踏みにじっても平気な人だった。

「お義母さんは東京によく遊びに来るよ」

知子が浩之と夫婦だったときは、そういうことは一度もなかった。

「お姑さんがひとりで来るの？」

「そうだよ。掃除してくれるから助かってるよ」

換気扇や窓ガラスまでピカピカに磨いてくれるらしい。きれい好きの姑をあてにして、薫たち夫婦は、普段は部屋の中を丸く掃除するだけだと言う。

「とは言っても、上京するのは多くても三ヶ月に一回くらいにしてと伝えてある。お義母さんたら私たちの家が居心地いいみたいで、しょっちゅう来ようとするんだもの。どんなにいい人でもやっぱり姑は姑だから、傍にいられるだけで威圧感があって疲れるよ」

「へえ……薫っていいお嫁さんだね」

寿命が延びた分、舅姑とのつき合いも恐ろしく長くなっている。その分、表面ばかり取り繕っていても必ずほころびが出るだろう。夫の両親であっても、つきあいのルールや最低限の礼儀などをきっちり守ってもらうべきだった。舅の男尊女卑の考えなどは今さら直せるとも直してもらおうとも思わないが、嫁のことを家政婦のように扱うのではなく、「他家で育った娘さん」として距離を保ってもらうことは、こちらの出方次第でできたのかもしれない。

表面はにこにこしながらも、心の中ではどす黒い怒りが渦巻いていた自分より、薫のように竹を割ったような性格の嫁の方が、舅姑にとってもわかりやすくていいのかもしれない。自分は、言いたいことも言わずに一から十まで遠慮ばかりしていたのだ。

「掃除してくれたお返しに、お義母さんを歌舞伎や大相撲に連れて行ってあげたりするよ」

「ちょっと待って、お義母さんが上京している間は、お義父さんはどうしてるの？」

「靖之がいるから大丈夫だよ。独身だし自宅から通っているしね」

弟の靖之は二歳下だから、今三十一歳だ。青海高校で地学を教えているらしい。そこは元の世界と同じだ。

「へえ、お舅さん、ずいぶん寛大になったわね」

「まさか。お義母さんが勝手に上京するんだよ。ジジイの許可を得ているわけじゃないよ」

「え？」

いったい、どうなっているのだろう。あの姑は、薫という強い嫁の出現によって性格まで変わってしまったのだろうか。「ということは、お義母さんがお義父さんに向かって口答えするなんてこともあるの？」

「当たり前じゃない、夫婦なんだもの。言うべきことは言って、お互いに理解を深めないとね」

言うべきことは言う？

薫の言うとおりだ。言うべきことは言わなければならない。薫が当然のように実行していることを、なぜ自分はできなかったのだろうか。いいや違う。どう考えても、自分の気持ちを口に出して言える雰囲気ではなかったのだ。嫁には有無を言わさず頭ごなしに怒鳴るような舅だったではないか。いや待てよ、それは薫に対しても同じだと思ったが……。

頭が混乱してきた。

そのとき、薫が突然ふふっと笑いを漏らした。

「ジジイも最近少し変わってきたよ。妻や嫁も男と同じ人間であるという当たり前のことに、あの歳になってやっと気づいたみたい。ばっかみたい。遅すぎるよね」

もしかして、自分は幼稚な人間だったのかもしれない。香山家の嫁としての自分は、単なる被害者意識の塊だったのではないだろうか。嫁としてのがんじがらめの立場を打破するために、何かひとつでも努力しただろうか。

ビールをひと口飲んだ。苦かった。

「ふうん、一応は丸く収まってるわけね」

言ってからはっとして薫を見る。

自分の言い方に、悔しさが滲み出ていたと思ったからだが、薫は気にしているふうもなかった。真剣な表情をして、鮮やかな緑色をしたアボカドソースのかかったタコのスライスを、フォークで突き刺そうと悪戦苦闘している。

薫が浩之と結婚すれば、きっと自分のときの何倍も苦労するのだと思っていた。

そして……ああ、なんという、ひねくれた性格だろう。自分は心の奥底で、それを期待していたのだ。わくわくするような気持ちで悲惨な報告を待っていたのだ。そんな卑屈な自分がいやになる。

「何それ、丸く収めようなんて考えたこともないよ」

薫は自分の皿から目を離さないまま言う。紙のように薄くスライスしたタコが、滑って皿の上を逃げる。「どんな場合だって、丸く収めようとすると決まって弱者が割りを食うもんだよ。そうじゃない？　あんなジジイの機嫌を取るために私が犠牲になるなんて、馬鹿馬鹿しいったらありゃしない」

薫はタコを突き刺すのを諦めたのか、フォークを置いてからワインをひと口飲んだ。

「薫、そうは言っても、舅と姑というのは愛する旦那様の親よね」

どうにも納得できない言葉だが、世間ではよく言われることだ。結婚当初は何度も自分に言い聞かせた。そのうち、「愛する」の部分が揺らぎはじめて当惑したのを憶えている。

「は？　冗談でしょ。あのジジイは私が浩之と結婚するまでは赤の他人だったんだよ。あんなジジイに対して、いったいどこから愛情なんて湧いてくるわけ？」

言われてみれば本当に当たり前で、返す言葉も見つからない。

「あの、クソジジイ！」

薫は言うと同時に、フォークでタコを突き刺すのに成功した。「持ちつ持たれつという言葉があるでしょう。浩之が私の両親を大事にしてくれるんなら、私だって、あのクソジジイのことを少しは大切に思えるかもね。といっても、本当にほんの少しだけどね。ビ、リョ、ウ」

言いながら薫は、空いた方の手の親指と人差し指で、あるかないかの隙間を作った。

元の世界でも、浩之にとって、知子の両親など全くの赤の他人だった。彼は結婚以来、一度も知子の実家を訪ねようとはしなかった。彼のそういう面は、妻が薫になってもちっとも変わっていないらしい。少し安堵する。

「本当に薫の言うとおりね。香山君は結婚してから薫の実家に行ったことさえ一回もないんでしょう？」

「いくらなんでもそこまでひどくないよ、盆正月になると私の実家に挨拶《あいさつ》にだけは来るよ」

傷ついた。なんだか悲しくなってきた。

ふと、柱にかかった時計を見上げると、もうすぐ十時になるところだった。明日は早朝の飛行機で熊本に向かうことになっている。『阿蘇山殺人事件』の撮影のためだ。観光名所にある土産物屋で働く女の役なのだが、もちろん薄幸な美人の役なんかじゃない。店員にしてはどうかと思うような、露出度の高い服を着せられるのに決まっている。

気が滅入る。

「店長になったことを、いちばん喜んでくれたのは彼だったのよ」

薫がなぜかしんみりとした声で言う。

「それは意外」

素直に感想を言う。妻が変わるだけでこうも男は変わるものなのか。浩之が妻の出世を喜ぶような男になろうとは。

不平不満ばかり募らせていた自分はいったい何だったのかと思うと、本当に情けない。浩之は、家庭用エレベーターを販売する会社で働いているという。それについては、元の世界と同じだ。

「彼も会社では色々と大変なんだよ。営業なんて、彼の性格には最も向かないでしょう。愛想笑いさえ苦手だというのに、客にぺこぺこ頭を下げるのなんて、ね」

大きなブロッコリーを口の中に入れた薫が、口をもごもごさせながら相槌《あいづち》を求める。

「そう……ね」

曖昧《あいまい》に頷いた。

薫は周知の事実のように言うが、そんなこと考えたこともなかった。

自分は妻として失格だったかもしれない。浩之の仕事のつらさなど考えてみたこともなかったのだから。

仕事の内容についてさえも詳しくは知らなかった。浩之にとって自分は何だったのだろう。薫が妻であれば、仕事に関する悩みを打ち明けるということは、薫と違って自分には心を許していなかったということだ。それとも、仕事の話などしても詮無い妻だと思われていたのだろうか。

「彼の勤めている会社は、年功序列なんてものとは最初から関係ないでしょう。はっきりと営業成績が出るからね」

「確かに香山君に営業は向いてないかもしれないけど、家庭用エレベーターは高齢化社会に向けてどんどん需要が伸びるから、それほど苦労せずに契約は取れるんじゃないの?」

ずっとそう思っていたのだった。

「そんな馬鹿な。一戸建てに住んでる知子の知り合いで、エレベーターを取り付けた人、いる?」

そういわれれば……あまり聞かない。

薫は三杯目のグラスワインを注文した。酒が強いらしく、素面《しらふ》のときと何ら変わらない。

「エレベーターなんてつけなくても、年寄りは一階で生活すれば済む話じゃない。会社の業績も最悪で、浩之もそろそろリストラされるかもね。彼はまだヒラなのよ。二年ほど前に、後輩が浩之より先に主任になってしまってからは、更にやる気を失ったみたい」

「それ、本当なの？　私と結婚していたときは、同期の中で出世頭だったのよ。三十代前半で課長代理になって、その数年後には課長に昇進したの。本人はそのことをすごく自慢に思ってたわ」

「へえ、そうだったの」

「何がきっかけで彼の運命が変わってしまったんだろう」

錯覚かもしれないが、薫が自分を睨みつけたような気がした。

そのあと、薫は急に無口になり次々と料理を平らげていった。

「今日は本当に楽しかった。また連絡ちょうだい」

帰り際になって、薫が名刺をくれた。

家に遊びに来いとはついぞ言ってくれなかったのが、とても残念だった。

受け取った名刺には、スーパーの店名の下に、「店長　黒川薫」と書かれている。裏返すと、携帯の番号が手書きで添えられていた。なぜ旧姓を使うのだろう。独身時代から勤め続けていたというのならわかるが、パートを始めたのはつい一年ほど前からだと言っていた。

「薫は、名字ひとつにもこだわりを持つところが、独立心の強さの表れなのだろうか。

職場では今も旧姓で通してるのね」

「ん？　あれ？　言わなかったっけ。浩之は婿養子だよ」

「本当？」

初耳だった。

「うちは三姉妹で男の兄弟がいないから、私が長男みたいな役割なんだよ。それに比べて香山家は男ふたり兄弟だから、ひとりぐらい名字が変わってもいいんだよ」

軽く言うが、ことはそう簡単ではなかったのではないだろうか。名字が変わることに浩之や舅が抵抗しなかったとは考えられない。ましてや浩之は長男である。

◆

薫は吊り革につかまって電車に揺られていた。

電車に乗ると、夜の闇で窓が鏡と化し、自分の姿がはっきりと映る。周りの女性より頭ひとつ分高い。数時間もの間、目鼻立ちのくっきりした知子の顔を見ながら食事をしていたからか、目の前に映っている自分が、ものすごく不細工に思える。実際の知子は、テレビで見るよりも更に綺麗だった。

ああ、溜息が出る。男みたいだ私。高校時代に浩之が知子を好きだったのがわかるような気がする。

しかし、知子はわかりやすい女だ。感情がすぐに顔に出る。私が浩之や義父母とうまくいっている話をすると、がっかりした表情をさらけ出した。そんな無防備なところも浩之は好きだったのかもしれない。少なくとも浩之が私に対して感じている、「得体が知れない」というような恐怖心など、知子なら決して男性に与えたりはしないだろう。

——結婚式に行けなくて本当に残念だった。

しきりに知子は言っていた。知子にも招待状を出したのだが、地方ロケと重なり欠席したのだった。

今までの人生の中で、披露宴のあの二時間ほど苦痛だったものはない。花嫁をメスとして品定めする周りの目、目、目……美しいかどうか、おいしそうな女かどうか、すれてないかどうか、若いかどうか、料理は得意なのか、家のことはきちんとできるのか、まさか気は強くないだろうね、おとなしくて従順なんだろうね……耐え難かった。気が変になりそうだった。

スピーチの内容からしても、新郎は一個の人間であり社会人であるが、新婦は性生活を提供する家政婦以上の何物でもなかった。

なぜ世の中の女たちは披露宴というものに耐えられるのだろう。いいや、それどころか人生の晴れ舞台だと思っている馬鹿女も多いと聞くから驚く。それとも自分の感覚の方がおかしいのだろうか。たぶん、いいや、絶対に、自分の方がおかしいのだ。女の子ならみんな幼いときからウェディングドレスに憧れるというくらいだから。

披露宴の何もかもが嫌だった。たった数時間のために何百万円ものお金を使ってしまうことも嫌だったし、女優でもないのに、絶世の美女でもないのに、何度もお色直しをさせられるのも恥ずかしくて屈辱的で、消えてしまいたかった。

電車を乗り継いで、郊外にある自宅マンションに帰ったときは、日付が変わる直前だった。

なるべく音をさせないように玄関ドアをそっと開ける。

リビングに入ると、浩之がソファに座ってスポーツニュースを見ていた。

「遅くまでご苦労さんだったね」

いつものように、浩之が気弱な笑顔で迎えてくれた。テーブルの上には食べ終えたコンビニ弁当とインスタントのワンタンスープのカップが転がっている。

浩之の隣にどさっと腰を下ろす。

「店長ともなると大変だね」

酒の匂いがするはずだ。知子と一緒にワインもビールも飲んだのだ。それなのに、誰と飲んできたのかと追及することもない。浮気などするはずがないと思っているのか。それとも浮気しても平気だということか。

知子に会ったことは言わずにおこう。浩之の机の奥深くには、映画『不倫』のパンフレットや、知子の水着姿の写真集がしまってある。今夜、自分が知子と一緒だったことを知ったなら、きっと浩之は「一度、家に連れて来れば」と嬉しそうに提案するだろう。そういう言葉は聞きたくない。

なんだかあまり良い気分ではなかった。今日一日でたくさんの嘘をついたからだ。浩之との家事分担にしても、浩之をおだてて家事に目を向けさせるなんてことを私がするはずがない。そういう芝居がかったことは性に合わないし大嫌いなのだ。幼児相手じゃあるまいし、なぜそこまで妻がお膳立てしてやらねばならないのか、全く理解できない。家事をしようとしない浩之に対して「卑怯者!」と大声で怒鳴っただけだ。物を投げつけたこともある。

私がスーパーの店長に抜擢されたとき、浩之が大喜びしたことだけは事実だ。

——それで、店長になると年収はいくらになるの?

浩之が真っ先に尋ねたことだ。

その日を境に、彼は営業のつらさを毎晩のように愚痴るようになった。

店長になったのは事実だが、いまだに時給は九百二十円のままなのだ。そのことを浩之には言いそびれている。自分以外にもうひとり、店長に抜擢された主婦パートである関《せき》口晶子《ぐちあきこ》がいたので、店長会議が終わったあとにこっそりと尋ねてみたのだが、彼女の時給は八百七十円だった。見るからにてきぱきと仕事をこなせる感じの女性だった。しかし、彼女もまた自分と同様に、夫の庇護のもとに暮らす主婦という、世間から見れば気楽な身分のせいで、安くて便利に雇用されているのだ。彼女とは一瞬にして意気投合した。彼女もまた、このどうにも納得できない社会構造に、強い怒りを持っていたからだ。

——仕入れも黒川さんに任せるよ。

本社の部長は言った。

——黒川さんはパソコンで商品の売れ筋分析までやってくれてるんだってね。店のレイアウトなんかも自由にしてもらっていいからね。ここまで任されると、やりがいがあっていいでしょう。頑張ってね。応援してるよ。

「やりがい」などという馬鹿な言葉に騙されていた。こんな端金《はしたがね》で私生活を犠牲にするほどの残業をさせられ、「さすが」「すごい」「主婦とは思えない凄腕」「助かるよ」「男以上だね」とおだてられてきたが、いつまで経っても正社員に登用しようとは言わないのだ。馬鹿にするのもいい加減にしてほしい。

「あのう……酔い覚ましにコーヒーどうぞ。明日も朝早くから仕事なんだろう」

浩之の声で我に返ると、知らないうちに思い切り宙を睨んでいた。浩之がおどおどと妻の顔色を窺いながらマグカップを差し出す。

知子から聞いていた浩之とは大きく違う。高校時代にカッコ良かった彼からは想像もできない情けない姿だ。

「ところでさ……」

浩之はわざとらしく咳払いをしながらリモコンでテレビを消した。「俺、会社辞めて主夫になってもいいかな」

上目遣いで薫を見ながら、一生懸命愛想笑いを浮かべている。

「うそっ」

思わず大きな声が出てしまった。浩之の全身がびくっと震える。

知子と結婚していたときの浩之は、同期の中でも出世頭だったという。

それなのに主夫になる？　妻が変わるだけで、どうしてこんなに違いが出るのだろう。

知子が専業主婦であるうえに、ふたりの子供がいたからか？　だから浩之は弱音が吐けなかったということだろうか。つまり、元の世界での浩之は、誰にも甘えることのできない生活を送っていたわけだ。

それとも、知子は「守ってやりたくなるようなか弱い女性」だったということか。その考えが思い浮かんだ途端、猛烈な嫉妬心が湧き上がってきた。

私だって、「君を守ってあげる」と言われてみたい。本当は、か弱くて頼りないことを知ってほしい。しかし、そう思われるためには、男性より劣るふりを年がら年中演技しなければならないのだ。そんなことはプライドが許さない。だって実際、劣っていないのだから。

いや、でも……。

混乱してきた。自分の中で大きな矛盾を抱え込んでいることに気づく。

「君の言うとおりだったよ。男は男らしくなければならないというのは間違った考えだ。そういう呪縛から俺は降りることにした」

働きもしない男なんて大嫌いだ。カッコ悪い。

「何、それ。楽しようとしてるだけじゃない。子供もいないんだし、夕飯も各自外食なんだから、家にいていったい何すんの？　この怠け者が！」

★

二月――。

大粒のぼたん雪がしんしんと降り続けている。

真夜中の台所で電気も点けず、晴美はぽつんとひとりで焼酎のお湯割りを舐めていた。ダイニングテーブルには座らずに、部屋の隅に置かれた食器棚と壁との狭い隙間にお尻を入れて、隠れるようにして身を潜めている。

誰もいない家の中で、誰から逃れようとしているのか自分でもわからない。狭い空間に身を置き、背中や右腕や左腿が壁や棚に触れて、まるで穴倉にいるような、できれば、母親の胎内で守られているような錯覚に陥りたくて、じっとしていた。

居酒屋〈遠来の客〉はいつか本当に建設されるのだろうか。考えるほどに不安になる。もしも人生をやり直すことができないとしたら、これから先どうやって生きていけばいいのだろう。

正面の冷蔵庫が、窓から差し込む雪明かりに照らされて冷たく光っている。

自分が産んだ子供に愛情を感じないとは予想だにしなかった。地元青年団の活動を機に清冷寺と結婚し、息子の智志《さとし》は今年三歳になった。

智志を産んでからは四六時中、苛々し通しの毎日だった。赤ん坊というものは、汚くてうるさい邪魔者だった。自分が幼かった頃、母がひとり娘である自分をいつも邪険にしていた気持ちがよくわかった。

自分さえ産まれていなかったら、父が病死したあとも母は自由に生きられたはずだ。母はまだ若くて……そうだ、父が亡くなったとき、母はまだ二十九歳だったのだ。そして美人だったのだから、あんな薄汚い陶芸家なんかと関係を持たなくても、同世代の誠実な男と正式に再婚することだってできたはずなのだ。

自分は母親と似ているのかもしれない。母性というものが生まれつき欠如しているのは遺伝ではないだろうか。だとすれば、自分に責任はない。そう考えると、気持ちが少し楽になる。

近所の若い母親たちを見ていると、子供に対して口ではどんなにガミガミ言ったところで、本心では子供が可愛くてたまらないのがよくわかる。元来は子供好きではないような無愛想な女でさえも、少なくとも自分の産んだ子供だけは可愛くて仕方がないようだ。

次の瞬間、勢いよく立ち上がって台所の隅に置かれたコードレス電話を手に取った。衝動的に知子の電話番号を押していた。どうしようもないほどの不安が突き上げてきて、誰かに自分の気持ちを聞いてもらわずにはいられなかった。

呼び出し音が二回鳴ったところで、ふと柱時計を見上げると、もうすぐ午前二時になるところだった。あまりに非常識な時間だと気づき、急いで切ろうとすると相手が出てしまった。

「晴美？　こんな夜中にどうしたの？　私？　ちょうど今、仕事から帰ったばかりだけど」

安堵した。不規則な生活をしている友人がいることを神に感謝したい。

「子供の世話ゆうもんは、思った以上に大変やわ」

唐突に話を切り出した。

「そりゃそうよ。もう大変なんてもんじゃなかったわよ。気が変になりそうだったもの」

今の知子は独身だが、元の世界ではふたりの子供の母親だったのだ。知子の子育ての様子はどんなだったんだろう。もちろん立派な子育ての経験など聞きたくもない。そうではなくて、何か慰めになる言葉が欲しかった。

「知子でも苛々したことあったんか」

「当ったり前じゃない。実家も遠いし浩之は毎晩残業で、誰にも頼れなかったもん。もう逃げ出したかったわよ」

「そうやったんか」

ちょっと救われた気がする。元の世界での知子は、優しそうな母親に見えたからだ。

「赤ちゃんの世話は本当に大変よね。たまには子供を誰かに預かってもらって、ひとりで買い物か何かに出かけて息抜きをしたかったわ。そうすれば、また頑張ろうって気持ちになれたんだろうけどね。私と違って晴美は実家も近いんだし、少しは楽してるんじゃないの？」

酔っ払っているのか、知子は饒舌だった。それと反比例するかのように自分の酔いは醒めていく。

「確かに実家は近いけどな」

「それに、晴美たち夫婦は、結婚してすぐに清冷寺家の広大な敷地内に家を建ててもらったんじゃなかったっけ？　だったら手助けも多いでしょう」

「そう……やね」

「どうしたのよ。ストレス溜まってるの？　ああそうか。そりゃそうよね。三歳なんてまだまだ手がかかるもんね。年に何回かは母親にも気晴らしする日が絶対に必要よ。晴美も飲みに行ったりカラオケでがんがん歌ったりしたいでしょう。そういうことを言うと、今どきの母親は考えが甘いなんて言う年寄りも多いけど、そうでもしないと苛々が募って、却って子供にも悪影響だってこと、わからないのかしら」

出産後一ヶ月までは、まだよかったのだ。

今思えば、母乳が出なかったのは本当に幸運だった。粉ミルクを使った授乳なら母親の自分でなくともよかったからだ。出産後は体を大事にしなければならないという姑の配慮で一ヶ月間だけベビーシッターを雇ってくれたのだ。室《むろ》井《い》登美子《とみこ》という六十過ぎのひとり暮らしの女性で、清冷寺クリニックを定年まで勤め上げた看護婦だ。

実家の母親は相変わらず〈ひょうたん屋〉で忙しく働いていたし、姑は看護婦として働き続けていたので、その一ヶ月間は、智志の世話のほとんどを登美子がやってくれた。

二ヶ月目に入り、登美子との契約も切れ、ひとりだけで赤ん坊と向き合う日々が始まった。地獄のようだった。昼と夜の区別のない三時間おきの授乳に耐えられるというだけでも、世間の母親たちを誰彼構わず尊敬したくなった。授乳が終わるとおむつの交換をする。主婦としての家事もこなさなければならない。その合間に少しでも睡眠を取ろうと横になった途端に赤ん坊は大声で泣き出す。抱っこしてあやしているといつの間にか次の授乳時間が来る。そんな生活の繰り返しだった。一度でいいから三時間以上ぶっ続けで眠ってみたい、それができればもう死んでもいいとさえ思った。かつて非行少女だったときには夜中まで遊び歩いていたが、これほどふらふらになるまで起きていた経験はない。極端な寝不足で、目の前に見えるのが幻覚か現実か、わからなくなるほど朦朧としていた。

言葉の通じない赤ん坊と、部屋の中にふたりきりでいるのも耐えられなかった。ひとりで喫茶店に入ってコーヒーを飲むことが、当時の自分の見果てぬ夢だった。出産前は普通にできていた行為のひとつひとつが、出産後は信じ難いような自由に映った。

若い頃から子犬は大好きだったが子供は大嫌いだった。しかし、どんなに子供嫌いの女でも、自分自身が子供を産めば変わるのだと信じていた。

智志を虐待しているのが夫の達彦にばれたのは、彼が当直明けで二階の寝室で眠っていることをすっかり忘れていた日だった。ただならぬ赤ん坊の泣き声に、彼は階段を転がり落ちるように降りてきた。

やっと夫が気づいてくれた。そう思うと、心底ほっとした。

何度も何度もSOSを出していたのだ。指名手配された犯人がやっと警察に捕まって安堵する気持ちに似ていると思った。

小児科医である達彦は、無言のまま赤ん坊を素早く裸にした。あちこちに青痣《あおあざ》を見つけるたびに呼吸が止まったかように息を止めた。そのあとお腹を触診すると、智志は泣き止み、くすぐったかったのか、ククッと声を出して笑った。それを見た達彦は、目に涙を溜めて赤ん坊を抱きしめた。

そんな達彦を見て、まるで孫を久しぶりに見る年寄りのようだと思った。たまに見る赤ん坊は可愛くて仕方がないものだ。一日二十四時間、途切れることなく世話をしている母親の気持ちなど、この夫には絶対にわかるまいと、冷めた気持ちで他人を見るように眺めた。

そのまま智志は、元看護婦の室井登美子の自宅へ預けられた。

清冷寺一家は緊急に家族会議を開き、智志を安全に育て上げるにはどうすべきかを話し合ったようだった。それから一週間もしないうちに、庭に大工が出入りするようになり、家の基礎工事が始まった。息子夫婦の家の、更にその奥に小さな家を一軒建てた。

あとは内装を残すだけという時点で、晴美はこっそりと家を見に行った。六畳と四畳半の二間があるだけの小さな平屋だが、簡単な台所とユニットバスもついている。なぜだかわからなかったが、その家は強烈に郷愁を呼んだ。

そこは、登美子が毎日来て智志の世話をするための家にする予定だったのだが、晴美は自分をその平屋に住まわせてほしいと達彦に懇願した。彼は当惑していたが、晴美の目からぽたぽたと涙がこぼれ落ちるのを見て、はっとしたように目を見張り、それからすぐに了承してくれた。これ以降、彼の顔から厳しさが消えたように思う。非難の眼差しが慈悲深い表情に一変したのだ。

その翌日に、清冷寺クリニックの心療内科へ行くようにと達彦に勧められた。担当医は達彦の実姉の夫である。言われたとおり、外来時間が終わったあとに行くと、性格診断のようなアンケートに記入させられ、血液や脳波の検査を受けさせられた。

心療内科で診察を受けてからというもの、達彦の両親や登美子までもが晴美に対して遠慮がちになり妙に優しくなった。平屋の壁紙は、男の子の好きそうな機関車の模様にする予定だったらしいが、それを達彦は急遽取りやめ、内装業者にカタログを持って来させて、晴美の好きな壁紙を選ばせてくれた。

どうやら、晴美は医師によって「鬱病」と診断されたようだった。

登美子のほかにも、もうひとりベビーシッターを雇い、昼夜交代で智志の世話をすることになった。都合によっては登美子が自宅に連れ帰ったり、清冷寺家の母屋で手が余っているときはそちらに預けたりもした。要は、晴美に関係のないところで連携プレーがしっかりとなされるようになったのだった。

あれ以来三年間、智志には指一本触れていない。毎日のように遠目に智志の姿を見ているが、抱きしめたいとさえ思わなかった。

そんな育てられ方をしたためか、智志はつい最近まで、祖母のような年齢の登美子のことを母親だと思っていた。

「子供が小さいときは、自分の時間なんて全然ないでしょう。子供を育てるより外で働いた方がずっと楽よね」

知子の屈託のない声が受話器から響いて来る。

「うん、確かに」

「だけどそういうこと、世の男性はなかなかわかってくれないよね。清冷寺君は家事や子育てを手伝ってくれるほうなの？」

どうだったか。今は自分自身が家事さえやっていない。精神的な病気とやらのために家事すら免除されている。一日中、自分ひとりの平屋でテレビを見て過ごしているのだ。達彦は病院内にある食堂で三食とも済ませているようだった。

「ええっと、どうやったかな、洗濯物を取り入れてくれたり……」

結婚したての頃は、そういうこともあった。思い出しながらしゃべる。しかし、少なくとも自分が赤ん坊を抱えて寝不足で四苦八苦しているときには何ひとつ助けてはくれなかった。休みの日だけでも智志の世話を代わってほしいと訴えるたびに、達彦は言った。

——母親になった自覚が足りない。

——女性なら誰だって赤ん坊の面倒を見ることができるはずだ。

——女性には生まれつき母性というものが備わっている。

——寝不足は仕事に差し支えるから、頼むから夜は赤ん坊を泣かせないでくれ。

女には母性というものが生まれつき備わっているのが普通らしい。医師である達彦が言うのだから間違いないだろう。だとすれば、やはり自分はおかしいのだ。脳に欠陥があるのだ。

「洗濯物を？　まあ羨ましい。いい旦那さんじゃないの」

いい旦那さん……たまたま気が向いたときに、それも気分のいいときに、それも疲れていないときに洗濯物を取り入れる、という程度のことが、か？

達彦は地域の若手ばかりの医師の飲み会に行くと、夜中まで帰って来ないことはしょっちゅうだった。そして、休みの日はゴルフに出かけていく。結婚しようが子供が産まれようが、夫だけが独身時代と同じ生活をしていた。「子供は三人は欲しい」というのが結婚当初からの彼の口癖だったが、智志の青痣を見つけてからは、二度と言わなくなった。

それでも、達彦の稼ぎが多くて本当に幸運だったと思っている。ベビーシッターを雇う経済的余裕があるからだ。それができなければ、智志は今頃どうなっていたのだろう。子供と一緒にいる時間が長いと、苛々が募る回数もその分きっちり増える。今の自分は、子供と距離をおいて息を潜めて生活することだけで、いっぱいいっぱいだ。

この小さな家で生活するようになってからは、ほんの少し楽になった。それでも智志に対する申し訳なさでいっぱいになる夜は、酒を飲まずにはいられない。もっともっと遠くへ行きたい。智志がオモチャのピアノを弾きながら「ド、レ、ミ、ハ、ソ」と歌う、その声の聞こえないところへ行きたい。

母親失格の噂は町中に広がっているようだった。高校時代に同じクラスだった典子が、わざわざ電話をしてきて、町の噂について懇切丁寧に話してくれたので知っている。

――あんたのこと鬼のような母親やゆうてみんな噂しとるけど、知っとるか？　噂ゆうもんは本人や身内の耳には入れへんもんやから、私が教えといたげんとあかん思って電話したんよ。智志君が痣だらけやいうことやけど、ほんまのことか？　もしもし、晴美、何で黙っとるん？　反論せえへんのんかいな。はあ、やっぱり火のないところに煙は立たんわな。だいたい、あんたみたいなんが、お医者さんの奥さんになること自体、おかしいもん。ずるいわ。うちの亭主なんて、ものすご稼ぎ少ないのに、あんたばっかりええ思いするから罰《ばち》が当たったんやわ。

晴美は窓辺に近づいた。窓を数センチ開けてみると、冷たい空気が部屋の中に流れ込んできた。庭はすっぽりと雪に覆われていて、漆黒の真夜中に白一色の世界が広がっている。

「でもね晴美、今のうちに子育てを楽しんでおいた方がいいわよ。だって、あっという間に大きくなってしまうもの」

知子のアドバイスで我に返る。

電話なんかするんじゃなかった。

子供を育て上げた女は、口を揃えて「あっという間」と言う。一日でさえ、半日でさえ、一時間でさえ、長くてつらいというのに……。

産まなければよかった。

いや、それ以前に自分自身も生まれてこなければよかったのだ。

◆

梅雨に入った。

薫のもとに、祖母のきぬゑが亡くなったという知らせがあったのは、明け方近くだった。九十三歳だった。

薫はスーパーの本部へ連絡を入れ、休みをもらってひとりで青海町へ向かった。浩之は二日後の葬式には間に合うように帰郷するという。薫の大反対にあって、浩之は会社を辞めずに営業職を続けていたが、日に日に表情が暗くなっていた。

きぬゑの死因は老衰だった。亡くなる日にちは知っていたので、今年の手帳には印をつけてあった。しかし、そのことはもちろん誰にも言えない。公言できれば色々と都合が良いのだが、前もって職場に忌引を申し出ておくこともできないし、浩之に話すわけにもいかない。洋服ダンスの奥深くにボストンバッグを用意し、すぐに帰省できるように喪服などを入れておくのが精いっぱいだった。

その日は朝から晴れ渡っていた。天気も元の世界と全く同じで梅雨の晴れ間だ。新幹線の車窓から富士山を眺めると、朝の光の中で輝いていて美しかった。

ふとそのとき、田舎の葬式は地域のしがらみなどから色々と大変であることを思い出した。いつだったか、近所のおじいさんが亡くなったときも、隣保《りんぽ》の主婦が総出で手伝った。学年末で多忙を極めていた母も、自分ひとりだけ断れる空気ではなかったのか、台所で一日中煮しめを作らざるを得なくなり、腰を痛めていたのを思い出す。葬儀にも使えるような黒いレースのエプロンを持ってきた方がよかったかな。いや、自分は葬式を出す家の孫なのだから、そんなことはしなくていいのか。いやそんなことはないだろう。近所の主婦を総動員しておいて、当事者が何もしないわけにはいかないのではないか。めまぐるしく考えるがわからない。それもそのはず、元の世界で祖母が死んだとき、自分は仕事の納期に追われていたこともあり、葬式の準備がすべて整った頃やっと帰省したのだった。

新幹線を京都で降り、山陰線に乗り継いだ。日頃の疲れが溜まっていたこともあって、そのうちぐっすりと寝入ってしまった。

青海駅で降りると、すぐ下の妹の桃子が軽自動車で迎えに来てくれていた。助手席に乗せてもらい、駅前の商店街を抜けると、山々に囲まれた緑一色の光景が広がる。

「ひどいと思えへん?」

ハンドルを握った桃子が、前方を見つめたまま声をつまらせる。

「ひどいって、何が？」

「町の健診では毎年、お医者さんに病気知らずって言われとったんやで」

桃子は、黒目勝ちの大きな目に涙を溜めている。

「へえ」

「歯も丈夫やったのに。健診の医者はきっと藪《やぶ》医者なんやわ、なあ、お姉ちゃん」

返事をするのも嫌だった。桃子がここまで馬鹿だったとは知らなかった。

「だから病気ひとつしないで老衰で死んだんじゃないの？」

「え？」

桃子は驚いたように薫を見つめてから、軽自動車を路肩に停めた。「お姉ちゃん、そういう、人を馬鹿にしたような言い方、やめた方がええで」

「あ、ごめん。そんなつもりはなかったんだけど」

嘘をついた。血の繋がった姉妹といえども子供の頃のように無邪気にはなれない。距離を置いた遠慮が寂しい気もする。

「浩之さんにもそういう言い方しとるん？」

「さあ、自分ではよくわかんないけど」

「男の人は立ててあげんと、夫婦はうまくいかんで」

桃子に説教されるとは思わなかった。田舎で暮らしているからか、その古い考え方にも驚く。桃子は薫より三歳年下だが、結婚したのは薫より少し早かったし、子供が三人もいるから、妹といえども人生経験豊かな先輩ということになるのだろうか。桃子が自分に対して、これほど偉そうな口の利き方をしたことは、かつてない。

「お姉ちゃん、何にやにや笑っとるん。人が真剣に話しとるのに」

「ごめん。なんだか……桃ちゃんが立派になってってさ」

「そりゃあ、お姉ちゃんは勉強はできたかもしれんけど、なんせ苦労知らずやから」

成績が悪かった人間に限って、こういう物言いが大好きだ。スーパーの本部の部長やら課長やらが、好んでこういう言い方をする。彼らの本音はただひとつ、有名大学を出ているような女が大嫌いなのだ。

「桃ちゃんは苦労してるの?」

「そりゃあ向こうの親と同居やから色々とあるわ。お姉ちゃんみたいに気楽な都会暮らしとはわけが違う」

溜息が出る。全く同じ境遇でないと、女というものはわかり合えないらしい。

二十分ほどして実家に到着すると、家の中が静まり返っていた。近所の主婦たちが大勢詰めかけ、入れ替わり立ち替わり立ち働いているだろうと想像していたので、拍子抜けした。

「あら薫、お帰り」

母が廊下の奥から出て来た。

これほど晴れやかな笑顔の母を、かつて見たことがあるだろうか。

「遠いとこ、ご苦労さんやったな」

「お通夜の用意は、まだ全然できてないの？」

「葬儀屋に一切合切、頼んだんよ。葬儀会館も借りたで、この家には誰も来え《け》へんから気が楽やわ。昔みたいに近所の人がようけ来たらかなわんでな。掃除が行き届いとらんとか、座布団が安物《やすもん》やとか、もうそら何言われるかわかれへんしな」

「お姉ちゃんのせいやわ。おばあちゃんはきっと、この家からお葬式出してほしかったと思うで」

桃子の声は、今にも爆発しそうな怒りを含んでいた。

「私のせい？」

「ほら、隣保の原田さんとこのおじいちゃんが死んだときやがな」

母が答える。母の、こんな優しそうな笑顔を見たことがない。「あんたまだ高校生やったかな。あの葬式のとき、お母ちゃん一日中煮しめ作りしとって腰痛めたやろ。お母ちゃん六年生の学年主任しとったし、学年末やったから学校の方もほんま忙しいてな。あのとき薫が言うてくれたんよ。『いつかおばあちゃんが死んだら、そのときの葬式は簡単に済ませたらええで。お母ちゃんは学校の先生して働いてるんやから、葬儀屋にお金使《つこ》て、楽した方がええ』ってな。その通りにさせてもらったんやわ」

父は今、葬儀会場に詰めていて、葬儀屋と打ち合わせをしているらしい。末の妹の真理絵は、舅の介護でまだ家を空けられないという。

母は、うきうきしているといっても過言ではなかった。姑が亡くなったことに対する喜びを隠し切れないでいる。

「東京から長旅やったやろ。お茶でも淹れるわ」

母と桃子の三人で、居間の卓袱台を囲み、濃い緑茶をすすった。

「おばあちゃんは、ほんまに優しい人やったわ」

桃子は言いながら目に涙を溜めた。

母の表情をちらっと窺ってみると、澄まし顔である。

桃子は、母と姉が無言のままでいるのが気に障ったのか、わざとらしく声のトーンを上げた。

「おばあちゃんは、いっつも笑顔で『桃ちゃんはほんまに別嬪やなあ』ってゆうてくれたから、落ち込んでるときでも勇気づけられたわ」

思わず母と目を見合わせた。

「へえ、そんなこと言ってくれてたんだね」

「お母ちゃんは、なんや悲しんでへんみたいやで」

桃子が母を睨むようにして言う。

「じゃあ聞くけど、桃子はお姑さんのこと好きなの？」

薫は意地悪な質問をしてみた。

「そりゃお義母さんなんか大嫌いやわ。ほんやけど、ここのおばあちゃんは違ったで。ほんまに優しかったもん。なあ、お母ちゃん」

「そうやったな」

母はにこりともしないまま、やけくそのように大きな声で答えてから、湯呑みに残ったお茶をごくりと飲み干した。

「お母ちゃんが学校の先生で忙しかったやろ、ほんやで私の出産後の面倒を見てくれたんは、おばあちゃんやったし、感謝の気持ちでいっぱいやわ」

桃子は、そう言うと上目遣いに母と姉を交互に見た。ふたりが桃子に同意したり共感したりしないのが不満そうだった。「お母ちゃんもお姉ちゃんも、おばあちゃんが死んだのを悲しんどらんみたいに見えるで」

「そりゃそうだよ。だって私、全然悲しくないもの」

「お姉ちゃん！」

桃子は目に涙を溜めて、薫を睨んだ。

母は両手で湯呑みを包み込むように持ち、空《から》になった湯呑みの底をじっと見つめながら言う。「私はな、真理絵や桃子と違って男の子をよう産まんかったでな、『後継ぎもよう産まんのか』って、ねちねち言われ続けて四十年や。でももうすっきりしたわ。二度と嫌なこと言われんで済む」

母が祖母の悪口を言うのを初めて聞いた。

「嘘やん、そんなこと言う人と違ったで、おばあちゃんは」と桃子がいきり立つ。

「そんなこと言う人やったんよ。『おまえは大女のうえに骨ばった身体で、女としての魅力のかけらもない嫁や』って、耳にタコができるくらい言われたわ。嫁に来たばっかりの頃は悲しいて涙が出たわ。まだ私も若かったでな」

母が卓袱台の一点を見つめたまま、身じろぎもせずに言った。

「そんなん、絶対嘘やわ！」

桃子が叫ぶように言う。

「本当だよ。私も同じようなこと言われてたよ。高校時代から」と、薫は口を挟んだ。

「そんなん絶対に信じん。高校生の孫にそんな傷つくようなことを平気で……」

桃子の言葉を薫が遮る。「だって本当だもん。孫にも平気で言うような人だったんだよ」

「それほんまか？　薫にまでそんなひどいこと言っとったんか？」

母が驚いたように言う。「ほんまに性悪なおばあさんやった……『あんたは不細工やから、何でも辛抱せなしゃあないなあ』って、もう何万回言われたか……」

厚紙に〈ユリカ〉と書かれた表札が、脳裏に浮かんだ。

「安心して、お母ちゃん。今頃おばあちゃんは地獄に落ちてるよ」

そっと母の背中に手を添えると、母は突然、声をあげて泣き出した。母が泣くのも生まれて初めて見た。

桃子はびっくりしたように口を半開きにしたまま、何も言わずに泣き崩れる母を呆然と見ている。

「生きているときに、『性悪ババア！』くらい言ってやれば良かったのよ」

薫が母に言うと、母はティッシュで洟《はな》をかんだ。「そうやな……。後悔しとる。言った方が良かったんや。今思えば、あんな小柄な婆さんなんて、なんも怖いことあれへんかったのに」

桃子がすっと立ち上がった。見上げると、口をへの字に曲げて部屋を出て行った。

薫が、母の背中を撫でていた手を自分の膝の上に戻すと、母は薫の手を上からそっと包み込んでくれた。薫の手に負けないくらい大きな母の手から、温もりが伝わってくる。

「あんただけやわ、お母ちゃんのことをわかっとってくれたんは。ほんでも……桃子の思っとる、おばあちゃんのええ思い出を壊したんは悪かったな」

母が涙をぬぐいながら戸惑いの表情でぽつりと言う。

「そんなことないよ。真実を知った方がいいんだよ。桃子だってもう大人なんだから。今はショックでもいつかきっと思い出して役立つ日が来ると思うよ」

「そうか、薫は優しい子やな」

母がぎゅっと手を握り締めてくれた。嬉しくて嬉しくて涙が滲んだ。


葬儀も無事に終わり、晴美に電話をかけてみた。

薫は、ほぼ毎年のように盆と正月には帰省しているのだが、知子がほとんど帰省しないこともあり、高校卒業後は晴美とふたりだけで毎年のように青海町の喫茶店で会っていた。しかし、ここ三年ほどは会えずにいる。晴美に最後に会ったのは、彼女が臨月のときだ。彼女は出産後、育児や家事に忙しいようで、なかなか会えるタイミングが合わなかった。それでも、電話では頻繁に連絡を取り合っている。

居酒屋で会おうと言い出したのは晴美の方だった。晴美に幼い子供がいることを考えると、こちらから彼女の家を訪問するか、それとも昼間に喫茶店かどこかで子連れで会うか、などと薫は考えていたので、意外だった。聞くと、晴美は看護婦の資格を持った家政婦を雇っていて、いつでも自由に外出できるという。

そのことを桃子と真理絵に聞かせると、ふたりとも感心したように頷き合った。

「さすが清冷寺クリニックの奥さんやわ。生活レベルがうちらとは全然違うわ。育児ノイローゼなんていう噂もちらっと聞いとったけど、そんな楽チンしとるんやったら、あんな

噂、きっとええ加減やわ」と、舅の介護疲れのために、やつれ顔の真理絵が言うと、

「やっぱり男次第やわ、女の人生は」と、桃子が演歌か浪花節みたいなことを言う。

「そういえば、曽我知子さんとはまだつき合いあるんか？」

母がふと思い出したように尋ねた。「私、ああゆう子、嫌いやわ。裸を売り物にするようなのは、ちょっとなあ……」

会ったこともないのに、憎悪を含んだ目の色だった。

「お父ちゃんが生きているうちに、ユリカのことを問い詰めてみれば？　墓場まで持ち込むつもり？」

母は心底びっくりしたように薫を見た。

「薫はユリカのことまで知っとったんか」

「何それ、何のこと？」

桃子が尋ねる。ふと見ると、真理絵は何も言わずに、畳の一点を見つめていた。

「知らんのは私だけなん？　ユリカって誰なん、真理絵まで知っとるんか？」

「我慢に我慢を重ねるのは美徳じゃないよ、お母ちゃん。ストレスが溜まって早死にするよ。性格もどんどん歪んでお腹の中もどす黒くなるだけだよ。その証拠に何の関係もない曽我知子を憎んでるじゃない。知子だってヌードになりたくてなったんじゃないと思うよ。そういう性格じゃないもん、あの子」

母は深い溜息をひとつついた。

「薫の言うとおりかもしれん」

「言いたいことを言って、いざとなったら離婚したっていいんだからさ」

薫が過激な発言をすると、それまで黙っていた真理絵が、つと顔を上げて言った。「そうやわ、薫姉ちゃんの言うとおりやわ。お母ちゃんは公務員やったから年金もようけもっとるし、離婚したところで怖いもんなしやんか。羨ましいくらいやわ」

「ちょっと待ってえな。離婚なんかしたらお父ちゃんの面倒は誰が見るん？」

桃子が問い詰めるように言う。

母が気弱になる。

「そうやなあ……」

「面倒なんて誰も見んでもええわ！　お母ちゃん、お人よしもええ加減にした方がええで！」

真理絵の剣幕に、みんなしんとなった。


約束の時間の少し前に居酒屋の暖簾をくぐった。

夏至《げし》だった。空はまだ明るい。

冷房の効いた店の中は、触れ合うグラスと人いきれで熱っぽくざわめいていた。見渡すと、奥の方で晴美が手を振るのが見えた。

いちばん奥まったところにある窓際だった。格子の衝立《ついたて》で三方を囲まれている。

「晴美、お久しぶり。三年ぶりだよ」

「おばあさまのこと、ご愁傷様でした」

晴美は深々と頭を下げた。既にビールを飲んでいる。

「ずいぶん変わったね、晴美」

「えっ、どこが」

晴美が意外だといった表情で、薫を見る。

「晴美きれいになったよ。人にも言われるでしょ」

「そんなん言われたこと、いっぺんもないで」

少しずつ変わると、身近にいる者たちは気づかないのだろうか。久しぶりに会う人間から見ると、晴美は劇的に変化していた。以前会ったときと比べると、すっきりと痩せていて清潔感があり、落ち着いた風合いのニットのツーピースがよく似合っている。おしゃれな普段着といったところだが、たぶん十万円では買えないだろうと踏む。

店員が来たので、メニューを見ながら生ビールと料理を注文した。

「新宿の居酒屋なあ、まだできてえへんらしいで」

晴美が恨めしげな目をしてあらぬ方を睨む。よく見ると、目が据わっていた。晴美は既にかなり酩酊《めいてい》している。

「新宿の居酒屋？」

薫が尋ねると、晴美は一瞬息を止めたように薫を見つめ、次の瞬間に大きく息を吐き出した。

「新宿の〈遠来の客〉のこと忘れたんかいな。今の生活に満足しとる証拠やわ。ええなあ薫は。私は早《はよ》う、もっぺん高校時代に戻って人生やり直さんとあかんから……」

晴美は、知子とも頻繁に連絡を取り合っているという。〈遠来の客〉がオープンしたら、知子がすぐに知らせてくれる手筈になっているらしい。

子供にも恵まれて、見るからに経済的余裕があり、いったい何が不満だというのだ。夫婦仲がうまくいっていないのだろうか。

清冷寺とは、中学高校を通じて何度も同じクラスになったことがあるから、だいたいの性格は知っているつもりだ。彼はスポーツが大の苦手だったためか、母親似の美しい顔立ちの割には女の子にはモテなかったが、穏やかで優しい男の子だった。

「何か、悩みごとでもあるの？」

尋ねると、晴美はいきなりにやっと笑った。

「そういうはっきり聞くとこが好きやわ。薫みたいな人、なかなかおらんわ最近は」

呂律《ろれつ》が怪しくなってきている。

「飲んでばかりで、おつまみを食べてないじゃない。体に毒だよ」

「そら、すんまへんなあ」

へらへら笑いながら茶化す。

店員が来て、次々とテーブルに料理を並べていく。焼き鳥、トマトとモッツァレラチーズ、刺身の盛り合わせ……。

「少しでもいいから食べた方がいいよ」

皿を晴美の前に並べてやる。晴美は「ありがとう」と言いながら料理を一瞥しただけで手をつけようとしない。

「それより薫、子供はまだなん？」

今どき面と向かって尋ねる人間は滅多にいない。親兄弟でも気を遣って聞かない風潮なのだ。もちろん浩之の両親は別だが。

「うん、まだだよ」

「子供できれへんのか」

驚いて晴美を凝視した。今どきそれは禁句ではないか。不妊症で悩んでいる夫婦はかなりの数に上るはずだ。最近は、どんな無神経な人間でも口にしない言葉だ。

「うん、まあ……ちょっと」

「それともまだ早いとか？　いや、もう三十三歳やったな、うちら」

先ほどまでの酩酊状態が嘘だったかのように、眉間に皺を寄せて真正面から見つめてくる。

「私はもう誕生日来たから三十四歳だよ」

「薫は不妊症なん？　それとも要らんの？」

答えようがなかった。どちらでもないからだ。

妹たちにもそれぞれに子供がいるが、彼女らは子供のいない姉に対して、なんとなく優越感を匂わせる。しかし、晴美にはそういう雰囲気が全くないのが不思議だった。

「晴美のところは三歳だってね。晴美ももう立派なお母さんなんだね」

馬鹿にされる前に相手を褒めて予防線を張る。そういうことを覚えるほどには大人になっている。今は三十代だが、通算六十年以上も生きているのだ。

「羨ましいよ……薫が……」

突然晴美がはらはらと涙をこぼしはじめたのでびっくりした。洟をすすり上げながらも一生懸命話そうとする晴美の姿を見て、事情はわからないが胸を衝かれた。

「羨ましい？　私が？　いったい私の何が羨ましいの？」

桃子が言ったように、東京での気楽な暮らしが羨ましいと思うのなら、そうすればいい。何歳からでもいつからでも工夫しだいで人生はやり直せる。薫は最近とみに、そう思うようになっていた。

「羨ましいんは、あんたに子供がおれへんことやがな」

予想もしない答えだった。そりゃあ子育ては大変だろう。妹ふたりを見ていても、子育てに疲弊しているのを感じる。

昨日の祖母の葬式のときだって、甥っ子五人が葬儀場を走りまわり、ちょっとしたことで取っ組み合いの喧嘩になった。幼稚園や小学校低学年くらいの男の子ならよくあることなのに、意外にも寛大な他人は少なく、「いったいどうゆう躾《しつけ》をしとるんじゃ」と苛つく老人たちの声が背後から幾重にも聞こえてきた。薫自身も、可愛い甥っ子でありながらも、長時間一緒にいると、ものすごくストレスが溜まる。

「でも、晴美は恵まれているほうよ。家政婦が雇えるんだもの。私の妹たちなんて居酒屋に来たことすら、ここ数年はないんじゃないかな。特に下の妹なんて、舅の介護もしてるから、もう精神的には限界みたい」

話し終わったそばから、言わなければよかったと薫は後悔した。晴美を励ますつもりだったのだが、子供のいない自分が、他人に子育てのことで説教する形になったようで後味が悪い。

「子供が嫌いなんや、私」

「わかる、わかる。妹たちもしょっちゅう子供をこっぴどく叱ってるよ。たいした悪さをしたわけでもないのにさ。あれって、自分のストレスを子供にぶつけてるんだよね。みんなそうなんじゃない？」

「ほんまのこというと、智志を家政婦に年中預けっぱなしにしとって、もうずっと離れて暮らしとるんよ」

晴美の顔が苦渋で歪んだ。

「それは……どうして？」

「子供を可愛いと思ったこと、いっぺんもない」

子供のいない薫には、晴美の苦しみを想像するのは難しかったが、晴美の苦悩の表情を見ていると、何か深刻な問題を孕《はら》んでいるように思えた。

「もっかい人生をやり直せたら、絶対に子供は産めへん」

晴美の頬を、つーと涙がこぼれ落ちた。

晴美自身がびっくりしたように、慌ててレースのハンカチを頬に当てる。

「話は戻るけど、薫は子供は作れへんの？」

晴美が心のうちを素直にぶちまけてくれたせいで、自分も心を許し、素直な気持ちになっていた。

「子供はできないよ……だって子供ができるような行為をしてないもん」

浩之が薫の体を求めてきたのは結婚当初の半年だけだった。

「セックスレスなんか。やっぱり」

晴美は、つい今しがたまで泣いていたくせに、膝を乗り出して目を輝かせた。

「やっぱり、っていうと?」

「いや、だって……薫みたいなタイプはなあ、男から見たら……どうなんやろ」

腹立たしさと屈辱感でいっぱいになる。常識外れの無神経さだ。

「それ、どういう意味よ」

穏やかに話そうと精いっぱいの努力をした。

「頭でっかちやわ、お勉強のできる人は」

「妹も同じこと言ってた」

「そうやろなあ。だって考えたらわかるやろ、男になったつもりで」

「晴美、あんた器用だね。男の気持ちにもなれるの?」

「なれるなれる。自分よりも頭のええ女を相手に、それもいっつも毅然とした態度の、ただでさえ自分と身長も変わらん女やで。男が意見しても理路整然と言い返すような、そんな可愛げのない女を抱きたいと思う男が、この世の中におるわけないやん」

セックスレスのことなど、晴美に告げるべきではなかった。得意げな顔を見ると、後悔の念でいっぱいになる。晴美は知子にもしゃべってしまうのではないだろうか。彼女にだけは知られたくない。

「演技が必要やわ、演技が」

「は?」

「例えば、電球が切れたときに、替えてちょうだいって頼むんや。そしたら、こいつ電球も替えられへんのか、やっぱり女やな、女っちゅうもんは電気や機械に弱いから俺がおらんとダメなんやって、男は嬉しがるもんやろ」

「電球を替えられない女の人なんて、実際にいるの?」

「おるおらんなんて、この際どうでもええやろ。嬉しいんやって、男はそうやって頼られるのが」

「へえ、そういうもんなんだ」

薫は、ジョッキに残ったビールを一気に飲み干した。悪酔いしそうだった。

「飲も飲も、じゃんじゃん飲も。もうそろそろ焼酎に切り替えようかと思っとったとこや」

空になった薫のジョッキを見て、晴美が嬉しそうに傍らにあったベルを押して店員を呼ぶ。

店員が駆けつけると、晴美はウーロンハイをふたつ勝手に注文した。

「男なんて単純なもんやろ。ほんのちょっとおだててやったらええんやがな」

晴美が饒舌になるのに反比例して、薫は気分が落ち込んでいく。

「例えば?」

「優位に立たせてやるんやわ。下手《したて》に出るんやわ。それが女の器量ゆうもんやろ。いや、礼儀とゆうてもええくらいやわ。もちろん電球を替えてもらうときでも、脚立やら電球やらは女の側が用意してやって、男の手許をじっと尊敬の目で見たらなあかんで。そういう演技なんて朝飯前やろ。女はみんな生まれながらにして女優なんやから」

そんな演技は鳥肌が立つほど嫌だ。

「ふうん、清冷寺君もそうなの？」

返事のしようがなくて聞いただけだったが、晴美は一瞬にして暗い表情になった。

「いや、あの人だけはちょっと違う」

「どう違うの？」

「清冷寺は、世間とはちょっとずれとるからな。男と女の駆け引きが全然わかっとらんの。電球の替え方を私に丁寧に説明して私にやらせるんやわ。ほんで、こんな簡単なこと次回から自分でできるやろって言うような人や」

「へえ、まともな男だね」

そこへいくと、浩之はおだてに乗りやすい単純な男かもしれない。

「清冷寺は私がアホなふりしても、全然喜べへんわ。可愛いとも思わんみたいや。男っちゅうもんは、みんな馬鹿な女が可愛いと感じると思っとったのに、そうやない男もいるんやわ。ほんまびっくり。なんや、あの人は私のことを諦めたみたいやわ。妻としても母親としても、もうあかんて。私に対して怒ることもないし、相変わらず静かに優しい感じで、早い話が距離を置いとる」

「前の奥さんはどんな人だったっけかな。確か、見たことあるような……」

「ほんまに？　どんな人やったん」

あれはいつだったろうか。元の世界で盆休みに帰省した折、熱を出した甥っ子を真理絵の代わりに清冷寺クリニックに連れて行ったことがある。

「清冷寺君の奥さんは、確か……日本人かと疑うくらい真っ黒に日焼けしてて……髪はベリーショートで小柄でキビキビしてた。清冷寺君と同じ小児科の医者だったよ。あっ、そういえば青年海外協力隊の一員としてナイジェリアに長い間滞在していたようなことを言ってたような……」

ふんふんと、晴美が合点が行ったように何度も頷く。

「清冷寺にはお姉さんがふたりおるんやわ。上のが外科医しとって、若いときに、青年海外協力隊でアフリカに行っとったらしいわ。きっとその関係で奥さんとも知り合《お》うたんやろ。つまり清冷寺家では女も男と同じように社会で活躍するのを奨励するような家なんやろ、もともと」

「そうかもしれないね」

話しているうちに、うろ覚えだった清冷寺の前の妻の姿が、脳裏にはっきりと浮かび上がってきた。なんとも言えず、清々しい感じのする女性だった。美しくもなく、おしゃれでもなく、愛想笑いさえしなかったが、それがとても自然な感じだった。「女」を売り物にしようという発想が微塵もないような女性を見たのは、彼女が最初かもしれない。

「酔った勢いで私を妊娠させてしまうなんて、清冷寺も不運な男やわ。それが原因で私みたいなアホと結婚せなならんかったことを、後悔しとるんやろうなあ」

晴美はふっと寂しげに笑った。

「どうなんだろうね」

「セックスレスの話に戻るけどな。男は自分より劣っている女やないと色気を感じんやろ。結婚する前から薫が優秀なんは香山君もわかってたやろけど、それでもやっぱり男よりも劣るところがたくさんあるということを演技してやらんと、なんぼなんでも可哀相やで。それが愛情ゆうもんやろ。例えば、高校のとき肝試し大会あったやろ。あいうときでも、女はきゃあきゃあゆうて怖がってみせてなんぼやで。ほんまは男の方が怖がりやけどな。涙でも浮かべてみせてみいな、もう男やったら誰だってほろっとくるわな。こんなこと、中学生でも日常的にやっとるけどな」

晴美の話を聞いていると反吐《へど》が出そうだ。

「なっ、そうやろ。女としての魅力ちゅうもんは、美人やらブスやら言う前に、可愛げのあるなしが大きい左右するんやで」

「そうだね、晴美の言うことは正しいかもね」

皮肉ではなく、本当にそう思った。いや、言われなくてもとっくの昔からわかっていた。誰の口にものぼらないが晴美の言うことは常識なのだ。

日頃から、浩之が怯えたような目で薫を見ることが度々あった。怖い女など、性の対象になるはずがない。

何杯目かのウーロンハイを飲み干した。

「晴美と話せて良かったよ。なんだか気が晴れてきた」

嘘ではなかった。男はもう要らないのだと、これほどすっきり思えたのは初めてだった。

「そうか、それは良かった。薫は賢いから演技なんかすぐにできるようになるわ」

晴美が言うように、男というものが単純で、女におだててもらわないと生きていきにくく、男とうまくやっていくには女が屈辱的な役割を負わなければならないのだとしたら、どう考えてもひとりで生きていく方が自分には合っていると薫は思った。劣って見せなければならないなどという道理は、自分には通用しない。他人にも自分にもそんな演技はさせたくない。正々堂々と生きていきたいと心から願う。演技や工夫のできる女を聡明だとも思わない。自分はどう転んでも、プライドを捨ててまで男に迎合して生きたいとは思わない。

浩之に対しても、もう未練はないとはっきりと感じた。

それでも念のために、本当にそれでいいか、あとで後悔しないかと自問する。今日からしばらくの間、自分の心の動きを観察してみよう。それでも決心が変わらなかったら、自分はひとりで生きていこうと薫は決めた。通算六十数年も生きているからか、大胆でもあるがやはり慎重でもある。浩之ときれいさっぱり別れて、ひとりで生きていくか、それとも新宿のあの居酒屋が開店したらもう一度タイムスリップするか、じっくり考えてみよう。

そして、東京へ戻ったら、居酒屋のあった場所を見に行こうと決めた。

「私はひとりが似合ってると思うよ」

「何言うとるん。諦めたらいけんわ」

「諦めるとか、そういうのじゃないよ。自分らしく生きていきたいだけ」

「なんでえな。私が言うたのは簡単なことやろ。男の人にちょっと甘えて見せるだけで、女は上手に生きていけるんやから。それに、結婚前は香山君のアパートに通って、せっせと手料理を作っとったそうやないの」

あの頃は、素晴らしい未来を夢見ていたのだ。結婚という、惹かれ合う男女が互いに思いやりを持って協力して築き上げていく生活を。それを手に入れるためなら努力を惜しまなかったのだ。そう、私は子供の頃から誰にも負けないほどの努力家だったから……。

「今思うと、あれは恋愛初期の、一過性の病気みたいなもんだよ」

浩之がなかなかプロポーズをしてくれなかったので、ほろほろと涙を流してみせたのだった。演技で涙を流せるほど器用じゃない。本当に切なかったのだ。今思い返してみると、恥ずかしくて顔から火が出る思いだが、浩之のようなタイプの男には、女の涙は効果てきめんだった。

この世の中の、映画、小説、テレビドラマ、そのすべてに、ほんの短い期間である恋愛初期を描いたものがいかに多いか。人生は長く、結婚生活は長いというのに。恋愛という魔法が錯覚させるのだ。結婚後も恋人同士のような甘い関係が永遠に続くのだと。

女らしい女を演じろと言われれば、短時間であれば今すぐにでもできるだろう。恋人同士だったときのように、数時間のデートでなら可能だ。しかし、ひとつ屋根の下に住んでいる相手の前で、何十年にもわたって演技し続けることは少なくとも自分には不可能である。

「私、そんな屈辱的な演技するより、もっともっと有意義なことに人生の時間を使いたいよ」

晴美は聞いているのかいないのか、明かりの灯った商店街を小さな窓から見つめている。

「しかし人生はうまくいけへんもんやなあ。今、初めてわかったことがある」

言ってから晴美は腕組みをして、しげしげと薫を眺めたあと、世紀の大発見をしたかのように、前かがみになって声を落とした。

「清冷寺は薫みたいな女が好みのタイプなんやわ」

そうだったのかもしれないと、薫も気づきはじめていた。

高校時代に何かときっかけを作って、清冷寺が話しかけてきたのを思い出したからだ。しかし仮にそうだったとしても、薫からすれば清冷寺は好みの男性ではない。

「本当にうまくいかないね、人生って」

♥

知子はその日、朝から緊張していた。お笑いタレントのコンビが司会をするトーク番組の収録があるからだ。サスペンスドラマ以外の番組に出演するのは、本当に久しぶりだった。

ゲストは知子のほかにもふたりいると聞いている。ひとりは仲村千春《なかむらちはる》という十八歳のグラビアアイドルで、もうひとりは紺屋麗子だ。麗子とはデビューのきっかけとなった『不倫』のオーディション以来の長いつき合いだ。

知子は、考えた末にエレガントに見える洋服を選んだ。濃紺のジョーゼットのワンピースの胸元には、小ぶりの真珠のブローチをつけた。口紅は、つけているのかいないのかわからないようなヌードベージュを選ぶ。

不倫女優のイメージを払拭するチャンスだった。来春から『夕陽の見える丘』というドラマが始まるのだが、もしかしたら主役が取れるかもしれないと、マネージャーから聞かされていた。「子育て奮闘記」という副題もついているように、慣れない初めての子育てを、近所の同世代の若夫婦たちと協力してやっていくという、ほのぼのとした筋書きだ。願ってもないチャンスだった。その役を得るためにも、同じ局である今日のトーク番組で、真面目な母親役にふさわしい女に見られる必要がある。

麗子は紬の着物を着て現われた。古風な柄が、華やかな目鼻立ちを一層引き立てる。十代の千春は、ラメの入ったブルーのタンクトップに白いショートパンツという若々しい出で立ちだ。

知子は、立ち居振る舞いにも気を遣い、不自然ではない程度の上品な言葉遣いで、普段よりもゆっくりと話すことを心がけた。

「千春ちゃんくらいの年齢のときは、おふたりはどんな生活してはりました?」

司会者が知子と麗子を交互に見た。

「そうですねえ、私の場合は……」

知子は、話題をさりげなく大学生活へ持っていった。女優業と学業との両立で忙しかったが、真面目に頑張ってなんとか四年間で卒業できたことを話した。プロレタリア文学の研究に没頭し、教授に褒められたことなども強調する。一週間も前から何度も声に出して練習しただけあって、すらすらと口から出てくる。

うまくいったと思った。スキャンダラスな噂とは違い、私生活では実は真面目な人間なんだと匂わせることができたはずだ。

「大学、大学ってあんたいやらしいなあ、ほんま」

「どうせわいらは高校中退やもん、なっ」

お笑いタレントのふたりはおどけたように互いにうなずき合ったが、目は決して笑っていなかった。冷水を浴びせかけられたような思いだった。

「別にそういう意味じゃ……」

「あんたかて、おっぱいぽろっと出してナンボの商売してるやんけ」

血の気が引いていく。ヌードになったのは映画『不倫』でだけなのだ。それなのに、いまだにその印象だけが人々の記憶に残っている。無理もない。あれ以来、ヌードにこそなってはいないが、入浴シーンとかちょい役のベッドシーンしかまわってこないのだから。

知子の隣で、麗子がくすくすと笑い出した。お笑いタレントはふと麗子の笑顔を見て気を取り直したのか、すぐに話題を変えた。

「麗子さんは、いまだに旦那さんとアツアツやと聞いてますけど、そんなん、どうせ嘘でっしゃろ。もう結婚してだいぶ経ちますやん」

麗子はさもおかしそうに、今度は声を出して笑った。

「おまえ、こんな綺麗な嫁はんもろたと想像してみいや。どうや、まだまだ飽きひんやろ」

「そう言われたらそうやな。いつまで経ってもこんな上品で可愛い嫁はんやったら、そう邪険にはできんわな」

「それに比べて、曽我知子ゆうたら生意気な感じやもんなあ」

そうなのか、私は生意気なのか。だから悪意のある記事ばかり書かれるのか。

「それにしても、ごっついおっぱいやな」

ふたりは、千春の胸の谷間を凝視した。テレビに映っているのを忘れたかのように、心底嬉しそうな顔をしている。女性に限っていえば、若ければ若いほどもてはやされるのが芸能界だ。

「やぁだあ」

千春は胸を隠そうと両腕を寄せる。そうすることによって更に谷間が深くなることは計算済みなのだろう。お笑いタレントは、その様子を見ながら、立ち上がって文字どおり狂喜乱舞した。

「若いチチはええわなあ。三十過ぎた女のチチなんて見たもないわ」

言いながら知子をちらっと見る。笑い飛ばさなければならなかった。必死だった。モニターには、大口を開けてソファにのけぞって笑う自分がアップで映る。

「そういや、この前、仕事で愛知県に行ったときの飲み屋のねえちゃんのチチは、もっとすごかったなあ」

「ああ、あれなあ」

ふたりで顔を見合わせて、意味ありげに笑った。

「何のこと？　えっと愛知県って四国だっけ？」

千春の質問にお笑いタレントのふたりは揃って弾けたように笑った。

「なんでやねん、愛媛と間違《まちご》うとるわ。千春ちゃん、天然ボケやったんや」

小学生程度の教養すらないのか。女性タレントというものは、無知を晒《さら》せば晒すほど人気が出て、仕事も多くなるという芸能界の現実がある。

「あれ？　じゃあ名古屋県てどこだっけ？」

「名古屋ゆうたら県と違うがな、市や、市」

お笑いタレントのふたりは、涙を流さんばかりに笑っている。

愛知県と名古屋市がきちんと結びついているじゃないか。とっさに馬鹿なふりができる頭の回転の速い千春が哀れだった。

元の世界で専業主婦だったときは、こんな種類の屈辱感は日常生活では味わったことがなかった。日頃つき合いのあるのは同年代の主婦ばかりだったから、家庭から一歩外に出ると、女性だけが年齢のことで馬鹿にされるという現実を知らなかった。もしかしたら、キャリアウーマンだった薫も同じような目に遭っていたのだろうか。

「ところで千春ちゃん、そのチチ、誰かに揉ませてやったこと、あんの？」

「もう、やだあ」

千春が立ち上がって手を振り上げる。コンビの片割れは、彼女に殴られるのを嬉しそうに待っている。

馬鹿みたいだ。

突然、何もかもが、どうでもよくなってきた。

席を蹴って帰りたくなった。

いやいや、ちょっと待て、あとちょっとじゃないか、あと五分の辛抱なのだと、自分に言い聞かせてじっと我慢する。

「どや、千春ちゃん、麗子さんみたいに歌舞伎界のプリンスとの結婚なんて。可愛い顔しとるけど、案外そういうの狙《ねろ》てんのちゃうか？」

「嫌ですよ。ああいう世界の男の人って、浮気し放題だって聞くし」

麗子の顔が一瞬にして強張った。意地悪にも、その表情がアップで映し出される。

「何、言うとんねん。『女遊びは芸のこやし』ゆう世界なんやから、旦那の浮気くらいで目くじら立てるような女は最低やろ」

ふと麗子と目が合った。

びっくりした。うんざりした表情を隠しもしない麗子を見たのは初めてだった。それも、今まさにアップで映っているというのに。

知子は初めて麗子に親近感を抱いた。今までずっと世渡り上手だと思っていたが、麗子は今の華麗な生活を手に入れるために何かを諦めたのだ。そしてそのことに割り切れない感情を抱いて今まで生きてきたのではないか。駆け寄って抱きしめてやりたくなった。

マンションに帰り、手足を伸ばしてゆっくりとバスタブに浸かった。いやがおうでも今日の収録のことをまざまざと思い出す。

自分は芸能人には向かないのではないか。収録は二時間ほどかかったが、終始ハイテンションを保ち続けられるお笑いタレントや千春を驚愕の思いで見ていた。

芸能界に入って十五年が過ぎた。今さらだが、自分が本当になりたかったものは、芸能人じゃなくて女優そのものだったのだと、今日あらためて気づかされた。有名になることや、ちやほやされることを望んでいたわけじゃない。演じるということが純粋に好きなのだ。

舞台の世界では、七十歳、八十歳を過ぎても、女性の一生を演じられる女優が幾人もいる。ひとりの女優が十代の小娘から老婆までを演じるのだ。

自分もあの舞台女優のように、様々な役にチャレンジしてみたい。

ボロを纏《まと》っている老婆の役、鼻持ちならないお嬢様の役、十本の指全部に大きな指輪をつけたような、成り上がりの女房の役、小さい弟や妹の面倒を見ている貧しい少女の役……。

なりふり構わず役作りに没頭してみたかった。それにはどうすればいいのか。

今さら舞台女優を目指すことは可能だろうか。初心に戻って頑張れば、今からでも道は拓《ひら》けるだろうか。

第五章　リセットボタン

◆

薫は、タクシーの後部座席に深く沈み込み、窓の外を眺めていた。

店長だけを集めた営業戦略会議が長引いて、最終電車に間に合わなかったのだ。日頃から経費節減を掲げておきながら、タクシー代を出さざるを得ない時間までだらだらと会議を続ける社内の風潮には我慢できない。会議というものは、参加人数が多くなればなるほど、時間が長くなればなるほど、内容はどんどん薄まるものなのだ。

今日の会議にしても、時間の経過とともに議題の焦点がぼやけていった。ニュージーランド産の安価なカボチャと、沖縄県産の高価なカボチャの仕入れ割合をどうするかを話し合っていたはずなのに、いつの間にかそれが沖縄名産のサーターアンダギーの話になり、次に黒砂糖の話に移り、その次に砂糖きび畑の台風被害の話になると、待ってましたとばかりに本社の営業部長がプライベートな話を始めた。沖縄へ家族旅行をしたときに大型台風が来て、いかにひどい目に遭ったかという、議題とは全く関係のない話だ。

男性社員の多くは、会議机の下でちらちらと腕時計を見ながらも、営業部長の話にいかにも興味を持っているというふうを装って、大きく相槌を打っていた。

この部長が、妻と不仲であることは社内では有名だった。妻との口喧嘩を避けたいがために、毎晩家族が寝静まった深夜に帰宅するようにしていて、そのために会議を長引かせるのだという噂もあった。だとすると、沖縄への家族旅行も本当かどうか怪しいものである。話を面白おかしくするために、大げさに身振り手振りを交えて興に乗る部長の姿を思い出すと、腹立たしさと哀れさが相まって嫌気がさしてくる。

つくづく会社とは矛盾だらけのところだと薫は思う。公私混同やモラルの低さなどをひとつひとつ地道な努力でなくしていかなければ、スマートな経営などできない。そんなことを考えるたびに、上の立場の人間になりたいという切実な願望が、心の底からこみ上げてくる。

車窓に流れるネオンを見ながら、もし自分が営業部長だったらと想像を巡らせる。自分なら、あらかじめ練っておいた議題を、最低でも一週間前には店長たちにファックスかメールで知らせておく。そうすれば内容の濃い会議になるし、時間を有効に使える。

ところが、今日の部長は定刻を二十分も過ぎてから会議室に入って来たと思ったら、開口一番「ええっと、今日は何を話し合うんだっけな」と言って店長たちを笑わせたが、どうやら冗談で言ったのではなかったようだった。自分なら、従業員の貴重な時間を奪っておいて、あんないい加減なことは絶対にしない。

薫の勤めるスーパーは、首都圏を中心に十五店舗ある。パートの身分のまま店長をしているのは、薫と関口晶子のふたりだけだ。それ以外の十三人の店長はすべて男性社員で、役職は課長である。その十五店舗の中で、ダントツの売上げを誇るのが、薫が担当している青山本店であり、二位が晶子の池袋店であった。

――さすが主婦ですなあ。そういう観点もあったとはねえ、男なんぞ、なかなか気づかないところですな。

薫や晶子が発言するたびに、部長は褒めちぎる。どんな内容であろうとも、主婦ならではの発想だとか、主婦の気遣いだと形容して、なんでもかんでも主婦であることに結びつけたがる。褒め方が大げさであればあるほど、薫は馬鹿にされているような気になる。とにかく褒めてやりさえすれば、このまま安く雇い続けられるとでも思っているかのようだ。主婦という言葉を連発する割には、家庭があることを考慮して早く帰宅させてくれるわけではない。それどころか深夜までくだらない会議につき合わせる。その神経が薫には理解できない。

男性の店長たちはみな四十代で、薫や晶子に対しては紳士的な振る舞いであったが、もしもこの女ふたりが正社員になろうものなら、途端に牙を剝く者もいるだろう。自分や晶子がどれほど売上げを伸ばしたところで、パートの身分である限りは男たちの昇進の邪魔をする存在にはならない。だからこそ嫉妬心も抑えられるのだ。それでもたまに、「青山店と池袋店は、立地条件がいいから売上げが伸びているだけだ」という陰口も、ちょくちょく耳に入ってきていた。

「ちょっと、停まって！」

薫は大声で叫んでいた。

タクシーの運転手が、慌ててブレーキを踏む。

「悪いけどちょっとここで待ってて。ほんの五、六分だから」

会社からもらったタクシーチケットを運転手の掌にねじ込んだあと、素早く車から降り、今来た道を走った。

今、確かになかった。

あの派手な看板が。

二十四時間営業のジーンズショップのあの看板。

青とオレンジの、派手で大きな電飾の看板……それがなくなっていた。

いつか〈遠来の客〉が開店したら、自分はどうすべきなのか、どうしたいのか——悩んで迷って頭がおかしくなりそうになると、ふらっと新宿へ来てジーンズショップを眺めた。そうすると不思議と気分が落ち着いた。ついでに店の中に入ってジーンズを買ったことも何度かある。

息を切らして走る。画廊の角を曲がり、細い路地を入って行くと、夜風に桜の花吹雪が舞っていた。

やっぱりない。

立ち止まって息を整える。

ジーンズショップの看板だけでなく、店そのものも取り壊されていて、瓦礫《がれき》がうずたかく積まれている。ふと足許を見ると、建設会社の白い小さな看板が立ててあった。

――飲食店（仮称〈遠来の客〉）建設予定地、完成予定・平成六年八月三日――

心臓が波打った。

今から四ヶ月後に〈遠来の客〉がオープンする。

元の世界と同じように、地下には洞窟のような部屋が作られるのだろうか。

そして、あの初老の店員がいるのだろうか。

そして彼は、自分たちに再びタイムスリップさせてくれるだろうか。

もしも店が当時のまま再現されるとしたら、自分はどうすべきなのだろう。もう一度タイムスリップするのか、それともこのままの人生でいくのか。自問自答するが、答えは出ない。

晴美はどうするつもりだろう。去年会ったときは、母性本能の欠如に悩んでいて、もう一度人生をやり直したいと言っていた。あれから今日までの間に気持ちに変化はないだろうか。

知子はどうだろう。希望どおり女優になることができて、満足のいく生活を送っているとは思うが、低俗な週刊誌の見出しを読む限りでは、私生活はスキャンダルにまみれている。それでも、あれはあれで楽しい生活なのだろうか。
とにかく、ふたりにも早く知らせなければ。
薫はタクシーに戻ると、バッグから携帯電話を取り出した。

知子の地方ロケの都合を考慮したうえで、三人が集まることになったのは、ゴールデンウィークが終わってからだった。

薫はスーパーでの仕事を終えたその足で、知子のマンションへ急いでいた。背中に夕陽を浴び、足許には自分の影が長く伸びている。

〈遠来の客〉が建設されると知ってからは、落ち着かない日々が続いていた。もう一度タイムスリップすべきかどうかを四六時中考えているために、仕事に集中できないでいる。それが原因で昨日も失敗した。品出しで忙しい早朝に、大特価用のワゴンに蹴つまずき、うずたかく積まれていたレタスを大量に床にばら撒《ま》いてしまったのだ。

青海町の飲み屋で晴美と話した内容を、あれから何度も頭の中で反芻《はんすう》している。あのときは、人生をやり直せるなら、もう結婚はよそうと決心したはずだったが、またもう一度高校時代にタイムスリップして人生をやり直すことを思うと、さすがにうんざりした。大学受験ひとつを取ってみても、暗記を中心とした無味乾燥な勉強はもう懲り懲りだった。

いや待てよ、あのボタン……薫は〈遠来の客〉にある抽象画の陰に隠れたボタンを思い出そうとした。あのボタンには数字が書かれていて、あの初老の店員は「3」と「0」を押したのだ。それはつまり、何年前にタイムスリップするかは、自由に設定できるということではないだろうか。再び過去に戻るとしても、高校時代でなくてもいいのではないか。二十歳以降でもよいかもしれない。

知子の住むマンションはすぐに見つかった。通りすがりの人間が、ふと足を止めてしまうほどの洒落た建物だったからだ。明るくて広々としたエントランスは、高級ホテルかと見紛うほど都会的で洗練されている。自分の一ヶ月分のパート代をまるまる使っても、このマンションの月額家賃の三分の一にも届かないだろう。

知子は、デビュー作の『不倫』以降は主役級の役にはついていないようだったが、サスペンスドラマには頻繁に脇役で出演しているし、CMにもちょくちょく出ているようだから、経済的には余裕があるのだろう。

エントランスを入ると、晴美の横顔が見えた。玄関ロビーのソファに座って熱帯魚の泳ぐ大きな水槽を眺めている。その先にはガラスドアがもうひとつあり、警備員が制服姿で立っている。セキュリティも万全のようだ。

晴美に声をかけようとしたら、背後から「ごめん、ごめん、遅くなっちゃって」と声がした。振り向くと知子だった。数年前に、イタリアンレストランで食事をして以来だ。

晴美も知子の声に気がつき、ソファから立ち上がる。

「薫とは去年青海町で会《お》うたけど、知子とはもうかれこれ、六、七年ぶり違うか。まあほんでも電話ではしょっちゅう話しとるし、知子がテレビドラマに出とるのを毎週見とるで、あんまし久しぶりやゆう気せえへんけどな」

「きれいになったわね、晴美」

知子が晴美の全身に目を走らせながら言う。「初夏にぴったりね、そのスーツ。晴美にとってもよく似合ってるわ」

晴美は、品のあるブルーグレーのスーツを着ていた。

「そうか？ 女優さんに褒められたら嬉しいわ」

さほど嬉しそうでもなく晴美は言う。

そのあと、知子が薫の着ている橙色《だいだいいろ》のジャケットを一瞥したので、ついでに褒めてくれるのではないかと薫は待ったが、何も言わないままエレベーターに乗り、最上階のボタンを押した。

知子の部屋に入った途端に、抑えられないような羨ましさがこみ上げてきた。自分でも戸惑うような、焦燥感にも似た感情だった。

「羨ましい」

先に言ったのは晴美だった。「こうゆうとこに、ひとりで暮らしてみたいもんやわ。ちょっとベランダに出てみてもええかな」

知子が「どうぞどうぞ」と言いながら、カーテンを開けてくれる。

「あっ」

薫は声を上げた。東京タワーが見えたからだ。サッシを開けて、晴美に続いて薫もベランダに出てみた。もうとっぷりと日は暮れていて、夜景が一望のもとに見渡せる。

「都会のど真ん中に住んどるって感じやな。なんやかんや言うても、さすが女優やわ」

晴美の言い方だと、腐っても鯛というように聞こえる。窓辺にいた知子が、晴美の背後で苦笑するのが見えた。

しばらく晴美とふたりで夜風に当たってから部屋に戻ると、知子がリビングのテーブルを拭いていた。

「薫、食べ物を買ってきてくれたよね」

知子は、出前を取ることによって、住所が世間に知られてしまうことを恐れていた。有名人になるというのも、なかなか大変らしい。

「うん、もちろん。うちの自慢の惣菜ばかりだよ」

自分が店長を務めるスーパーで買ってきた惣菜を、袋から次々と取り出す。プラスチック容器に入った鮨、蟹クリームコロッケ、サンドイッチ、きんぴらごぼう、春雨サラダ……テーブルの上はいっぱいになった。

自分の店舗で出す惣菜は、すべて味見することにしていた。店長になったばかりの頃は、味つけが濃すぎることや盛りつけに清潔感がないことを指摘すると、惣菜売り場を任されている外注業者は露骨に嫌な顔をしたものだ。しかし、薫の指導によって売上げが倍増してからは、向こうから積極的に薫の意見を聞いてくるようになっていた。

「おいしそうね」

知子がひとつひとつの惣菜の容器を開けながら言う。

キッチンから、取り皿やグラスを運ぶのを手伝った。

キッチンは白一色で統一されていた。白い食器棚の中には厳選された高価な青海焼の白い食器類が並び、何から何までおしゃれで、まるで雑誌から飛び出てきたような暮らしぶりだ。

見るもの見るもの羨ましくて仕方がなかった。しかしいったい、この身体の奥底から湧いてくるような凄まじいほどの羨ましさの正体は何なのだろう。自分でもわからなくて、薫は自分の心理状態を探るように自問自答してみる。都心に住んでいることが羨ましいのか？　いいやそれは違う。じゃあ、おしゃれな生活が羨ましいのでは？　それもたぶん違う。

リビングに戻り、皿やフォークをテーブルに並べながら、再度自問する。じゃあ、この白い食器が羨ましいんじゃない？　まさか、冗談でしょう。

「再会を祝して！」

知子の細い声が響く。テーブルを囲むように三人がそれぞれ白いソファに座り、シャンパンで乾杯した。

「〈遠来の客〉の基礎工事はほぼ終わっとったで」

晴美は今日の昼間、上京してすぐに新宿に行き、工事の様子を見てきたという。

「ねえ薫、聞いてよ。晴美ったらね、もう一度人生をやり直したいなんて、いつも電話で言うのよ」

知子が告げ口をするように言う。

「私、本気やもん」

晴美はにこりともせずに言ってから、背筋を伸ばしてソファに浅く座りなおす。

「晴美は清冷寺君と結婚して大成功の人生じゃない。いったい何が不満なのよ」

知子が非難めいた口調になる。

「こう見えても、色々と苦労はあるんやで」

「苦労の全くない人生なんてあり得ないでしょう。どう転んだって」

言いながら知子は、サラダを自分の皿に取り分ける。

「だって清冷寺側の親戚は意地悪なんやもん。両家の釣り合いがとれてえへんとかなんとか、あの調子やったらきっと死ぬまで言われ続けるで」

薫は驚いていた。祖母の葬式で帰省したときに、青海町の居酒屋で聞いた話と全然違うではないか。そもそも清冷寺家は、家の格などにはこだわらない家風のはずだ。

「人に言われることをいちいち気にしてるようじゃあ、人生を何度やり直したって同じよ」

あれだけ週刊誌で叩かれ続けている知子が言うと、説得力があった。

「確かに今は経済的には恵まれとるけど、好きなだけ買い物《もん》したり、値段を気にせんとおいしいもん食べに行ったり、そんなん、何か意味あるんやろか」

「あのさあ、晴美……」

薫が口を差し挟もうとすると、晴美は咳払いしながら素早く知子を盗み見た。薫もつられて知子を見ると、彼女はスモークサーモンで包んだ小さな手毬寿司を自分の皿に取ろうと、うつむき加減になっている。それを見定めた晴美は、次の瞬間素早く薫に目配せをした。余計なことは言うなという合図らしい。

「晴美のとこの智志君はまだ小さいんだから、タイムスリップなんかしたら絶対に後悔するわよ」

知子が続ける。「ちょうど可愛い盛りじゃないの。前の私みたいに、子供が大学生くらいになっていれば話は別だけどさ」

晴美は口を真一文字に結んだまま、インゲンの胡麻和えを睨んでいる。

晴美は、本当の悩みを知子に話すつもりはないのだ。母性がないという悩みは、元の世界で母親業をきちんとこなしていた知子には言いたくないのかもしれない。

「他人の意見を聞くことも大切だけど、でもやっぱり自分のことは自分でよく考えて、最後は自分自身で決断しなきゃね」

薫は知子に対して、他人の人生に口出しをするなという意味で言ったのだが、どうも知子には通じなかったらしい。

「晴美のところは、まだ四歳だっていうでしょ。それじゃあ、どんな母親でもとてもじゃないけど子供とは離れられないはずよ」

「はず……。私、その『はず』という言葉が嫌いやわ」

晴美は小さな声でつぶやいてから寂しそうに笑った。

「うちの子供はもう大学生と高校生だったけど、それでも会いたくて会いたくて気が変になりそうになるときがあるもの」

「そういう知子は、店がオープンしたら、どないするつもりなん?」

晴美はそう尋ねて、話題を知子へ移した。

「そうねえ……迷うわね」

知子の思案顔を、薫は羨望の眼差しで見つめた。

知子が迷うのは無理もない。知子は、どんな人生でも上手に生きていけるからだ。今は女優として活躍している。それも、高級マンションに住めるほどの成功を収めているのだ。

そして、元の世界でも良妻賢母として、うまく生きていた。夫の庇護のもとに夫を立て、夫の両親を立て、子供をちゃんと育てていた。知子はすごいと薫は思う。自分は知子と違って不器用だ。どう転んでも世の中の枠組の中に収まることができない。この先、人生を何度やり直したところで器用に生きていけそうにないと思うと、暗澹とした気持ちになった。

「八方塞がりなのよね」

知子がぽつりと意外なことを言う。

「あんた、よう言うわ。知子は今も昔も大成功の人生やで。誰が見たって」

晴美が、薫の言いたいことを代弁してくれる。

「何言ってるのよ。あんなろくでもない役ばっかり……女優とは言えないわよ。マスコミに叩かれて世間から蔑まれて、精神的にも参っちゃうし……どうやっても方向転換できないのよね。世間の決め付けという厚い壁を、自分の努力じゃ壊せないの」

言いながら知子は立ち上がってキッチンに行き、缶ビールを胸に抱えて戻ってきた。

「週刊誌見とったら、知子ばっかりあることないこと大げさに書かれとって、可哀相やなとは思っとったけどね。そんでも、そんなん知子は慣れっこで、楽しく暮らしとると思っとったんよ。ほんでも、そんな気持ちやったら、前の人生の方がよっぽど良かったと思ってるん?」

またもや薫の聞きたいことを晴美が尋ねてくれる。

知子は自分と違って、専業主婦としてうまく生きていける女性だったのだ。その証拠に、兵庫県物産展のあったあの日、知子は言ったはずだ。

——自分ひとりの人生を生きてみたかったのよ。夫や子供の世話だけじゃなくてね。

もともと贅沢な望みだったのだ。自分の家庭を築き、子供らもそろそろ手を離れる。生活に困っているわけでもなければ、大きな問題を抱えているわけでもない。そういう安定した生活基盤を持ちながら、更に欲張って生き甲斐などというプラスアルファを欲していたということなのだから。

「まさか、前の人生も嫌だったに決まってるじゃない。私、専業主婦だったのよ。あんな窮屈な、我慢に我慢を重ねる人生なんて、今思い出したって本当に嫌。それに比べてあなたたちはいいわよね。晴美は希望どおり清冷寺君と結婚できて可愛い子供もいるでしょう。薫は、以前は独身キャリアウーマンだったと思ったら、今度は結婚してるのにちゃんとスーパーのやり手店長になってるもの。薫はどっちに転んでもうまくやっていける人よね。羨ましいわ。あなたたちに比べて、私なんか何やってもだめよ」

晴美がちらっとこちらを見るのが、薫の視界に入った。浩之とのセックスレスの夫婦生活のことを、知子の前で言われたらたまらない。そう思って晴美を見ると、晴美は微かにうなずいた。了解済みということだろうか。それも何だか腹が立つ。

「で、結局は知子はどうするつもりなん？」

「どうすればいいかしら。私って、あれもダメこれもダメって逃げてばかりだもんね。次の人生は何とかしなきゃね。でもだからといって……あーあ、女の生き方って難しいわよね。どういう人生を選択したところで、目の前に立ちはだかるのは男尊女卑の厚い壁だものね。キャリアウーマンの薫にしても、本当は勤め先では色々と苦労があるんでしょう？大変よね。だって女優の世界でさえ……」

知子の言葉を遮り、晴美が尋ねる。

「男尊女卑って？」

不思議そうな顔つきの晴美を見て、薫は絶句した。知子も「え……」と言ったきり、驚きのあまり息を止めて晴美を凝視している。

高校時代から晴美のことを馬鹿だと思ってはいたけれど、ここまで問題意識を持たない人間だとは思いもしなかった。説明してやるのも面倒だ。

「例えば……」

知子が言いかけて、長く息を吐き出した。何から説明していいのか途方に暮れた様子で、宙に目を泳がせている。「ええっと例えば、せっかく就職しても女性は結婚や出産で会社を辞めざるを得ないことが多いわけよ。なんだかんだ言っても結局は家事も育児も全部、女性の肩にのしかかるわけだし」

「そんなん誰でも知っとるわ。そんで？」

「え？　それでって……だから、定年まで働ける女の人なんて、学校の先生や看護婦さんだけで、そういうの、戦前とたいして変わっていないわけよ」

「そんなん当ったり前やん。もしも私が社長やったら絶対に女なんか雇えへんがな。慈善事業やないんやで。商売やで。結婚や出産でいつ会社を辞めるかわかれへんような人間に仕事教えるのだって絶対嫌やわ。それに子供が熱出したゆうて、しょっちゅう会社休まれたらかなわんし、出産休暇やら育児休暇やら介護休暇？　なんやよう知らんけど、そんなプライベートなこと、だいたいからして会社に関係あれへんし、そんな面倒な人間を雇うのなんか真っ平ごめんやで」

知子が唖然とした表情のまま黙ってしまったので、仕方なく薫が口を開く。

「会社というのは公共性を持っているものなんだよ。利潤の追求だけじゃなくて、社会に貢献するという一面も負ってるの」

こんな初歩的なことを説明してやらなければならないことにうんざりしていたが、知子にばかり晴美のお守りを押しつけるのも悪いと思い、続ける。「実際に北欧なんかでは改善されてきているわけだし。日本だっていつかはスウェーデンのようになると期待して……」

晴美がいきなり噴き出した。

頭にきた。人が親切に説明してやっているというのに、何たる態度だろう。

「ちょっとお伺いしますけどね、いったい薫さんは何歳まで生きるつもりなんですか」

無性に腹が立つ。さん付けで呼んだりして。成績の悪かった晴美なんかに馬鹿にされたくない。

「何歳まで生きる？　そんなこと、今話していることと何の関係があるのよ。茶化さないでよ」

思わず声が大きくなった。

「戦前から変わってないんやったらこの先も変われへんやろ。それくらい見当つけんとあかんわ。進学クラスの女子はほんま根本的なとこが抜けとるからあかん」

進学クラスの女子という懐かしい言葉が、妙におかしかった。知子が笑いをこらえたような目でこちらをちらっと見たので、途端にふたりして笑いだしてしまった。

「そりゃ日本もいつかは変わるかもしれん。い、つ、か。でもな、そのとき、うちらはもう寿命が尽きとるわ。あっ、ごめん、寿命が尽きるなんてちょっと言い過ぎたかな。この頃百歳以上生きる人もザラらしいでな。ほんでも会社員ゆうのは確か定年が六十歳くらいと違うんか？　とすると、元の世界でうちら四十七歳やったんやから、会社に勤めとったとしたら定年まであと十三年しかあれへんかったんやで。その時点で、日本の社会は男尊女卑やけど、いつかはスウェーデンのように、みたいなことゆうても空しいて疲れるだけやわ」

ショックだった。反論の余地がなかった。知子も同じ気持ちなのか黙ったままだ。

晴美が喉を鳴らしてビールを飲むのを呆然と眺める。

「じゃあ……私たち、どうすればいいのよ」

消え入りそうな声で知子が尋ねる。

「現実を見ろっちゅうこっちゃがな」

「だからどうすればいいかを聞いてんの！」

知子が声を張り上げる。

「そもそも会社に勤めたりしたら終わりやろ。自分自身が社長にならんとあかんわ」

「そんなこと無理よ、ねえ、薫」

晴美のビールを飲むピッチが異様に早い。一本目をもう空にし、二本目に手を伸ばしている。

「このネギトロ巻き、おいしいんだよ、食べてみて」

何も食べずに飲んでばかりの晴美の前に鮨を置いてやった。

「社長になるゆうても、なんにも大きな会社やのうてもええんやで。従業員ひとりしかおれへんみたいな小回りの利く会社で十分やわ。それやったら時間的にも融通が利くし、やりがいもあるやろ。それができんのやったら、やっぱりあんたらのゆう戦前と同じで学校の先生になるか清冷寺家の女性陣みたいに医者やら看護婦やらの資格を取るしかないわな」

晴美は、一気にビールを飲み干したあと、足許に置いたボストンバッグのファスナーを開けた。ごそごそと何かを探している。中から飲みかけのブランデーのボトルが出てきたから驚いた。もしかしてアルコール依存症になりかけているのではないか。

「だいたい、あんたら進学クラスの女子が、大学大学ゆうから、私も大学ゆうとこにごっつい憧れたんやで。それが、入ってみたら、なんやあれ、しょうもない！　死にかけのじいさん教授が、何十年も前から使っとるぼろぼろのノートで授業しやがって、アホか。居眠りせずにはおられへんかったわ。大学の先輩に聞いたら、テストの内容も何十年も前から毎年同じじゃって。あほらしゅうてかなわんわ。授業料返さんかい！」

「一理あるね」と薫が言うと、「晴美の言うとおりよ」と知子も同意した。

「大学っちゅうとこは、ほんまに金の無駄遣いやったで。とゆうても、授業料は全額、烏野に出させたんやけどな。ほかの女子は合コンやら楽しんではったけど、私なんかほんまはもうオバハンやからそんなもんも楽しめれへんし、授業さぼって〈ひょうたん屋〉の手伝いばっかりしとったで」

知子が差し出したグラスに、晴美はブランデーをどぼどぼと注いでから続けて言う。

「あんたら進学クラスの女子は、口ばっかりやん。プライドばっかり高《たこ》うて、いっつもカッコばっかりつけとる。男女同権やら四年制大学やら何や知らんけど、もしも、もっぺん人生やり直せたら今度こそもっと実のある人生にせえへんか。なあそやろ。せっかく生まれてきたんやし、もっと楽しい生きような」

晴美が自分のグラスにブランデーをつぎ足す音だけが聞こえる。しんとしてしまったと思っていたら、知子がいきなり顔を両手で覆って泣き出した。

「私……もう疲れた……人生に」

知子の華奢な背中が震えている。

薫は歯をくいしばって窓の外へと目を逸らしたが、東京タワーが滲んで見えた。

★

晴美が東京駅に降り立ったのは、五時過ぎだった。だんだん日が傾いてきていたが、少しも気温の下がる気配はない。

八月三日に〈遠来の客〉がオープンしてから既に二週間が過ぎていた。すぐにでも店へ出向いて高校時代にタイムスリップしたかったのだが、知子は地方ロケで忙しいと言うし、薫は近隣にスーパーの競合店ができたために連日残業で時間が取れないらしく、今日まで延び延びになってしまったのだ。

どうせタイムスリップするんやから、今の仕事なんかどうでもええやろと言ってやったのだが、知子も薫も、万が一タイムスリップできなかった場合のことを考えると、今現在の仕事をないがしろにはできないと答えた。進学クラスの女子はどうしてこうも慎重なのだろう。

はやる気持ちを抑えるのに苦労したが、それでもやはり、ひとりで店に入る勇気はなかったので、この二週間というもの青海町で指折り数えて今日のこの日を待っていた。

知子の提案で、待ち合わせ場所は〈遠来の客〉の近くのコーヒーショップになった。〈遠来の客〉の地下にある例の個室では、何が起こるかわからない。何かの拍子に遠い未来に行ってしまうようなことがないとも限らない。そうした場合を想定すると、三人揃ってから一緒に来店した方がいいだろうということになったのだ。

新幹線を降りた途端、蒸し風呂の中に放り込まれたような暑さに包まれた。中央線に乗り換えようと駅構内を少し歩いただけで、全身汗だくになった。

オレンジ色の快速電車に乗って、ドアのところに立ち、都心の風景を眺めながら、何日か前に知子や薫と電話で話した内容を思い出していた。

知子はもう一度高校時代にタイムスリップして宝塚音楽学校を目指すらしい。女優になって十六年、いまや発声もダンスもお手のものだから合格する自信はあるんやろと尋ねると、狭き門だから自信などないという。少し投げやりな感じだった。人生をもう一度やり直すこと自体に、疲れ果ててしまったのかもしれない。

一方薫は、大学時代に戻って公務員を目指すところから始めるらしい。電話を通して聞こえる声にはあまり元気がなかった。自信を失っているような感じだった。

自分は、もう一度高校時代に戻ると決めている。もう大学へ進学する気もないし、子供は絶対に産まない。たぶん結婚もしないだろう。高校を卒業したらどうするかは、はっきりとは決めていない。〈ひょうたん屋〉を手伝おうか、それとも都会へ出て働くか。色々と案はあるが、まだ決まらない。それよりも何よりも、とにかく智志がこの世に生まれてくる以前の世界に戻りたいのだ。それが実現しないことには、先のことを考えられない。

新宿駅で降りて東口の改札を出た。真夏の太陽がアスファルトを焼き、生ゴミの腐敗臭を充満させている。

コーヒーショップはすぐに見つかった。窓際の席に座り、落ち着かない気持ちで通りを行く人々を眺めた。

買い物帰りの女たちは、両手に紙袋を提げている。楽しそうに笑い合う中年の女たち。その後ろを、銀縁のメガネをかけた真面目そうな女子高生が歩いているのも見える。みんなそれぞれに幸せなんだろうか。ぼんやり考えていると、幼い男の子の手を引いた美しい女が横切った。男の子の桃のような頬が、智志のそれによく似ていて、思わず目を逸らした。「早くタイムスリップせんことには、どもならん」と小さくつぶやき、氷の入ったコップを暑さで火照《ほて》った頬に当てる。

知子と薫が店に入って来たのは、見事な夕焼けが窓いっぱいに広がった頃だった。ふたりとも緊張した面持ちをしている。

「あの風変わりな店員さん、いるのかしら」

知子が言いながらアイスコーヒーをストローでかき混ぜる。

「壁には何もなかったりしてね」

薫が深刻な顔で言う。

それっきり会話が途絶えた。

三人とも腕時計をちらちら見ながら時間が過ぎるのだけを待った。

三人揃ってコーヒーショップを出た頃には、辺りはすっかり暗くなっていた。知子と薫に挟まれて並んで歩く。ふたりも心細いのか、ぴったりと寄り添うように歩き、腕が触れる。

細い路地に入って数十メートル歩くと、行き止まりだとふと気づいて三人同時に足を止めた。

「あのときと同じ感覚ね」

知子の声が心なしか震えている。

知子と薫が両側から腕を絡めてくる。

まるでお化け屋敷に来たかのように、恐る恐る歩を進めて行くと、いきなり目の前に威風堂々とした石造りの建物が現われた。

確かにここに存在する。そう思うと更に緊張感が高まってきた。小学生の女の子のように、腕を組んだまま三人で近づいて表札を見ると、〈遠来の客〉と書かれていた。扉の前に並んで立ち、建物全体を眺める。

「あのときと同じ店よね」

知子が前方を見つめたまま言う。

「うん、あのとき素敵な建物だなと思って外観をじっくり眺めたからよく憶えてるよ」

言いながら薫が重厚な扉のノブに手をかけた途端、中からすっとドアが開けられた。

「いらっしゃいませ」

若い女性の店員だったので、思わず三人で顔を見合わせた。例の初老の店員ではない。本当に前と全く同じ店なのだろうか。

「地下の個室を予約した曽我ですが」

「承っております。どうぞ」

女性店員についていくと、地下へ続く石段が見えた。暗い足許に注意しながら、そろりそろりと地下へ降りる。

「こちらです」

店員が体重をかけるようにドアを開けた。

あった！

大きな抽象画が同じ位置にあるのを見て安堵する。先頭にいた知子も真っ先に抽象画を確認したのか、後ろを振り返ってうなずく。

洞窟のような個室は、当時と同じだった。広い空間に楕円形のテーブルだけが置かれていて、ほかには何もなくがらんとしている。

「ご注文が決まりましたら、ドアの横にあるブザーを押してください」

メニューを置いて、女性店員は出て行こうとした。

「ちょっと待って、今すぐ注文するから」

知子が言いながら、急いでメニューをめくる。「中ジョッキを三つと、この『本日のおすすめコース』というのを」

知子が早口で言う。

緊張のあまり何も食べたくはなかった。大食漢の薫でさえ、メニューを見ようともしない。

店員は注文を復誦したあとアーチ型のドアから出て行った。

ドアがきっちり閉まったのを見届けると、知子は抽象画に近づいて行った。

「外してみましょう」

薫も手伝い、絵がそっと床に下ろされた。

そこには、十七年前に見たのと同じボタンがあった。心底、ほっとした。

「確かあのときは、『3』と『0』を押してから、このボタンを押したのよ」

薫が指差したのは、本物のサファイアではないかと思うような、美しい青い輝きを放つ石だった。

「その隣の赤いボタンは何やろな」

ルビーのように赤く輝いているボタンもある。

「未来へ行くくんやろか」

「未来へ行くことはできません」

突然、天井付近から錆びた声が聞こえてきたので、三人とも飛び上がるほど驚いた。

見上げると、にこやかな笑みを湛えた、あの初老の店員が天井まで届く長い脚立の上に座っている。

少年のような身軽さで降りて来た。黒いスーツに蝶ネクタイをして、すらりとした長身だ。

「ほんなら、この赤いボタンは何ですか」

「それはリセットボタンでございます」

「リセットゆうと?」

「最初の人生に戻るのでございます。例えば、あなた方なら四十七歳のときにここへ来店された日の翌日に飛ぶことになりますが」

「リセット……そういう選択もあったのか……」

薫がつぶやく。

「何も焦ることはないのです。じっくり考えてから決めればいいのでございます。これから先十三年の間、この店はここに存在しますから」

言ってから、店員は一瞬にして柔和な笑顔を消し、厳しい表情になった。

「ただしこのボタンは、おひとり様につき二度しか使えません。つまり、みなさまはあと一度だけとなります」

説明してから、店員はドアから出て行った。

「私はリセットさせてもらうで」

晴美がきっぱりと言った。

「うそっ」

「冗談でしょ」

知子と薫が次々に驚いたように言う。

「よく考えた方がいいってば。思い出を美化しすぎてるよ、晴美は」

知子が諭すように言う。

「私もそう思う。晴美、よく聞いて。思い出というのは、絶対的なものではないんだよ」

薫の言っている意味がわからず、首を傾げた。

「思い出というのはね、今の状況を色濃く反映するわけよ」

「もっとわかりやすう、ゆうてよ」

「だから、今が不幸であればあるほど昔が輝いて見えるんだってばさ。要は錯覚だよ、錯覚。晴美の前の人生は、高校を中退して妻子ある雅人に暴力を振るわれて流産した、あの人生だよ」

「わかっとる」

「晴美、本気なの？　薫が今言ったように、あの悲惨な人生の四十七歳の時点に戻るのよ」

「しつこいな、わかっとるがな」

「私と薫は心配して言ってるのよ。あの日久しぶりに会ったときの晴美は、どう見たって幸せそうじゃなかったもの」

「ほんなら聞くけど、あんたらの帰りたい場所ってどこなん？」

「帰りたい……ところ？」

「私の帰りたいとこ教えたげるわ。あの六畳一間のアパートなんや。中野ブロードウェイ商店街を通り抜けたとこにある、木造モルタル二階建てアパートの、二階の隅っこの部屋やがな。陽に灼けた畳の上にカップラーメンの空き容器がごろごろ転がっとる、がんがん西日の当たるあの部屋やん。ガスコンロひとつと小さい流しがあるだけの台所は半畳しかあれへんかったがな。風呂がついとれへんから銭湯に行かんならんけど、頼みにしとった近所の銭湯も経営難でつぶれてしもたもんで、ホステス時代の友だちが住んどるマンションの風呂を借りとったんやけど、その子うまいこと金持ち男騙して嫁に行きよったんやわ。しゃあないからしばらくは自分とこの台所の流しで身体洗っとったけど、まあそれも限界あるでな、考えた末に家からちょっと遠いけどスーパー銭湯の風呂にタダで入れてもらうために、そこの掃除のパート始めたんやわ。一石二鳥とはこのことや。ちょっと話長《なご》うなったけど、つまりは、そんな暮らししとったあの部屋やがな。あの部屋に死ぬほど帰りたいんやわ。この前、知子のマンションに初めて行ったとき、羨ましゅうてしゃあなかったわ。知子みたいに自分ひとりだけの城を持ちとうて持ちとうて……たまらん気持ちやった」

「晴美、落ち着きなさいよ、あなたね……」

知子が口を差し挟もうとするが、譲らなかった。

「落ち着いとるがな。かれこれ六十年以上も生きとるんや。もう十分大人やで。あのオンボロアパートだけが、自分が自分らしゅうおることができる唯一の場所なんや」

「もっとよく考えなさいよ。薫も黙ってないで、何か言ってやってよ」

「そうね……まだ時間はあることだし、知子の言うとおり、もう一回考え直してみてもいいかもね、晴美」

「もう十分考えたがな。四十七歳に戻れるなんて嬉しいくらいやわ。四十七歳やったら、子供産もうかどうかなんて、もう迷わんで済むやん」

「何言ってんの！　薫が言うんならまだしも、晴美がそんなこと言うなんておかしいじゃない。薫の前でこんなこと言って悪いけど、なんだかんだいっても、子供の可愛さなんて子供を産んだ人にしかわからないわ。だから晴美が元の人生に戻ったりしたら、絶対に絶対に後悔するわよ。あとになって智志君を思い出して泣き暮らすことになるに決まってるじゃないの！」

「虐待しとったんや……智志のこと」

「え？」

知子は息を呑み、やっと黙った。

「私もリセットするよ」

「薫まで何言ってるのよ！　結婚もうまくいってて、スーパーでは店長にもなって、もう何もかもうまくいってるじゃないの」

「実はそうでもないんだ……」

薫は、浩之が結婚によって性格が変わってしまったことを話しはじめた。

「浩之のこと、もう好きじゃないの？」

「好きじゃないどころか軽蔑してる。あの人、極端なんだよね。男の沽券という鎧《よろい》を脱ぎ捨てたと思ったらヒモみたいになるんだもの。それに、店長とは名ばかりで……」

パート待遇についても怒りをぶちまけた。「それに、結局は親孝行もできなかった。結婚して子供を産むという平凡なことが、親孝行だと思ったのに」

「そんなことないよ。薫は十分に親孝行だったわよ。小学校のときから優秀で、中学、高校と抜群の成績だったじゃないの。親御さんからみれば自慢の娘だったはずよ。それは親になったことがある私が言うんだから間違いないわ」

「だって、元の世界では母親に褒められたこと一回もなかったんだよ、私。努力しても努力しても……いったい母は、私にどうなってほしかったんだろう」

消え入りそうな声で薫が言うのを見て驚いた。まるで小さな女の子だ。これほど弱い部分が薫にあるとは思いもしなかった。

知子は壁から離れて、椅子に腰掛けてから口を開いた。「私だって母親には本当に翻弄されたわよ。母親が娘を代理走者にしていた時代だったんだもの。母親自身が実現できなかった夢を娘に託したんだわ。でも、その行き着く先までは考えが及ばなかったのよ。誰しも自分の経験できなかった生き方に憧れるけど、その立場になったことがないから具体的なことが何もわからないのよ。娘にとっては本当に迷惑な話よね」

「そうゆう知子はどうするん?」

「決めたわ。私もリセットする」

「なんや、やっぱり香山君に未練あるんやろ」

「全然ないよ。微塵もない。でも、もう逃げるのはやめたのよ。あの時点から逃げないで、もう一度自分の人生を切り拓いてみたいの。今度こそできそうな気がする」

第六章　新しい人生

♥

知子は、目を覚ますとひどい頭痛がして全身がだるかった。

ここはどこだろう。このソファの革の匂い……懐かしい。

首だけ起こして辺りを見渡してみた。どうやら自分はソファに横たわっているようだ。

ふんわりと動く何かが視界に入り、そちらの方向へ目を向ける。

うまく焦点が合わなくて目を凝らすと、ゆるやかに波打っているレースのカーテンの向こうには夕闇が迫りつつあった。

ガチャッと鍵を開けるような音がした。

続いて乱暴な足音が近づいてくる。遠い昔に聞いたことのある足音だ。

次に、パチンという微かな音とともに部屋全体が明るくなったので、眩しくて目を細めた。

「うっそー、夕飯の支度まだなの？　ママ寝てたの？　信じらんない。明日香お腹ぺこぺこなんだよ。今日のバレー部のミーティングが長引いたわけはね、まっ、いつものことなんだけど、例のコーチの……あれ？　ママ聞いてる？」

目の前に立っている女の子を見た。

娘の明日香だった。

思わずソファから立ち上がり、明日香を思いきり抱きしめ、ぷっくりとした桃のような頰に頰ずりする。

「ちょっとママ、キモいよ。もう明日香は高三なんだからね」

明日香は母親の手を振りほどこうと、もがく真似をしたが、照れたような嬉しそうな顔をしている。

「もしかして具合が悪くて寝てたの？　だったら明日香、夕飯は簡単なものでいいよ。納豆と冷奴とか」

明日香が着替えるために自分の部屋へ入っていく後ろ姿を見送ってから、洗面所に行って蛇口をひねり、冷たい水で頰を叩くようにバシャバシャと音を立てて洗った。

水道水を両手ですくってひと口飲み込むと、喉から食道に水がつーと流れて行くのがわかる。

この水の冷たさ……気温が体温を超えていた盛夏から、葉桜の季節に飛んでいる。人生はちゃんとリセットされたのだ。

洗面所の鏡の前に立ち、タオルで顔を拭いていると、ジャージに着替えた明日香が隣に立った。鏡を通して自分と明日香を見比べる。

子供をこんなに大きくなるまでちゃんと育ててあげたのだ。自分を褒めてやってもいいのではないかと、初めて思った。

「明日香、大きくなったわね。ママより背が高いわ」

「何言ってるの。今日のママ、なんか変だよ。明日香は中学のときからママよりデカイじゃん。そんなことよりさあ、晩ごはんの前だけど冷凍肉まんをチンして食べちゃだめ？　餓死しそうなんだよ」

「いいわよ」

言いながらふたりでリビングに戻る。

明日香は早速、冷凍庫を覗いている。

自分がこの家の主婦であるという状態は、十七年ぶりなのだ。どう振る舞うのが自然なのかがよくわからず、戸惑っていた。

リビングの時計を見上げると六時を過ぎている。とりあえず夕飯の支度に神経を集中させよう。

急いで米を研ぎ、炊飯器の〈早炊き〉ボタンを押す。冷蔵庫を開けると、生協の挽肉と茄子があったので麻婆茄子を作ることにした。茄子に火が通るまでの間、隣のコンロでホウレン草に溶き玉子を絡めただけの簡単な澄まし汁を作ってしまおうと思い、棚を開けて煮干しを捜す。あちこちの扉を開けてみるが見つからず、代わりに顆粒状のだしの素を見つけ、思わず苦笑した。

食事の用意が整った頃、息子の光太郎《こうたろう》が帰宅した。

「おっ、おいしそうじゃん」

光太郎は言いながらそのまま食卓につく。「何してんだよ。早く食べようぜ」

呆然と突っ立っている母親を不思議そうに見上げる。

「えっ、ああ、そう？　だってまだあの人が帰って来てないし……」

「あの人って誰？　おやじのこと？」

「珍しい。パパ今日はそんな早く帰ってくるの？」

「えっ？　ごめん間違えた。私、何言ってんだか。さあ熱いうちに食べましょう」

浩之の分はラップをかけておいて、三人で食卓を囲む。

光太郎がリモコンでテレビをつけた。子供たちが幼い頃は、食事中にはテレビを見ないという規則が守られていたはずだが、いつの間にかなくなっていた。特に話題もないしんとした気まずい食卓よりは、テレビの音が流れていた方が気が楽だったからか。それともそれぞれが忙しい生活を送る中で、食事をしながら今日のニュースも知るという効率を優先させたからだったか……思い出せない。

——さて今日の特集です。最新の新入社員研修のあり方について、お送りいたします。

テレビの画面には、リクルートスーツ姿の若い女性が映し出された。駅前に立って何やら大声で叫んでいる。

――新入社員教育の一環だそうですね。

スタジオ内にいるアナウンサーが、駅前にいる男性レポーターに尋ねる。

――そうなんです。道行く人々が彼女のことをジロジロと見ていますけれども、この恥ずかしさに耐えることが営業職につく第一歩だそうです。

「あんなに可愛い女の人でもやらされるの？　かわいそすぎるよ、明日香なら絶対に嫌だな」

大写しになった若い女性の目に涙がたまっているのが見てとれた。屈辱感に打ち震えている様子がありありと伝わってきて、思わずテレビ画面から目を逸らした。

「男女平等とか機会均等とか、そういう余計なことを言う人がいるから、こうやって犠牲になる女の子が出てくるんじゃん。女は女らしくしていた方が絶対に得だよ、ね、ママ」

――営業というのは、プライドを投げ打って、捨て身になることが求められるそうです。顧客に誠意を示す訓練であるとも人事課長さんは言っていました。

「ばっかじゃねえの。売れないからここまで捨て身になるんだろ？　もういい加減、値段と品質だけで勝負したらどうなんだよ、根性なんかで勝負すんなよバーカ。プライドを投げ打って？　逆だろ低能。プライドを持てる商品を作れっつうの。こんなくだらないことやらされるぐらいなら俺、死んだ方がマシだよ」

光太郎は、ニートのくせにプライドだけは恐ろしく高い。いや、高すぎるプライドのせいでニートになったと言った方が正しいかもしれない。

向こうの世界にいたこの十七年間、自分の息子に対する思い出を美化していたことに気づき、愕然とした。光太郎に対する怒りが沸々と込み上げてくる。

光太郎は高三のとき、実力では遠く及ばない有名大学だけを受験してことごとく落ちた。浪人してからは予備校通いを始めたが、勉強している様子は全くなかった。翌年も懲りずにまたもや有名校だけを受験しようとする光太郎を説得し、滑り止めの大学を何校か受験させた。結局受かったのは、その滑り止めの中でも最も偏差値の低い一校だけだった。一生懸命努力したのであれば、結果がどうあれ、よく頑張ったと褒めてやりたい。しかし……。

――二浪するよ。

光太郎はこともなげに言った。「二浪させてください」と親に頼んだのではない。家計のことを心配するそぶりもなかった。それどころか、親は自分の言いなりになると思っているようだった。

――おまえの子育てがなってないから、あんなチャランポランな男に育ったんだよ。

――あなたの言うとおりよ。だってあなたは、おむつ替えひとつ手伝ってくれたことがないんだもの。子育ては一から十まで私ひとりでやったんだもの。そりゃあ子育ての全責任は私にあるわよね。

この皮肉が、どこまで浩之に通じたかはわからない。
——二浪したところでどうせ勉強しないんだろ。受かった大学に入学手続きしとけよ。どんな大学でも出てないよりはマシだよ。

何年浪人しようが、本人にやる気がなければ学力など伸びるわけがないということに関しては、浩之も同じ意見だった。

この父親の言葉に、光太郎はしぶしぶうなずき、光太郎の言うところの〈屈辱的な大学〉に一応は入学手続きを済ませた。しかし、大学へはほとんど通っていないようだった。

それから半年ほど過ぎたときだ。

——俺、公認会計士を目指すことにしたよ。もうあんな馬鹿ばっかりの大学には行かないから。

そう言ったときの光太郎には、有名大学へ進んだ同級生を見返してやろうという気迫が漲っていた。浩之は喜んで賛成した。やっとやる気が出て来たと思ったのだろう。浩之は光太郎の本質を全然理解していなかったのだ。

公認会計士の専門学校へ入学して一ヶ月も経たないうちに、思ったとおり光太郎は弱音を吐いた。

——会計の仕事は俺には向かないね。もともと数学なんて大嫌いだし。

そんなこともあるだろうと知子は思い、大学へは退学届けを出していなかった。

――ところで俺、小説家になることにしたよ。どんどん書いて色々な新人賞に応募してみる。

それからは、取材と称してあちこちへ出かけていくようになった。

その頃、駅前の漫画喫茶で熱心に漫画を読みふける光太郎の姿を、窓ガラス越しに見かけたことが何度かある。そのたびに、情けなくて悔しくて血の気が引いた。わざわざ通りから丸見えの窓際の席に座らずとも、奥の方に座れば母親にも見つからないものを。そんな最低限の知恵さえも持ち合わせていないのか、それとも親を舐めきっているのか。

それでも、ひょんなことで小説家として大ブレイクする可能性もあるのではないかと、親馬鹿にも考えてみたことがある。しかし、そのあと光太郎に尋ねてみて愕然とした。あれから一年、まだ作品を一度も応募したことがないというのだ。

少年犯罪のニュースを目にし、うちの息子は人を殺さないだけまだマシかと自分を慰める日もあった。

青海町に帰省するたびに、どういう育て方をしてきたのかと、舅にはさんざんしぼられた。返す言葉はなかった。振り返ってみても、全身全霊をかけて子育てをしたとはとても言えないからだ。しかし、どのように育てれば正解だったのか、甘やかしすぎだったとしたら、どこがどう甘やかしすぎだったのか、厳しくすべきところは厳しくしろと言われても、それは具体的にどういう場面だったのか、今もってわからない。果たして舅や浩之ならわかったのだろうか？　いや、たぶん自分以上にわからなかっただろうと思う。

——おまえは、いったいどういう信念で子育てをしてきたんだよ。

浩之も、舅と一緒になって責めた。

都会の中でたったひとり、赤ん坊を成人するまで育て上げることの荷の重さに、今さらながら立ちすくむ。

そのときどきで良かれと思う即時性の判断の難しさや、自分ひとりに任せられるしんどさが、果たして舅や浩之にわかるだろうか。

子育て期間中は苛々し通しで、自分の生き甲斐を捜そうとばかりしていた。幼子を抱えて自由な外出もままならず、家の中で子供たちと向き合う日々は、ともすれば正常な精神状態を保つのさえ危うくするものだった。同じような環境にもかかわらず、子育てを満喫して楽しそうにしている近所の母親たちが、不思議でならなかった。

子育てにおいて後悔や反省すべき点など、数え挙げたらきりがないが、そう思う反面、あの状況ではあれが精いっぱいだったとも思うのだ。もう一度やり直しても、きっと同じ結果になるような気がする。

「女の子のこんな惨めな姿、見たくないよ。明日香は絶対に専業主婦になるんだ。でもね、太った汚いおばさんには絶対にならないつもりだよ。ママみたいにきれいでいつづけるんだ」

自分にとって、子供たちに会うのは久しぶりだったが、子供たちにとっては毎日見ている母親に過ぎず、夕食後はそれぞれがさっさと自室に引き上げていった。

光太郎の将来については明日あらためて考えようと決め、手早く食器を洗い終えると、玄関脇にある三畳の納戸のドアを開けてみた。このマンションは3LDK+納戸という造りで、ふたりの子供がそれぞれひと部屋ずつを使い、残りのひと部屋を夫婦の寝室として使っていた。

納戸には、洋服ダンスや衣装ケースなどを所狭しと詰め込んでいたが、今夜からここを自分の部屋にしようと決め、とりあえずは布団を敷けるスペースだけを確保することにした。自分の個室を作ることは、タイムスリップする前から計画していたことだ。

夜も十一時を過ぎる頃、浩之が帰ってきた。

「お帰りなさい」

玄関まで出迎える。

「ああ」

仏頂面で目を合わせようともしない。浩之はいつからこんなふうだったのだろう。

「今夜から、玄関脇の納戸を私の部屋として使うから」

「はあ」

浩之が興味なさそうに返事をしたので、ほっとする。

浩之がスリッパをつっかけ、リビングへ向かう。すれ違いざまに嫌な臭いがした。疲れた中年サラリーマンの臭いだ。忙しくて不健康な生活にならざるを得ないサラリーマンへの同情は存分に持ち合わせているつもりだが、長年にわたって体臭と同化したヤニの臭いと、胃から出る饐《す》えたような臭いに慣れることができないのも事実である。

台所へ行き、澄まし汁をガスコンロで温めて、麻婆茄子を電子レンジに入れる。それらがちょうど温まった頃に、浩之はスーツの上着と靴下を脱いでネクタイをはずした格好で食卓についた。

浩之は、いただきますとも言わずにもくもくと食べ始めた。自分は向かいに腰掛けて、お茶を飲みながら、十七年ぶりに会う夫をまじまじと見つめた。

浩之は、箸でテレビのリモコンを手許に引き寄せると、プロ野球ニュースにチャンネルを合わせた。

「何だよ。負けてんじゃん」

舌打ちをしてチャンネルを変える。

知子は思わず立ち上がった。

浩之が澄まし汁をずずっとすする音や、大きなゲップの音、ごはんを咀嚼《そしゃく》する音、そのすべてに耐えられなかったのだ。もう生理的に受けつけなくなっている。

数メートル離れているというのに、汗をかいたあとの生乾きの不快な臭いが漂ってきているし、髪の毛がべたついているのも見てとれる。

「疲れたから、風呂に入ってもう寝る」

爪楊枝をくわえたまま浩之は立ち上がった。

早々に寝室を別にして正解だったと、胸を撫で下ろす。

女優だった人生では、たくさんの恋をしたものだ。ゴシップ記事のほとんどがでたらめだったとはいうものの、中には本当のこともあったし、噂にならない恋もあった。恋人同士の間柄というのは、長年連れ添った夫婦とは違い、お互いが自分をよく見せようと一生懸命になるものだ。それに比べると、夫婦というものはもう男と女なんかではないのだとつくづく思う。

女優だったときは、男性とつき合うのは燃えるような恋心のある期間だけだった。気持ちが冷めたらすぐに別れを告げた。結婚していない恋人同士だから当然のことだった。相手のことを好きでたまらない恋愛初期の頃は、部屋の鍵を渡したいと思うことも多かったが、それは厳しく自分に禁じていた。それどころか決して男性を自分の家には泊めないと決めてもいた。いざ別れたいと思ったときに、ひと悶着起きるのを避けるためだ。相手の男性をどんなに好きでも、必ず別れたくなる日はやってくる。それも、予想したのよりずっと早いことがほとんどだった。

つき合いが長くなると、次々と嫌な部分が露呈してくる。高級ブランドに身を包んでいるくせに、実はいじましいほど金に汚い男だったり、男らしい外見とは正反対で、恋人に母親像を求めて甘えたがる幼稚な男だったり、優しそうに見えたのは、情けないほど気弱な性格のせいだったり、自分は自由でいたいくせに女だけは拘束しようとする男だったりと、色々だ。

肉体年齢は若くても、なんせ自分は六十年以上も生きているのだから、男性のずるさや女々しさを見破るのは早かった。男の嫌な部分が、それほど露骨には現われてこない場合でも、つき合いが長くなるとマンネリ化して恋心は跡形もなく消え失せた。

たかだか二、三年の交際でも耐え難くなるというのに、結婚生活というのは、なんと長いのだろう。この先、浩之とどういう関係を続けて行くべきなのだろうか。

途方に暮れた。

この世界に戻ってから、数日が過ぎた。

家族四人が食卓に揃うのは、日曜日の夕飯だけだ。

「ママね、明日から働くことにしたわ」

軽く切り出したつもりだったが、声音に決意が滲み出ているような気がして、慌ててにっこりと笑った。

浩之が一瞬箸を止めたが何も言わない。

「ママ、何のお仕事するの？」

明日香が、カボチャの煮物でいっぱいになった口をもごもごさせながら尋ねる。

「モデルの仕事よ。かっこいいでしょ」

「まさかママ、熟女ヌードじゃないでしょうね。もしそうだったら、明日香、絶対反対だよ」

「そうしなよ。金になるぜ」

光太郎が大きな声で笑ってから、冷奴の入ったガラス製の小鉢を箸でけたたましく叩く。

「残念でした。通販カタログの礼服のモデルよ」

これほど早く仕事の依頼が来るとは予想外だった。先週モデルクラブに登録したことさえ、まだ家族には話していなかった。実際に仕事が入ってから、浩之に事後報告という形で言おうと、当初から決めていたのだ。

「モデルのバイトか……そういうの、俺にもできるかな」

「お兄ちゃんならできるよ。私と違って顔もいいしスタイルもいいもん」

「お、サンキュ。でも俺、モデルより声優の方がいいな。いや待てよ、やっぱりモデルの方が楽かな」

「男がモデル？」

浩之が初めて口を挟んだ。「そんな女みたいなことするんじゃない！　男ともあろうものが、外見で勝負するようなチャラチャラしたことするな」

食卓がしんと静まり返る。

なぜ夫は、もっと穏やかに、普通に話すことができないのだろう。なぜ夫はすぐに怒鳴るのか。

光太郎も明日香も猛スピードでごはんを食べはじめた。早く食べ終わってこの場から離れようとしているのだ。

この重苦しい空気を味わうのは久しぶりだった。何度経験しようが、譬《たと》えようもなく嫌な気分になる。浩之に対して憎しみにも似た感情が湧いてきた。

光太郎はごはんを急いでかき込んだあと、喉を鳴らして麦茶を飲み、コップをテーブルに置くと同時に立ち上がった。

「ちょっと待ちなさい」

言いながら自分も箸を置いた。

緊張していた。

腹を痛めた我が子に意見するのに、いつからこんなに勇気が要るようになってしまったのだろう。

「なんだよ」

「いいから座りなさい」

しぶしぶといった感じで光太郎は腰を下ろす。

「モデルだろうが声優だろうが、好きなことを目指せばいいわ。その代わりひとりで生きていくのよ」

「なんだよそれ、父親の俺に相談もしないで、おまえ、そんな勝手に……」

早口で言う浩之の口から、ごはん粒が飛んだ。

「子供たちが生まれて二十数年間、数え切れないほどあなたに相談したわよ。一度も取り合ってくれなかったくせに、今さら父親面しないでよ」

冷静に話すつもりだったのに、最後は叫ぶように言ってしまった。

「女って本当に執念深いよな。そんな昔のことを……」

「執念深いんじゃないわ。私の中では終わっていないのよ、まだ解決していないの。だって、今もまだ納得できていないんだもの！」

浩之が大声で怒鳴り返すかと思って身構えたのに、彼は黙ってうつむいて、お茶をすすりはじめた。

「お袋、なかなかいいこと言ってくれるじゃん。ちょうど良かったよ。俺もいい加減、親から離れてひとり暮らしがしたいと思っていたところだもん。だけどアパートを借りるにしても金がかかるから、まずは働かないとね」

急に家計を心配してくれるようになったとは。

今までアルバイトすらしたこともないくせに。

もう騙されない。

「ひとり暮らしにかかる初期費用は全額出してあげるわ」

そうしないと、いつまでもこの家にいて、だらだらと親の脛《すね》をかじり続けることは目に見えている。「今月中には、この家を出て行きなさい」

そうだ。そうすれば光太郎の部屋を自分の部屋として使える。思わぬ副産物だった。三畳の納戸は窓がないために気が滅入るのだ。

「籍を置いているだけの大学にも退学届けを出しておきなさい」

「え、嘘だろう」

光太郎の声が裏返る。

これほど狼狽するとは予想外だった。毎年四月になると、大学から授業料の振込み用紙が郵送されてくる。そのたびに、「どうしても払いたいんなら払えばいいじゃん」とうそぶいていたというのに。

「光太郎はあの大学を卒業するつもりだったの?」

「そういうわけじゃないけど、籍くらいは一応あってもいいかなって……」

「あらそうなの、じゃあ来年度からは自分で払うのね。だいたい光太郎、あなたの言う〈屈辱的な大学〉とやらに今まで何回行ったことがある? もう授業料を払い続けて三年目よ。どうせこのままじゃ卒業できないんでしょう。お金をドブに捨てるようなものだわ」

「お兄ちゃんがこの家からいなくなるのか、ふーん。でもちょくちょく帰ってくるんでしょう?」

「もちろんだよ。週に何日かは、このうちに泊まるよ。だから俺の部屋には触らないでおいてくれよ」

母親の本気が、光太郎にはまだ通じていないようだ。「いや、ちょっと待てよ。俺が自活するにしても、家賃の高さを考えたら、やっぱり親許から通った方が経済的だよ。浮いた分、貯金もできるわけだし」

光太郎は珍しく愛想笑いを浮かべている。その情けない横顔を軽蔑すると同時に不憫《ふびん》でもあり、自分の子育ての結果を目の前に突きつけられているようで、苦しくてつらかった。少しでも気を緩めると、嗚咽《おえつ》を漏らしてしまいそうだった。この、身を切られるようなつらさを共有してくれるような夫だったら、どんなによかっただろう。

ゆっくりと深呼吸をした。

「光太郎の言うとおり、ひとり暮らしは高くつくわ。でもね、親許を離れてひとりで暮らすこと以上の教育なんて、この世の中にないの。古今東西、教育費というものは高くつくものなのよ」

今ここで突き放さないと、光太郎はだめになる。「いい？　自立して生きていくのよ。このうちには遊びに来るだけならいいけど、泊まる部屋はないわ。よく覚えておきなさい。ひとりで食べていくこともできなくて親許に逃げ帰ってくるのは、負け犬よ」

光太郎は息を呑んで母親を見つめた。

やっと母の真剣さが通じたようだった。浩之は何も言わないままだ。

「それと、明日香。あなたは大学へ行く必要はないわ。専業主婦になるのが夢なんでしょう？　高校を出たら働きなさい」

「うち、お金がないの？」

明日香が心配そうに尋ねる。

「確かにお金持ちではないけど、明日香がどうしてもやりたい勉強があるとか、なりたい職業があるというのなら進学させてあげるくらいの蓄えはあるわ」

教育費は、夫婦の微々たる老後の資金までをも食い潰していく。「だから、明日香も自分の将来のことを真剣に考えなさいね」

「わかった」

明日香が神妙な顔でうなずく。

「今どき女の子でも大学くらい出ておかないと……」

妻の剣幕に気圧されたのか、浩之にしては珍しく遠慮がちに言う。

「子供がふたりとも大学へ行かないとなると、少なくとも一千万円は浮くわよ」

「えっ？」

浩之が顔を上げて初めて妻の目を見た。

彼の瞳に、予想以上の安堵の色が見えたことが、ショックだった。彼にしてみれば、働いても働いても給料が教育費に泡のように消えていく感覚だったのかもしれない。肩の荷の重さも相当なものだったのだろう。

ふと、薫の言ったことが頭をよぎる。

――彼も会社では色々と大変なんだよ。営業なんて、彼の性格には最も向かないでしょう。愛想笑いさえ苦手だというのに、客にぺこぺこ頭を下げるのなんて、ね。

高校時代の溌剌《はつらつ》とした浩之の笑顔を思い出した。目の前にいる浩之は、スポーツとは無縁の生活をし、青黒くむくんで、頬がブルドッグのように垂れ下がっている。

――彼の勤めている会社は、年功序列なんてものとは最初から関係ないでしょう。はっきりと営業成績が出るからね。

――エレベーターなんてつけなくても、年寄りは一階で生活すれば済む話じゃない。会社の業績も最悪で、浩之もそろそろリストラされるかもね。

くたびれ果てた中年男を、妻の自分が救わずに、いったい誰が救えるというのか……。

「それだけじゃないわ。子供がふたりとも就職すれば、当然、お小遣いも要らなくなる上に、洋服代や通学定期代や食費や、もうありとあらゆるお金がかからなくなるわ。そうなれば、夫婦ふたりだけのこぢんまりした生活なんて、たいしたお金はかからないわよ。私もモデルのパートで、できるだけ頑張ってみるわ。たいした額にはならないかもしれないけど」

「ふーん」

浩之は、冷めてしまった鯖《さば》の味醂《みりん》干《ぼ》しの身を箸で丁寧にほぐして口に運んだ。

光太郎と明日香は、互いに目を見合わせたあと、黙って宙を見つめている。

「例えばあなたが転職して給料ががくんと下がったとしても、なんとかやっていけるってことよ」

「ふん、ふん」

いつの間にか浩之の眉間の皺がなくなり、穏やかな表情になっていた。


その日、廃校になった小学校に、百人近くの男女が詰めかけていた。間もなく劇団員のオーディションが始まる。

市の文化振興財団が、小学校の二階全部を借り上げて教室内を改造し、稽古場やダンススタジオや事務室、更衣室などを作ったのだ。著名な演出家を招き、四十五歳以上の人間だけで演劇集団を立ち上げるという、町興し的な文化事業である。

一風変わった年齢制限が評判になっていたので、モデルクラブの社長から勧められるまでもなく、挑戦してみようと決めていた。

予想以上に応募者が殺到し、三十人の枠に千人以上が申し込んだらしい。中年以降に、新しいことにチャレンジしようと思う人間が、これほど多くいるとは思わなかった。人間誰しも中盤を越えてから人生の短さに気づき、悔いを残さないために様々なことにチャレンジしようとするのだろうか。

書類審査で百人近くに絞り込まれたというが、何回かに分けて審査しなければならないくらいはまだ残っているようだった。審査内容はダンスと演技である。

ぞくぞくと人が稽古場に入って来る。お互いにちらちらと盗み見しながら、それぞれが少しずつ四方の壁面へと散らばる。会場をじっくりと見渡してみると、六十代や七十代も少なくはないようだった。

ダンスの審査から始まった。ふたつの教室をぶち抜いた広々とした空間で、プロの振付師が前に歩み出た。

「はい、それではストレッチから始めましょう」

彼の号令とともに、一斉にストレッチを始める。このストレッチの段階から審査は行われているということは、事前に知らされていたので、みんな真剣だった。

筆記用具を携えた五人の審査員が、受験者につけられたゼッケンをチェックしながら教室内を歩きまわる。役者になろうというだけあって、年齢にかかわらず柔軟性のある体をしている者がほとんどだった。

そのあと軽快な音楽とともに、簡単なエアロビクスのような振り付けの指導が行われた。すぐ隣に可動式の鏡があったので、横目で自分の姿をチェックする。

「はい、みなさん」

振付師がパンパンと大きな音を響かせて手を叩く。

「簡単だからもう覚えましたよね。では審査に入ります」

前列右端から五名ずつが前に出て踊り、審査員に見てもらうという形式で審査が続いた。自分にとっては簡単すぎる振り付けだったが、間違える者や覚えきれていない者が意外に多い。

外見的にもかなり優位に立っていると確信した。毎朝毎晩、腹筋とスクワットで体を絞っていたので、自分ほど引き締まった体をしている中高年女性はほとんどいなかった。

全員の審査が終わると、次は各自に薄い台本が配られた。たぶん、何かの名作の一部分を抜粋したものだろう。ざっと目を通してみると、夫婦が激しく言い争う場面が書かれていた。

「お渡しした台本を自由に演じてもらいますから、この中で適当に男女のペアを作ってください」

事務的な声が響いた。

「えっ、ペア?」

「そんなこと急に言われても……」

戸惑いの声が、周りから上がる。

こんな場合でも、男性から声をかけられるのを待って、恥ずかしげにうつむいている女性が多い。

「組む相手が決まりましたら、早速練習を始めてください」

男性たちも遠慮がちに教室内をぐるりと見渡している。自分に目を留める男性が多かった。そのひとりひとりを見返して品定めをする。外見だけでは演技がうまいかどうかはわからないので、直感で選ぶしかない。

そのとき、入り口付近がざわめいた。

「先生、こちらです」

声のする方を見ると、著名な演出家の男性が会場に入ってきた。彼の名を冠したオーディションではあったが、予選の時点から見に来るとは思いもしなかった。ざわめきが大きくなったが、すぐそのあとに、百人近くの人間がいるとは思えないほどしんと静まり返った。それぞれに緊張感が増したのだろう。ピンと張り詰めた空気が漂っている。

「僕とペアを組んでいただけませんか」

演出家に気を取られていたとき、ひとりの男性がすっと寄ってきて、小声で言った。

この男性には、ダンスの審査のときから注目していた。ダンスで鍛え上げた男性特有の筋肉のつき方をしていて、手足の動きがひときわしなやかだったからだ。

北原彰《きたはらあきら》と名乗った。自分と同い歳くらいだろうか。今日集まった男性の中では若い方だ。物怖じしない割には図々しさが感じられないことに好感を持った。清潔な白いシャツと細身仕立ての黒いパンツというすっきりした服装も感じがいい。

「北原さんは、お芝居の経験はあるんですか」

尋ねた途端に、男性は苦笑した。

「一応、僕、プロなんですけど。たまにテレビドラマに出てるんだけどな」

「あらごめんなさい」

そう言われれば、澄んだ湖を思わせるような深い瞳の色に見覚えがあった。

「いやいや、有名じゃないですから」

はにかんだような照れ笑いに、惹き込まれそうになる。

「えっと……それで、いかがでしょうか? 僕で良ければ早速練習に入りませんか? 時間もないことですし」

「はい、私でよろしければお願いします」

「ああ良かった。ありがとうございます。断られたらどうしようかと思いましたよ。少し暑くなってきましたから窓の近くに移動しましょう」

てきぱきしていて頭の回転も速そうだった。「これは『テレーズ・デスケイルゥ』という作品で、フランス人作家のモーリアックの代表作ですよ」

幸運なことに、北原は仏文科を出ていて、この作品には詳しいという。ヒロインの生い立ちや、夫との不仲の関係などを手短に説明してくれた。途端に台詞に感情を込めやすくなった。

台本を見ながら通しで読み合わせをしてみると、初対面とは思えないくらい息が合う。

「あれ？　もしかしてあなたもプロなんですか？　女優としてかなり経験があるでしょう？」

「ありませんよ」

「嘘だよ」

いきなりぞんざいな口の利き方になり、いたずらっぽい目で知子を見つめる。

恋の予感がしたのは久しぶりだった。とはいえ一方では、恋の初期症状である今がいちばん楽しいのだと、はっきり自覚している冷めた自分がいる。

北原にしても、モテることに慣れているのか、惹かれながらも舞い上がったりしない大人の余裕と、少年のように純情そうな笑顔が同居している。

そのあと何度か練習を重ねて身振り手振りも付け加えていった。北原が物語の背景を教えてくれたお陰で、難なく台詞を暗記することができた。

「はいみなさん、そろそろよろしいですか」

練習の制限時間が過ぎたようだ。

言われたとおり、それぞれが適当な場所へ腰を下ろす。

「では、後列右側のペアから順に前へ出て演じてください」

自分たちは最前列の左隅に座っていたので、順番は最後ということになる。

次々にペアが前へ出て演じたが、実力の差は歴然としていた。小学校の学芸会の方がまだましというような者もたくさんいる。彼らはたぶん、中高年になってから新しい世界に挑戦してみるのも面白いかと思い、気軽に応募した人たちだろう。一方では、相当な経験を積んだと思われる者たちもいた。たぶん彼らは若いときにプロを目指して夢破れ、しかしまだ諦めきれないで、真剣に再挑戦する者たちだろう。

順番が迫って来ても、全く緊張しなかった。著名な演出家の前ではあったが、それまでに演じたペアの中に、自分たち以上のペアはいないと確信していたからだ。

「はい、では最後のペアの方、前へどうぞ」

「死ぬ気で頑張ろうぜ」

北原が真剣な眼差しでささやいたのを合図に、ふたりは立ち上がり、前へ出て行った。

――僕は、お前をおさえているんだ。わかったか？　家族会議で決定したとりきめにお前は服従する。さもなければ……。

北原は堂々とした声で台詞を言った。どうやら彼は、本番に強いタイプのようだ。練習のときよりも緊迫した威圧感がうまく表現されている。

――さもなければ……何ですの？

本当は恐いくせに強がっている女の感じがよく出せたと思う。

――いまからではおそいわ！　あなたは私に有利な供述をなさったじゃありませんか。もうとり消しはできませんよ。偽証の罪に問われるばかりですわ……。

北原が演ずる夫を思い切り嘲笑するように言った。

――新事実の発見ということはいくらでもあることだ。その未発表の証拠は、ちゃんと僕のひきだし箱の中へしまってある。時効にかからんからな、ありがたいことに！

身震いをひとつしてから尋ねた。

――私をどうしようとおっしゃるの？

他の受験者たちが、息を呑んで見つめているのが視界に入る。

――僕は個人的な立場からの考えにひきずられはしない。僕は、自分というものを消す。家だけがたいせつだ。家の利害がつねに僕のとりきめを左右してきた。僕は家の名誉のために、土地の司直をあざむくことに同意したのだ。神が僕をさばいてくれるだろう。

ト書きに書いてあるように、北原は大仰な身振りで時代がかった調子で続ける。

——世間の者が、僕たち二人が固く結びついていると思い、世間の目に、僕がお前の潔白を疑っているようにうつらないことが、家のためにたいせつなことだ。一方、僕としても、できるだけ……

——私がこわいのですか、ベルナール？

最後まで台詞を間違えることもなく、感情を込めて演じることができて満足だった。

演技を終えた途端に、緊張感が高まってきた。北原とともに元の場所へ戻って腰を下ろす。

「はい、これで全員終わりですね。合格発表まで今しばらくこのままでお待ちください」

審査員と演出家は教室を出て行った。

五人の審査員それぞれが点数をつけ、その点数を合計し、上位から三十人が合格だと聞いていたが、演出家自らが来ているところを見ると、彼の意向が大きく反映されるかもしれない。

十分もしないうちに、審査員たちは戻って来た。

「では発表します」

教室内がざわめく。演出家自身がマイクを持った。

「合格者は三十人の予定でしたが、二十四人としました。点数の高い順から読み上げます」

「えっ」

「点数の高い順なんてシビアだなあ」

ざわめいた。

「呼ばれた方は、前の方へ出てきてください」

静まり返る。

隣にいた北原が生唾を飲み込む音が聞こえた。

「はい、それでは発表します。香山知子さん、北原彰さん、中山洋二さん……」

北原が満面の笑みで知子の腕をつかんで大きく揺さぶった。思わず微笑みを返すと、北原の頬が薄赤く染まり、きめ細かい白い肌が引き立って見えた。

「今、名前を呼ばれなかった方は、また次の機会に挑戦してください。はい、それではお疲れ様でした」

そのあとは合格者だけが残り、入団に際しての説明を受けた。

その夜、電話が鳴った。

「ああ、お義母《かあ》さんですか」

「知子さん、ちょっと聞いてえな。今日の夕飯のことなんやけど、うちのお父さん血圧高いからわざわざ薄味にしたげとるのに、味が気に入らんゆうて……」

姑はいきなり早口でしゃべり始めた。

「は？」

思い出した。姑は頻繁に電話をかけてくるのだった。

舅が年齢とともに更に我儘で頑固になってきたことを、切々と嫁の知子に愚痴をこぼすのだ。そして電話の最後には、一ヶ月に一、二度は帰省して舅の面倒を見てくれないかと懇願するのがいつものパターンだった。

「もうほんま、お父さん不機嫌になって、棚からきな粉の袋出してきて、中身を全部、庭にぶちまけたんやで。『わしも好きなもん食べられへんのやから、おまえもきな粉餅は一生食べるな』やて。もう嫌になるわ」

きな粉は、姑の大好物である。

「それでな、知子さんに折り入って頼みがあるんやけど」

「はあ」

「月に二回くらいでええんやけど」

「なんのことですか？」

受話器を持つ指先が震える。

「なんのことって、お父さんのことやがな。もう、私ひとりの手には負えんでな。このままやったら、私がノイローゼになりそうやわ。光太郎も明日香も、もう大きゅうなったことやし、知子さんも暇でしゃーないやろ」

勇気を出すんだ！

「そんなことありません。私は暇ではありませんよ」

「パートにも出てへんやろ」

「私、最近になってモデルの仕事を始めたんです」

「モデル？　そんな遊びみたいなん仕事とは言わんわ。なっ、頼むわ。一生のお願い」

電話の向こうで、声を潜めて懇願する姑がいる。

ふと同情しそうになる。

どんどん気弱になっていく。

どうでもよくなる。

自分だけが我慢すれば、自分だけが犠牲になれば、丸く収まるのだ。

「確かにお義母さんがおっしゃるように、うちの子供たちはもう大きいですが……でもお義父さんもお義母さんも、まだまだお元気でいらっしゃるし……」

浩之がソファから立ち上がり、こちらに近づいてくるのが視界の隅に入った。電話を代わってくれるのかと思ったら、脇を通り過ぎてカウンターに置いてある夕刊を手に取った。

受話器を手で押さえて、「お義母さんから電話なんだけど」と受話器を差し出すが、浩之は受話器を受け取ろうともしない。それどころか、非難がましい目でちらっと見る。

「俺は疲れてるんだよ」

「どうするのよ。私にお義父さんの世話を頼むって言われても」

「だから俺はどっちでもいいってば」

浩之の顔に受話器を投げつけてやりたくなる衝動を抑える。

「もしもし、あっ、すみません、お待たせして」

私は負けない。

言うべきことは言おう。

大きく深呼吸をした。

「お義母さんが大変な思いをされていることは、よくわかりました。でもやはり、夫婦のことは夫婦でしか解決できないと思うんですよね。ですから、私が帰省する件はお断りさせていただきます。それと、私は色々と忙しくしておりますので、愚痴を言うだけの長電話も遠慮していただけますか？　では、そういうことですから、よろしくお願いします」

返事を待たずに受話器を置いた。

浩之がびっくりしたように新聞から顔を上げる。

「おまえ、そういう言い方ないだろ。どうせ親の面倒を見るんだから、今から練習しておいてもいいわけだし」

「言っておくけど、私、あなたの親の面倒なんて見ないわよ」

「なに馬鹿なこと言ってるんだよ。俺は長男なんだぞ！」

「親の面倒を見るのがどれくらい大変か、具体的に想像してみたことが、あなたにある？赤ちゃんを育てるのだって死にたくなるくらい大変だったのに、老人の面倒なんて私ひとりで見られるわけないじゃない。寝たきりや認知症になったら、もう私の残りの人生なんて台無しよ」

女優としての活動どころか、近所のスーパーでのんびり買い物することすらできない生活になるだろう。

「じゃあどうするんだよ、俺の親父やお袋の老後は」

「子育てのときと同じように、あなたの協力を全く得られないようなら、お義父さんやお義母さんの面倒を見るのは無理よ」

子供が五人も十人もいた戦前生まれの人間ですら、親の介護には四苦八苦している。九十代の親を虐待する七十代の息子や、無理心中する親子が後を絶たない。

戦後生まれの自分たちは、ただでさえ兄弟姉妹が少ないのだ。それなのに、長男の嫁ひとりに頼って当然だとする舅姑も、そして夫も、思いやりのある人間とは到底思えなかった。

そのうえ、自分の実家の両親だっていつかは介護が必要になってくるだろう。もちろん兄夫婦だけに頼るわけにはいかない。兄嫁もきっと苦労するだろうから、実の娘である自分が手助けしてやらねばならないと思う。

「そんな冷たい女だとは思わなかったよ」

「あなたの親と同居して昼も夜もずっと介護をする生活を想像するだけで、この先生きていくのが嫌になるのよ。そんなどうしようもなく絶望的な気持ちがあなたにわかる?」

「ひどい女だね。俺の親父やお袋を可哀相だとは思わないのかよ」

未知の介護そのものに対する不安ではない。そういう生活をすることによって、自分が壊れてしまうのが容易に想像できるのだ。夫を憎み舅姑を憎むだろう。そして、いまだ独身で親と同居している義弟の靖之に対しても、憎しみは募るだろう。彼はきっと何ひとつ手伝おうとはしないだろうから。

もしかしたら舅姑を殺して犯罪者になってしまう可能性だってある。そのあと家庭は崩壊するだろう。そしてそのことは子供たちの心にも大きく暗い影を落とすのだ。

きちんと話をしなければならない。すぐに感情的になってしまう浩之を説得するのは難しいが、諦めてはいけない。

「私はね、あなたの親の面倒を一切見ないと言っているんじゃないのよ。あなたの協力が必要だと言ってるの。私にもやりたいことがあるし、誰だって自分の生活を大事にしたいと思ってるわ。そうでしょう? だから、家族の中の誰かひとりだけを犠牲にするんじゃなくて、全員が少しずつ力を出し合って、もちろん靖之君もその中に入ってるわよ。介護サービスや老人ホームにお世話になることも選択肢のひとつとして、知恵を出し合って協力して壁を乗り越えていきましょうよ。それにね、嫁が何もかも面倒みてくれるなんていう期待を、早い段階から老人に抱かせてしまうのはよくないわ。年を取っても、なるべく長く自立して生活していこうと努力する気持ちが大切なんじゃないかしら」

「見損なったよ。紺屋麗子を見習ったらどうなんだ」

紺屋麗子？

夫の口から、彼女の名前が出てくるとは思いもしなかった。

彼女が最近出版した『姑の介護——その愛』は、ベストセラーになっている。歌舞伎役者である夫が、親子ほど歳の離れた若い女に子供を産ませたのが発覚して一ヶ月も経たないうちに出版された本で、知子は発売日に買って読んだのだ。

麗子は筋金入りの女優だった。夢を売り続けるのが芸能人なのだと、改めて思い知らされた。私生活までをも美化して売りにしようとするその徹底した姿勢には、皮肉ではなく本当に頭が下がる。

そのエッセイには、どろどろとした憎しみや恨みなどは一切書かれていない。「愛が美しいメロディを奏でます」と帯に書かれているように、万人に感動を与える本である。

しかし、その一方で嫁という立場の女性にとっては、はた迷惑な本であることには間違いない。

「あんなの全部嘘に決まってるじゃない」

「なんでそんなことがおまえにわかるんだよ！」

「だって彼女、あれを出版してから鬱病で入院したのよ。そんな人が老人の介護なんてできるわけないでしょ。それに彼女はずっと以前から、姑の介護のために、ヘルパーを二十四時間三交替制で雇っていて、その経費が月に百万円近くかかってるのよ。実際に介護していたのは、紺屋麗子じゃなくて三人のヘルパーよ」

「いやに詳しいんだな。昼間からワイドショー見ている暇な女は違うよな」

浩之は立ち上がり、寝室に入って行く。

血の気の引く思いで、夫の後ろ姿を呆然と見送る。腹立たしい思いと気弱な気持ちが交錯した。

言うべきことは言うと決めていたのに、早くも決心が揺らいでいる。被害者意識を持って身内の人間を恨むような人生はもう卒業する、そのための第一歩なのだと自分を励ましてみるが、なんとも虚しかった。

薫から聞かされていた浩之の様子をふと思い出す。薫が妻であれば、彼は全く違うタイプの夫になったのだった。それらを薫から聞かされたときは、自分の努力の足りなさを反省したものだ。でもこうやってまた浩之に直面してみると、夫婦の壁の厚さにうんざりするのも事実だった。

浩之の考え方を改造するために使う時間が惜しい。途方もない根気が要るうえに、自分の説得で浩之が変わる可能性は低い気がするからだ。そして人生は短い。

夫婦愛などという美しい言葉で表わされるものは、この家庭にはもう見当たらない。ここには衣食住の環境を支え合う同居人がいるだけだ。

それで十分だ。

◆

いきなり肘で脇腹をつつかれたので、薫はびっくりして隣の席を見た。

隣に座っている男性は、眉が濃くて肌が若かった。名前は思い出せないが、ずっと以前に見たことがある。彼が小さく指差す方向を見ると、天野部長がじっとこちらを見ていた。

コの字型に並んだ机……ここは会議室？

なんだか仄暗《ほのぐら》いと思っていたのは、プロジェクターを映し出すために照明を落としてあるせいだったのだ。

そこには、〈プログラムバグ分析表〉と題した円グラフが映っている。

人生がリセットされている！

元の人生に戻ったのだ。

「だからさ、黒川さん、どうよ」

天野部長の声が苛ついている。

「どうって、何が……ですか」

「聞いてなかったの？　黒川さん、恋でもしてんのかな」

会議室のあちらこちらから抑えた笑い声がする。

隣の男性が、薫の目の前に置かれた資料をそっと指差した。

「しっかりしてよ。そんなんだから女はダメだ、なあんて言われちゃったりなんかして」

天野部長が甲高い声で茶化す。

斜め向かいの方向に座っている宮重友紀子と目が合った。

次の瞬間、薫は立ち上がっていた。

「たいへん申し訳ありませんでした。ぼーっとしていました。以降気をつけます。ただし、私は女性の代表ではありません。ダメなのは女性全体ではなく、私個人です。女性を十把ひとからげで判断するのを、もういい加減やめてください」

澱みなくしゃべりながら、隣の男性がそっと机に置いてくれたメモ用紙に目を通す。

――売上げ管理システムのプログラムバグ原因は何だと思うか。

「例えば、今私の隣に座っている、ええっと……誰だ？」

後輩の中では好感度ナンバーワンの男性だったはずだが、名前が出てこない……優秀で底抜けに明るくて……誰だっけ?

「あ、そうだ、池田《いけだ》君。えっと、後輩の池田君がドジを踏んでも『だから池田はだめだ』という人はいても『だから男はだめだ』なんて言う人はいないでしょう?」

天野部長がどんどん不機嫌になっていくのがわかった。笑顔が消えて苦虫を噛みつぶしたような顔になり、こちらを睨んでいる。

「早い話が、天野部長の発言はセクハラです」

「なんだと! いい加減にしないか!」

「その言葉、そっくり部長にお返しします」

怯まなかった。もうすぐ会社を辞めるつもりだからだ。

「ええっと、それで……ご質問の売上げ管理システムのバグ原因に関してですが、設計段階からのユーザーの要望に対しての分析の甘さと詰めの甘さが原因です。第一に……」

堂々と理論を展開した。ふと前方を見ると、柴田営業部長がにっこりと笑って机の下で親指を立てている。

自分が話している最中、またしても池田がメモ書きを机の上にそっと置いた。

——カッコいい! 今夜デートしてください。

ふと、微かな電子音がした。ざわめきを縫って聞こえていた小さな音がだんだん大きくなり、しまいには部屋中に鳴り響いた。

「すみません、私の携帯です」

宮重友紀子が慌てて立ち上がり、走って会議室を出て行く。

部長が友紀子の背中を横目で睨んだ。

友紀子は数分で戻ってきたが、元の席には座らずに、立ったままで机の上を片づけ始めた。

「どうした？　宮重さん、まだ会議は始まったばかりだよ」

天野部長が問いかける。

「申し訳ありません。たった今、保育園から電話がありまして、子供が熱を出したから、すぐに迎えに来るように言われたものですから」

本当に申し訳なさそうだった。誰とも目を合わせず、ひたすら頭を垂れている。

「そういうことか、じゃあ仕方ないけどね」

部長がわざとらしいほど大きな溜息をつく。

「本当に申し訳ありません」

友紀子は更に頭を下げてから、走って会議室を出て行った。

「本当にもう……」

女ってやつはどいつもこいつも。部長が飲み込んだ言葉はわかりやすかった。

身体に力が入らない。

人生をリセットした直後だからか、ひどく疲れを感じていた。

池田の部屋はきれいに掃除されていた。

手料理をご馳走してくれるというので、彼のマンションまでついて来てしまったのだ。ひどく空腹だったので「おいしいパスタ作りますよ」という誘いを、どうしても無視することができなかった。

「宮重副部長って、ずるいですよね」

台所から池田が叫ぶ。

自分はソファに寝そべり、トマトソースのパスタができ上がってくるのを今か今かと待っていた。

「ずるいって、何が?」

「あの人、すぐに子供子供って言うでしょ」

ベーコンの香ばしい匂いが漂ってきた。思わず生唾を飲み込む。

「だって、保育園から迎えに来るように言われたんだからしょうがないじゃない」

「そうは思わないなあ。だってこの前だって」

池田は宮重友紀子の直属の部下である。独身で、今年二十七歳になる。「納期が迫っていて、メンバー全員が徹夜してるってときにですよ、あの人いつもどおり六時で帰ったんですよ。みんな唖然としてましたよ。あ、もうパスタできましたから、こっちに来て座ってください。だから六時ですよ、六時。俺、入社以来、六時に帰れたことなんて一回もないですよ」

「保育園の迎えって、一分たりとも遅れちゃいけないらしいよ。保育士さん自身も自分の子供をほかの保育園に迎えに行かなきゃならないらしいから」

テーブルの上には、サーモンとブロッコリーの、色鮮やかなサラダも並んでいる。

「そんなプライベートな事情なんて、俺の知ったこっちゃないですよ。あの人は俺の親でも姉でも恋人でもないんだから。あの人の仕事をどうして俺たち部下が、かぶんなきゃなんないんですか。あ、チーズかけた方がおいしいですよ。だいたい連日徹夜で疲れきっている部下より先に帰るなんてもう、もうもう、ほんと非常識でしょう。タバスコはかけないんですか？　辛いの嫌いなの？　ともかく子供が病気になったとか、そういうざというときに子供を預かってくれる人を前もって手配しておくべきでしょう」

「そんな突発的に子供を預かってくれる人なんて、いないよ」

「おばあちゃんに頼めばいいじゃないですか」

「あの人、実家が遠いんだよ。栃木出身だから。それにおばあちゃんだって楽しい老後が台無しじゃない」

「は？　何言ってんですか。メンバー全員が体力の限界まで仕事してるのに、あの人だけ六時に帰って楽するなんて」

「子育ては楽なんかじゃないよ」

「そういうことじゃなくて、そんなこと俺たち部下には関係ないと言ってるんです。このサラダに、わさびドレッシングがまたうまいんだ。たっぷりかけてみてください。あの人が、時給いくらかのパートというのなら許せますよ。だけどあの人、副部長ですよ。給料だって相当もらってるでしょう。それを考えると馬鹿馬鹿しくて俺たちやってられないですよ」

量が少なかった。これだけじゃお腹いっぱいにならない。

「食べるの早いですね。もしかして足らない？　ピザでも取りますか」

「うん、そうして」

答えた途端に、池田は破裂したように笑った。

「ジョークで聞いたつもりだったのに……」

笑い転げている。「痩せの大食いとは知らなかったよ」

いきなりタメ口になった。

「じゃあ池田君に質問。保育園の送り迎えじゃなくて、老人介護だったらどうなるの。うちの部にも四十、五十を過ぎても独身で自宅通いの男性社員がたくさんいるじゃない。彼らもそろそろ親の介護が始まる年齢だよ。介護休暇や時短勤務がないと困るんじゃない？

子育てと違っていつ終わるのかがわからないから、もっと会社に迷惑かけるかもね」

「なるほど……俺もひとりっ子だから危ないな」

ビールを飲むと、どっと疲れが出てきた。

「池田君みたいに料理が得意な男性がダンナさんだったら奥さんも幸せだよね。やっぱり家事は料理がネックだもんね。掃除や洗濯なんかできたってダメだよ。やっぱり料理ができなきゃ役に立たない」

帰省するたびに、妹ふたりが口を揃えて言うことだ。

「おっと危ない危ない。俺、結婚する気ないから、誰とも」

池田は上目遣いに薫を見た。「結婚なんて男にメリットないですよ。月に何十万も稼いでるのに、結婚した途端に小遣いが三万じゃやってられません。世の中の男がなんでみんな結婚するのかほんと不思議。それに、料理は趣味で作ると楽しいけど、一年三百六十五日、それも節約料理とかなんとか貧乏たらしい料理なんて考えただけでぞっとしますよ。万が一結婚するようなことになっても、共働きを続けて別会計にしたいです。その代わり、奥さんに家事を強要したりしない。メシはそれぞれ外食して、掃除は業者に頼めばいいんだし」

「子供ができたらどうするの」

「子供なんて絶対に要らない。十歳くらいで生まれてくるんならいいけど、赤ん坊なんて俺は大の苦手ですよ。あんなわけのわからない生き物が家にいたら楽しい生活が台無しだよ」

池田の手料理を平らげたあと、ピザが届くまでの間、ソファで横になっていると、いつの間にか眠ってしまった。まるでタイムスリップしていた十七年分の疲れを取り戻すかのような深い眠りだった。

目を覚ますと夜中の二時だった。すぐ横に池田の背中があった。彼は、フローリングの床に直《じか》に座って背中をソファにもたせかけ、ホラー映画のＤＶＤに見入っていた。雰囲気を出すためか、部屋の灯りを消してある。

画面には、髪の長い女の亡霊が、にやっと笑うのが大写しになっていた。池田はクッションを抱きしめて、身じろぎもせず画面を見つめている。

「あのう……ごめんね」

言いながら池田の肩に手をかけると、彼は悲鳴をあげて飛びのいた。

「あ、ごめん、ごめん。怖いとこだったんだね」

池田はＤＶＤの停止ボタンを押した。

「もう……まったく」

恐怖と安堵の入り混じった顔で薫を見下ろしている。

「明日は祝日だから、泊まってってください。風呂もよかったらどうぞ。ピザはとっくに冷めてますから食べるんならチンしてくださいね」

「ありがとう」

そのあと遠慮なく風呂に入り、風呂上りにはキッチンでひとりビールを飲みながらピザを頬張った。池田はまだリビングでホラーの続きを見ている。

「ピザおいしかったですか？」

食べ終わってダイニングテーブルを片づけていると、映画を見終わった池田がキッチンにやって来て、冷蔵庫からビールを出した。

「ああ、怖かった。俺、今夜はひとりでは眠れないや」

言いながら近づいて来た池田に、いきなり抱きしめられた。

「黒川さんくらい頭のいい女の人じゃないと、色気を感じないんだよね、俺」

もうすぐ会社を辞めるという気持ちがあったからか、浩之とのセックスレスの夫婦生活が長かったからか、そのままベッドに誘われて池田と寝てしまった。


携帯にメールが入っているのに気づいたのは、自宅に帰るためにホームで電車を待っていたときだった。

——相談に乗ってほしいことがあるんだけど、今日会えない？

宮重友紀子からだった。

折り返し電話を入れると、友紀子はすぐに出た。

「悪いんだけど、うちまで来てくれない？　それというのも、腹の立つことにダンナは接待ゴルフで、子供の面倒を見てくれる人がいないのよ。子供の熱は下がったんだけど、病み上がりだから外へ連れて出たくないしね。無理かしら？」

「いいよ、今から行くよ」

快く引き受けたのは、友紀子のプライベートな生活に興味があったからだ。

「遠くて悪いわね」

友紀子の家は、浩之と結婚した人生で住んでいた、東京郊外のニュータウンにある。つまり、自分の感覚では、ほんの数日前まで住んでいたところなのだ。

友紀子が最寄りの駅まで車で迎えに来るというのを遠慮した。自分は子供を産み育てた経験はないが、妹たちの生活を思い浮かべると、子供を連れて車に乗り込むという、たったそれだけのことでも何やかやと準備が必要で、結構手間取るというのを知っているからだ。

ニュータウンの駅の構内にある洋菓子のチェーン店で、土産にケーキを買うことにした。子供は小学生の女の子と保育園児の男の子だと聞いている。友紀子と自分用には苦味の効いたチョコレートケーキにし、子供たちには果実入りのゼリーにした。

休みの日はバスの本数が少ないし、どうせワンメーターだからと、タクシー乗り場へ向かう。

「希望が丘三丁目の三番地の四、お願いします」

「はいはい、希望三の三の四ね」

タクシーの運転手は確認してから車を発進させた。

この近隣のタクシーの運転手は、広大な団地群の番地を隅から隅まで覚えている。そうでないと仕事にならないからだ。ニュータウンの中には、民間の商業施設はもちろん、ジュースの自動販売機すらなく、目印となる建物がひとつもないのだ。

着いたところは、十一階建てのマンションだった。エレベーターで六階まで上がる。

チャイムを押すと、すぐにドアが開いた。

「ごめんね、散らかっているのよ」

いつもの友紀子とは違って見えた。

会社で見る彼女は、柔らかな色合いのスーツが似合う女性だった。ゆるやかなウェーブのかかった髪は優しい印象を人に与える。

しかし今、目の前にいるのは、膝の抜けたジーンズを穿き、首周りが伸びて波打つような形になっているセーターを着て、髪を無造作に黒いゴムで束ねた中年の女だった。化粧をしていないためかシミやそばかすが目立ち、唇がカサカサで粉をふいたように白くなっている。

短い廊下を通って、リビングダイニングに通されると、小さな男の子がソファに座ってアニメのＤＶＤに見入っていた。

「上の子は、近所の同級生の家に遊びに行ったから、今は下の子しかいないの」

「こんにちは」

男の子と直角の位置にあるソファに腰を下ろしながら声をかけると、「こんにちは」と小さな声ではにかんだように答えた。

「ぼく、ゼリー好き？」

「えっ、ゼリー？」

男の子は、急いでリモコンを操作してＤＶＤを止め、ソファから飛び降りて薫に駆け寄ってきた。

薫の膝に載っているケーキの箱の中を覗く。

「あっ、きれい。食べていいの？　ありがとう、おばさん」

「ケイちゃん、だめよ、おばさんなんて言っちゃ」

友紀子が叱ると、ケイちゃんは口をぽかんと開けて薫を不思議そうに見上げた。

「うそっ。この人、おばさんじゃなくておじさんなの？」

思わず噴き出した。

「ごめんなさい、黒川さん。ケイちゃんたら、もう信じられない」

言いながらも、友紀子も笑いをこらえて肩が震えている。

「ケイちゃんの言うとおり、おばさんでいいんだよ。ほら、好きなの選んで」

おばさんと呼んじゃ可哀相……。いったい人は、何歳になるまでこうやって気を遣ってくれるのだろう。四十七歳の女がおばさんでなくてなんだというのだ。

独身であることや子供がいないことを、人はなぜそれほど同情するのだろうか。本人は快適だというのに。

「コーヒー淹れるわ」

「お構いなく」

リビングと台所の間には何の仕切りもないので、ソファに座っている薫の位置から、流しがよく見えた。汚れた食器が山積みになっている。

「洗ってあげようか？」

当然断るだろうと思いながらも、一応尋ねてみた。

「本当？　助かる」

心身ともに疲れ果てているのだろうか、友紀子が弱々しく笑う。

「なんならコーヒーも私が淹れるよ。宮重さんはそこに座ってなよ」

「いや、そんなこと……」

「私は昼まで寝てたからすっきりしてんだよ。体力もりもり」

友紀子は、「悪いわね」と言いながら、ソファに崩れ落ちるようにして座った。

「私、陰で色々言われているでしょう。早く帰ってしまってずるいとか卑怯だとか給料泥棒だとか……居づらいのよね、会社」

「辞めるの？」

尋ねると、びっくりしたように友紀子はソファから立ち上がり、皿を洗う薫の横まで駆け寄って来た。

「私に辞めろと言ってる人もいるの？」

「そうじゃないよ」

自分自身が今月いっぱいで会社を辞める予定だということもあり、軽い気持ちで聞いたのだった。

「そうじゃないけど……宮重さんはひどく疲れているみたいだし、限界まで頑張っているように感じるときがあるから」

汚れているのは食器だけではなかった。ガスレンジの周りもこれでもかというくらい油汚れと埃がこびりついている。ずいぶんと長い間、掃除していないのだろう。

「私絶対に辞められないのよ、会社」

「どうして？」

「経済的な問題よ。住宅ローンも大変だし」

夫婦共働きであることを前提にローンを組んだので、友紀子に収入がなくなると、月々の返済が厳しくなるという。

「それに、子供たちの教育費を考えると、今のうちに少しでも貯金しておかないとね」

「で、相談て？」

「どうしたらいいと思う？」

相談に乗ってほしいと言うからには、もっと具体的な悩みがあるのだと思っていた。こんなに漠然とした、これからの人生設計を相談されようとは思ってもみなかった。

「会社を辞められないのなら、勤め続けるしかないじゃない」

当たり前のことを言うと、友紀子は絶望的な表情になった。

「そうよね。それしかないのよね。陰で何を言われようが、勤め続けるしかないわよね」

「部長や課長や課長代理クラスの男たちを思い浮かべてみなよ。役職なんて名ばかりで、何ひとつまともに仕事できない男どもがウヨウヨいるじゃない。彼らだって陰でボロクソに言われてるの、宮重さんも知ってるでしょう。宮重さんの比じゃないよ」

自分より劣る人間を見ることによってしか自尊心を保てないときがある。サラリーマンなら多かれ少なかれそうやって定年まで頑張るのだ。それは浩之を見ていて学んだことだ。自分が見下すことのできる人間がいなくなったとき、浩之は「男」を放棄した。

「優しいのね。黒川さんて」

「宮重さんは本当によくやってるよ。勤務時間が短くても集中してたくさんの緻密な設計をこなしているじゃない。それに、定時で帰るのが早すぎるというサラリーマンの感覚がそもそもおかしいよ。定時ってなんのためにあるんだか、わかんないじゃない。それに、家庭と仕事を両立している宮重さんを尊敬している若い女の子もたくさんいるって聞くよ」

「それ、本当？」

友紀子の悲愴な表情が、少し緩んできた。

コーヒーメーカーから、いい香りが漂ってくる。

他人に台所を勝手に使われたり、家の中を勝手に触られたりするのは、主婦が最も嫌がることだと思っていたが、そうではない女性もいるということを今日初めて知った。

トイレを借りるとき、洗面所を通り抜けた。洗濯機置き場の前にあるカゴには、洗濯物が山と積まれていた。

「ついでに洗濯もしてあげようか」

「いくら何でも悪いわよ」

嫌とは言わないのだ。

「今日は私のこと、お手伝いさんだと思ってよ」

そう言うと、友紀子は笑った。

汚れた家の中を他人には見られたくないという、最低限のプライドさえ失《な》くすほど疲れきった暮らしをしているということに、衝撃を受けていた。

友紀子の家からの帰り道は、充足感でいっぱいだった。これほどはっきりと人の役に立ったという思いは久しぶりだ。自分の家の片づけは面倒に思うが、他人の家をきれいにするのは妙に楽しいということを発見した。

都心にほど近い2DKのマンションへ帰って来たのは、十七年ぶりだった。エレベーターホールに立つと、感慨深かった。ずいぶん遠回りをしたけれど、やっと落ち着ける場所に帰ってきたと思った。

鍵を開けて中に入る。ここが、晴美の言うところの〈自分の城〉なのだ。自分が自分らしくいられる唯一の場所だ。

その夜、預金通帳を広げた。二十五年も働いてきたので、ある程度の預金はある。若い頃は、東京の高い家賃を払いながら生活するのがやっとだったが、少しずつ給料も上がり、三十歳を過ぎた頃から余裕が出てきていた。

預金通帳を睨みながら、自分らしく生きていくにはどうすればいいかを真剣に考える。

唯一の強い希望は、会社組織に属さないことだ。もう二度と雇用されたくはなかった。

結婚しているかいないか、子供がいるかいないか、美人かブスか、年増か若いか、女らしいか生意気か……とにかく、とにかく、とにかく、仕事以外のことで評価されるのは金輪際、真っ平ごめんだ。

自分に何が向いているのかを見極めるのは本当に難しいと思う。人生を何度やり直したところでわからないのではないか。仮に、自分に向いている仕事がわかったとしても、その職業に就けるとは限らない。どこもかしこも狭き門であるばかりでなく、生まれつきの能力に左右されることも多いのだ。

体を動かすのが好きだということだけは、はっきりしている。そのことは、スーパーの店長になったときに実感した。

パソコンを使った処理や会議などの、椅子に座ってじっとしている仕事よりも、商品を棚に並べたり床をモップで掃除しながら、効率の良いレジ位置やカート置き場の位置を工夫するのが何よりも楽しかった。幼い頃から田植えや畑仕事を手伝ったことと関係があるのかもしれない。そして今日だ。友紀子の家で、他人の家の手伝いをすることの楽しさも知った。

お腹が空いた。

冷蔵庫を開けてみると、バターしかなかった。うどんか蕎麦の乾麺ならあるかもしれないと、あちらこちらの棚を捜しまわると、様々なものが出て来た。

ドイツ製のステンレス三層構造の鍋やフライパンのセット一式、チェコ製のコーヒーカップ五客、フランス製のガラス食器一式、その他にも新品のままの台所用品がたくさん出て来た。いつか結婚したら使おうと、少しずつ買い揃えておいたものだ。

今日から普段使いにしてしまおうと、早速ドイツ製の鍋でインスタントラーメンを煮て、デンマーク製のボウルに入れて食べた。

どんな食器で食べようと、味は同じだった。

★

晴美は、頬を風に撫でられたような気がして目が覚めた。

お尻が痛いと思ったら、固い椅子に座っていた。座り心地が悪くて腰も痛い。

辺りを見渡した。

ここはどこ？

自分は今、ガラス張りの待合室の中にいる。そう思った次の瞬間、目の前に新幹線が滑り込んできた。

東京駅……だ。

携帯電話が鳴った。腕にかけている巾着袋の中から音が聞こえる。手探りで携帯電話を取り出してみると、メールの着信だった。

――もうすぐ着く。今、新横浜を通過したところ。

送信者は〈おかあちゃん〉とある。

母が東京に来る？

どうして？

リセットした人生がこれだろうか？

四十七歳のあの日――新宿のデパートに兵庫県物産展を冷やかしに行った日――の翌日にタイムスリップするということだった。ということはつまり、〈遠来の客〉にいた昨夜から今日にかけての記憶がないのだ。何か手がかりはないかと、携帯メールを遡って見てみると、昨日の日付の着信メールがあった。

――突然で悪いけど、明日東京へ行きます。十七時十分着の新幹線。右も左もわからないので迎えに来てください。荷物は明日の午前中に晴美のアパートに届くからよろしく。

このメールの送信者も母だった。いつの間に携帯メールを使えるようになったのか、いやそれ以前に、携帯電話を持っていたことすら知らない。

今、何時だろう。腕時計に目をやる。

昨日までつけていた、清冷寺達彦とお揃いの高級ブランドから、玩具みたいなカラフルなものに変わっていた。

到着予定時刻の三分前だった。待合室を出て、売店で緑茶のペットボトルを買い、その場でごくごくと飲むと、やっと少し気分がしゃんとした。

新幹線から降りてきた母は、和服姿だったので目立った。六十代にしては若々しい。

「もっと楽な格好してきたらええのに」

「着慣れてるから楽なのよ。それに、洋服はろくなものを持っていないもの」

母のボストンバッグを持ってやる。一泊したら帰るつもりなのか、小さくて軽かった。

「悪いわね、急に出てきたりして」

やっとわかった。母に対する違和感が。

母は東京弁をしゃべっているのである。そのことを指摘すると、母はふふっと笑った。

「練習したんやがな。もう今日から東京人やでな」

色々と尋ねたいことはあったが、頭が混乱していて、今ひとつ現実がわからない。

電車を乗り継いで空席を見つけて母を座らせてやり、自分はペットボトルのお茶を飲みながら窓に流れるビル群を見つめた。

中野ブロードウェイ商店街を抜けたところにあるアパートに帰ってみて驚いた。ドアを開けると、母が送ったというダンボール箱がうずたかく積まれていたからだ。昨夜から今日の夕方にかけての記憶はないが、たぶん自分が宅配便を受け取って、部屋へ運び入れたのだろう。

「あらあら、これじゃあ寝るところもないわね。私、何日かホテルにでも泊まろうかしら」

母は、ダンボールの中から〈衣類〉と書かれた箱を見つけ出し、黒いズボンと薄手のセーターに着替えた。

「お母ちゃん、東京に住むつもりなん？」

「事情はあとでゆっくり話すわ。とにかく今はお腹ペコペコ」

ふたりで食べに出ることにした。

商店街の中にあるラーメン屋に入ろうとすると、母に腕をつかまれた。

「あんた、なんぼなんでも、もうちょっとええ店に入ろうな。お母ちゃんがおごったるから」

母は楽しそうだった。はしゃいでいると言ってもいい。

中華料理店に入り、白いクロスのかかった丸テーブルに座る。

「烏野のおっさんは、単なるスケベジジイやのうて、一応は芸術家やったんやな」

母が言う。その真剣な表情がおかしかった。

烏野が死んだらしい。脱税容疑で捕まったのが原因で、深酒などの不摂生な生活を続けたせいなのか、その死はあっけなかったという。

虫の知らせというのだろうか。亡くなる一ヶ月ほど前、烏野は、弟子の運転する軽トラックで母のもとを訪れ、「おまえにやる」と言って、白磁の壺を十点ほど置いて帰ったらしい。

「それがまた大きな壺でな。邪魔んなるし迷惑やと思っとったんやけど、おっさんが死んでから、値がはね上がったんだわ」

顔見知りの骨董商を通じて売りに出したところ、思わぬ高値で売れたという。すぐに母は店を畳み、土地建物すべてを売り払った。そして今日、東京へ出て来たというのだ。

「心機一転やわ」

「青海町に未練はあれへんの？」

「あれへんあれへん。田舎はもうしんどいわ。おっさんの妾ゆうことで、どこ行っても女の人には蔑んだ目で見られるし、男の人にはやらしい目で見られるし、誰も知らん遠いとこに行きとうて行きとうて、かれこれ四十年ですわな」

♥

リセットボタンを押してから、二ヶ月が経過していた。

互いに近況報告をしようと、三人は〈遠来の客〉に集まった。予約しておいた地下の個室に通じる狭い階段を、知子、晴美、薫の順でそろりそろりと降りる。

知子は、思わず入り口で立ち止まった。

抽象画の色が変わっていたからだ。白と黒だったと記憶しているが、全く同じ構図なのに緑と赤になっている。後ろを振り返ると、晴美と薫もびっくりしたように絵を見つめていた。

個室に足を踏み入れると、三人で申し合わせたように一斉に天井付近を見上げたが、誰もいなかった。

「あのボタンも、もうないんやろか」

晴美が壁際に駆け寄り、額縁の後ろを覗く。「ないで。なくて……なくて良かったわ。うん、良かったんや」

あのボタンは、一回しか使えないと店員が言っていたのだから、なくても不思議はない。

「もう今の人生から逃れられないってことだね」

薫が、初めて覚悟を決めたかのような、厳しい表情で言う。

「腰を据えて人生やっていくしかないわね」

心の奥底で、いざというときの頼みの綱としていた自分の弱い気持ちに気づき、それを吹っ切るように知子は言った。

すると、ほかのふたりも晴れ晴れとした表情になった。

知子は鞄の中から携帯を取り出した。「ほら、これ見て」

携帯のカメラで撮った写真をふたりに見せた。

「すごい！　女王様みたいじゃない」

初めて舞台衣装を着けてリハーサルをしたときに撮ってもらったものだ。深みのある赤いビロードのドレスだ。

「香山君とはうまくいってるの？」

薫が尋ねる顔には、嫉妬心など微塵もなかった。

「うまくはいってないよ」

それでも離婚はせずに、しばらくはこのまま暮らしてみようと思っている。卑怯だと言われようが構わない。自分は子供を産み育て、家の中を常に清潔にし、食事を作り、家族の健康にも気を配ってきた。主婦なら誰でもやっていることだと言われそうだが、一年三百六十五日、一日も休むことなく二十年以上も続けるのは、並大抵の精神力では乗り切れない。自分はここまでよく頑張ってきたのだと思うことに決めていた。それらの労働に、たまたま現金の報酬はないというだけのことだ。

これからも、家政婦のように働きつつ女優業にも精を出し、モデルのアルバイトもこなしていくつもりだ。先のことはわからない。舞台で成功すれば離婚して生活を変えたいと思うかもしれない。そのときはそのときだ。今は目の前のことを精いっぱい頑張る。

「薫はどうするの？」

「家事サービスの人材派遣業を始めようと思っているところ。でも、主婦なんかを雇って派遣業を始めたとしたら、時給数百円のパート労働の主婦を量産することになるでしょう。それって、すごく罪なような気がして」

「アホちゃうか」

晴美が吐き捨てるように言う。「ほんま、これやから進学クラスの女子は心配で目が離せんわ。あんたらは神様でもないし総理大臣でもないで。ええか、あんたらは全女性の代表やない！　単なるひとりのオバハンや。まずは自分の足許を固めてから、大きなことを考えたらどうなんよ。この国は資本主義なんやで。ピンはねするもんとされるもんがおって当たり前やろ。そうせんと商売なんて成り立つかいな。それとも何か、ボランティアでもやるつもりなんか。違うやろ。一発儲けたいと思っとるんやろ」

一発儲ける……なんと心躍る言葉だろう。

「そうね、お金を稼がないと何ごとも始まらないわね。で、そういう晴美はどうなの」

「商売始めたんよ」

ビルの一階を借りて、母親と今川焼き屋を始めたのだという。

「三畳ほどのスペースしかないけど、もう売れること売れること。一個一五〇円もするのに毎日三時までには売り切れてしまうんやわ。この前、テレビ局が取材に来たで」

言ってから晴美は紙袋から包みを二つ出した。

「これ、あんたらにお土産。冷めてもおいしいし、なんといってもうちのお母ちゃんの作るつぶあんはいけるでな。小豆も小麦粉も国産の有機栽培のもんやし、砂糖も沖縄のキビ砂糖やで」

薫の顔がぱっと輝いた。「地図書いてよ。今度買いに行く」

〈ひょうたん屋〉で食べたあのおはぎ……ご馳走になったのは一回きりだったのに、あのおはぎが食べたいと何度思い出したことか。あのあんこは最高だった。

「今度、家の方にも遊びに来てえな。あんたらみたいな進学クラスの優等生が遊びに来てくれたら、お母ちゃんも喜ぶでな」

晴美親子は2LDKの小ぎれいなマンションに引っ越したという。

「精いっぱいやってみるか。物語は始まったばかりだもんね」

言ってから薫は、大口を開けて今川焼きにかぶりついた。

エピローグ

知子は、浩之と並んでコンサート会場の一階席に座っていた。後ろを振り向いて見上げると、三階席までびっしりと客で埋まっている。浩之とコンサートに来るのは、実に婚約時代以来である。

数週間前、薫から封書が届いた。チケットが二枚と一筆箋が添えられていた。

──知子へ　五十歳の誕生日おめでとう。ご夫婦に「非日常」を贈ります。薫より

観客は中高年の女性グループばかりだろうと想像していたのだが、驚いたことに五十歳前後の男性のひとり客が多かった。浩之も、そのことに驚いたようで、会場に足を踏み入れてから、「しかし日本も変わったもんだね」を何度も繰り返している。

大音響のイントロとともに幕が上がると、透き通るような歌声がコンサートホールに響き渡った。

スポットライトを浴びているのは、浩之が高校生の頃ファンだった女性アイドル歌手だ。彼女も五十歳になったのだと思うと感慨深い。かつてのたっぷりとした声量は衰えたし、

少し太めにはなったが、同年代の女性がまだまだ頑張っていると思うと嬉しくなる。浩之の横顔をふと見ると、少年のような笑顔に戻っていた。薫の言う「非日常」は、浩之の煮詰まっていた何かを氷解していく力を持っているようだ。

ヒットメドレーが続く。十代の頃に流行った曲を聴くと、当時の光景がまざまざと脳裏に蘇ってきた。

高校を卒業して東京へ出て来たばかりのことを思い出していた。短大へ進学すると同時に、兄は入れ違いのように就職で東京を離れた。そのため、右も左もわからない都会のアパートで、ひとり暮らしを始めなければならなかった。心細い日々だった。そのことは浩之も同様だったらしく、ホームシックにかかった二人は、知子の狭いアパートで一緒にクリームシチューを作って食べた。心も体も温まるようだった。そうやって、肩を寄せ合い生きていた学生の頃が、彼女の歌声とともに懐かしく思い出された。

薫は、コンピュータのソフト会社に辞表を出したあと、すぐに掃除専門の会社へパートとして働きに出た。そこでプロの掃除のノウハウを盗んだあと、自ら会社を立ち上げた。今や、薫の会社に登録しているパート主婦は百人を超え、業績も好調で都心にオフィスを構えるほどになっている。

環境に配慮した洗剤や薬品だけを使う方針が、雑誌やテレビで紹介されたことにより、薫の会社は一躍評価を高めたのだ。

その後、薫は政府の環境諮問委員に名を連ねるようになり、テレビにもちょくちょく出るようになった。そこから派生して、地球の砂漠化、温暖化など、研究したいことが次から次へと湧き出てきて、あちこちの研究会にも顔を出し、忙しい日々を送っている。

環境問題の調査のために、アマゾンの奥地やアフリカにも出かけることが多くなった。アフリカではどの国に行っても、現地の人間が薫の服装のセンスを褒めちぎるので、とても気分がいい。

晴美は、知子の舞台を見終わると、母親と薫の三人で楽屋へ向かった。

知子は著名な監督に気に入られて以来、メジャーな舞台にも立つようになっている。

今日も商売物の今川焼きを大量に持参した。知子の楽屋で車座になり、母から受け継いだ自慢のつぶあんが入った今川焼きを食べながらおしゃべりするのが、最近の晴美の楽しみだ。

いつものように、母がみんなにおいしい玉露を淹れてくれる。

今日は嬉しいニュースを持って来ていた。銀座の老舗デパートから出店の誘いがあったのだ。

晴美が勇んでその報告をすると――。

「でもね、ブームに乗ってしまうと飽きられるのも早いよ。よく考えた方がいい」

薫が慎重な意見を言う。

「それは言えるわね、流行は一過性のことが多いから、長い目で見ると、あとが不安よね」

知子も同調する。

ふたりとも相変わらず馬鹿である。

「うちらな、もう五十やで。元気で働けるんは、せいぜいあと十年か二十年やろ。残り少ない人生、私は何だってやってみたいわ。当たって砕けろや。進学クラスの女子は、ほんま根本的なとこが抜けとるからあかん。まだ当分、目が離せんわ」

文庫版特別インタビュー

「文庫刊行によせて」

聞き手／門賀美央子

――本書『リセット』は、二〇〇八年に書き下ろし長編小説として上梓された、垣谷さんの小説家デビュー二作目となる作品です。このたび文庫化されることになりましたので、せっかくの機会ですからインタビューという形で自作解説をしていただこうかと思うのですが、その前にまず小説家を志すようになったきっかけからお話をうかがえますでしょうか。

垣谷　小説家になろうと考え始めたのがいつからなのか明確には覚えていませんが、四十歳を過ぎたあたりだったと思います。それまではＩＴ企業でＳＥをやっていたのですが、だんだん体力的に持たないなと感じるようになっていました。しかも、技術がどんどん新しくなっていって、ついていくだけでも大変になってきたんです。それで、もうやめようかな、と。

――小説家には昔から憧れていたのですか？

垣谷　いいえ、本を読むことや文章を書くことは昔から好きではあったのですが、自分が小説を書けるなんて考えていませんでした。ストーリーを作るということ自体、できるとは思ってなかったですね。ですが、ＳＥに限界を感じ始めて、じゃあ自分がなにをしたいのかと考えたときに、漠然とですが「文章を書くことを職業にしたいな」と思うようになったんです。

――書き始めてからデビューまでは、比較的短期間だったようですが。

垣谷　投稿を始めてからは短期間でした。短期間ではありましたけれど、いろんな文学賞に応募しました。初めて書くというのもあって、どんどんいろんなことを思いついたのでアイデアには困りませんでしたね。

――結果、二〇〇五年に「竜巻ガール」で第二十七回小説推理新人賞を受賞し、晴れて小説家としてデビューなさったわけですが、受賞後第二作目となったこの『リセット』はかなり思い入れのある作品だと聞いたのですが。

垣谷　これが出版されたら、人生にもう思い残すことはないとまで思っていました（笑）。

――それはまた、かなり強い思い入れですね。

垣谷　私は長年、古い体質の日本社会で女性として生きることの難しさや息苦しさを感じてきました。その思いを、すべて吐き出したんですよ。小学生のころからずっと想い続けてきたことを、この作品でやっと文章にすることができたという感じなんです。

――具体的にはどういうことだったのでしょうか？

垣谷　戦後「男女平等」の世の中になったといっても、実際には全然違うじゃないかというようなことです。

――なるほど。『リセット』の主人公である女性たち……知子、薫、晴美の三人は、封建的な考え方を持つ家族や職場の人間に囲まれて悩み傷つく人生を送っていますね。そんな彼女らが、ふとしたことで高校時代にタイムスリップし、人生をもう一度やり直すというのが、本書のメインとなる物語なわけですが……。

垣谷　高校時代に戻りたいというのも、結局は自分の願望なんです。そうすればもう一度人生をやり直せるのに、と。

――垣谷さんは、雇用機会均等法が施行されるより、少し前の世代にあたるわけですよね。

垣谷　ええ、私が若い頃には男女差別がまだ厳然とありました。家庭では男尊女卑が当たり前ですし、町内会で祭りがあると主役は男の子。小学生のとき、担任の男性教師が「なんだかんだ言っても社会では男が活躍するんだ。家庭では母親が一生懸命料理しているかもしれないけれども、職業としての料理人となると一流になるのはみんな男だ」とか授業中に平気で言うんですよ。今では考えられませんが、女の校長先生なんかいなかったですし。両親ともに教師だった友人もいたけれど、同じように働いていながら、夜中まで家事をしているのはお母さんのほう。そういうのに頭にきていたんです。ですが、小中高を通じ建前上は男女平等で、クラス委員や生徒会長は女子がやっても違和感のない時代にはなっていた。ですから、親の世代は旧態依然としているけれども、自分が大人になるころには日本もすごく変わっているだろうという期待がありました。だから、私たちの世代では、女性でも一生懸命勉強していい大学に行こうとがんばった人もたくさんいたんですよ。

——ですが、『リセット』の中では、一生懸命勉強したものの、結局は専業主婦になってしまった知子のような女性が出てきます。実際に、そういう女性のほうが多かったのでしょうか？

垣谷　圧倒的多数だったと思います。今でも忘れられない高校時代のエピソードがあるんです。ある日、友だちに「これ、読んでみて」と一冊の本を手渡されました。その子は別のクラスだったのですが、「あなたの感想が聞きたいから」とわざわざ持ってきてくれたんです。その本は石川達三の『幸福の限界』という小説でした。戦後、変わっていく環境の中で、女性たちが生き方を模索していく話なのですが、「女なんかどう頑張ったって性生活を伴う女中以上のものにはなれないし、そもそもなる必要もない」というようなことが書いてあって、それにすごくショックを受けたんです。それがきっかけで、彼の作品を次々に読んだのですが、読めば読むほど落ち込みました。

――石川達三は日本ペンクラブや日本文藝家協会の会長などを歴任し、戦後文壇の重鎮だった人ですが、婦人参政権不要論を唱えるなど、なにかと女性蔑視的な発言を繰り返す人物だったようですね。

垣谷　当時は「作家」を偉い人だと思っていましたので、それほど立派な人が主張しているのなら、世間一般にも認められている正しいことなのだろうと思ったんですね。そうしたら、なんだか生きているのが嫌になっちゃったんです。学校で勉強するのも無駄なことに思えてきて、すべてがバカバカしくなった。つらくてたまらなくなった。貸してくれた友人もきっとそうだったのだと思います。だから同類の匂いのする私に読ませたのでしょう。廊下ですれ違うたびに「おまえなんかどうせ性生活を伴う女中になるんだ」みたいなことを言い合う日々が続きました。でもね、そうしているうちに、だんだん腹が立ってきたんです。「この石川達三というオヤジは許せねえな」という気分になって（笑）。それ以来、石川達三に「ほら見ろ、やっぱり女はだめだな」と言わせないような人生にしなければと思い続けてきました。実際は空回りばかりですが（笑）。

――本作の底流には、そんな思いがあったのですか。では、登場人物三人の中では、かつての垣谷さんと同じくSEをしていて、男社会の矛盾をもっとも強く感じている薫が、ご自身に一番近いキャラクターなのでしょうか？

垣谷　いえ、薫はむしろ自分から一番遠いような気がします。頭が良くて優秀という設定が自分とは違いますから。どちらかというと、薫は私のあこがれの存在です。あえていうなら、薫の同僚として出てくる宮重という女性が自分に一番近いでしょうか。

――仕事と家庭の両立に疲れきっている女性ですね（笑）。今回、女性の生きざまをテーマにした小説を書くにあたり、主人公を三人に分けられた意図というのは？

垣谷　私たちの世代だと、友人などをみても知子のような専業主婦がやはり一番多い。ですが、薫みたいにバリバリ働いている人もいるにはいます。また、大学を出ている女性はまだまだ少ない年代ですから、晴美と同じく高卒でそのまま社会に出た人も大勢いる。みんないろんな立場ではあるけれども、うまく生きていけない女性が、もし高校時代に戻れたらどういうふうに生きなおしていくかというのを書きたかったんです。

——三人の個性はまったく違うけれども、それぞれが非常に説得力のあるキャラクター造形になっています。やはり同世代の女性というのは描きやすいものですか？

垣谷　どうでしょうね。たしかに、身近で見聞きするようなことが作品に反映されているとは思います。私の世代では、知子が一般的なパターンです。彼女自身、三人の中では一番平凡というか、外見が美しいことを除いては、よくいるタイプですし。現実と折り合いをつけることがとてもうまい。ですから、今の生活に満足している人も多いんでしょうけども、野心があった人は常に欠乏感がある。逆に、晴美のように「女は男に従っていればいい」という考え方に、特に疑問を持たないまま生涯を送る人もいます。

——昔から社会矛盾に敏感だった垣谷さんにしてみれば、晴美のようなタイプには苛立ちを感じていたのでしょうか。

垣谷　いいえ、むしろうらやましく思います。こういう人が一番うまく生きていけるんじゃないでしょうか。まあ、作品の中の晴美はうまくいっているとはいえないですが。人生は短いですから、ひとりで戦ったってしょうがないという部分もあるので、長いものには巻かれて、目先の楽しいことに目を奪われて生きていくのが幸せかもしれません。ただ、どうしてもそうできない、どうしても野心を捨てられない人間もいる。それはもうどうしようもないですよ。

——晴美のように生きていくのも、一つの方法だと？

垣谷 三人の中では一番学歴も低いし、教養もない人物ですが、女として生きていく上では賢いんです。自然に生きているというのかな。

たとえば、SEという仕事をしていると、同じ職場に大卒と専門学校卒の人が両方いるのが普通でして、私が昼休みに小説を読んでいると、まったく本を読まない男の子たちが、「すごい本を読んでいますね」とか言ってくるんですよ。なにがすごいかというと、分厚いのがすごいと。「そんな分厚い本、最後まで読めるんですか？」って（笑）。そういう、本を全く読んでいない男の子たちと話していると、彼らは書物から得た知識がない分、すべて自分の奥底から出る考えで動いている。実に天真爛漫な部分が残っているんです。だから、むずかしいことを考えずに、自分の言葉で考えて、順応して生きていくことができる。それを見ていたら、本を読むということが必ずしも良いことではないのかもしれない、とも思えてきたんです。私は、自分の中にある考えはすべて自分で考えたように思っているけど、実際にはいろんな本から得た知識だけでしゃべっているのであって、そんなものなら別に威張れたものじゃないな、と。彼らの生き方に対し、うらやましいような気持ちがありました。

――ですが、薫のように自ら学び、切り拓いていく人生も否定なさっているわけではないですよね？

垣谷 もちろんです。どちらに転んでも、人生で一番大切なのは努力です。試行錯誤して、努力して生きていく。薫なんかはそれが生きがいだし、それしかできない。そして、それはそれでいいんだと思います。

――本作のおもしろさの一つとして、三人がタイムスリップしてから、四十七歳の視点で高校時代の自分の親や周囲の人々を見直して、昔は気づくことができなかった相手の意外な性格や人間関係の機微を発見していく過程を挙げることができます。特に、三人がそれぞれの母親の背中を見つめ直し、良い面も悪い面も理解していく場面が非常に印象に残りました。この部分があるから、本作がタイムスリップというSF的な設定を使いながらも地に足の着いた作品になっていると思うのですが、主人公たちがそうであったように、やはりある程度の年齢にならないと見えてこないものというのはありますよね。

垣谷 それはたくさんあると思います。母親たちも結局は時代の犠牲者なんですよ。自分たちでもなにかを変えたいという気持ちはあるから、娘には少しでもいい大学に行けるよう一生懸命勉強させたり、塾に通わせたりする。ですが、何をさせたくていい大学に行かせようとしているのかは本人もわかっていないんですよね。でも、それは私たちの世代もそう。娘の教育には一生懸命だけど自分は専業主婦、という人は多い。世代間でそれをずっと繰り返しているような感じはしますね。そこが大変もどかしいのですが、かといって嘆いてばかりいてもしかたがないので、現状を打開するためにどうするかということを一人ひとりの立場を考えてみて、最良の方法を見つけ出した上で解決なり妥協なりしていくしかない。そういうところをなるべくリアルに書くようにしました。

——垣谷さんにとっては、社会に対する疑問や苛立ちが小説を書く原動力になっているのでしょうか？

垣谷　そうですね。ニュース番組が好きなのですが、毎日怒りながら観ています。日本の社会にはまだまだ不都合な点がいろいろとあるのに、どうしてそれを何十年も変えられないのかと、いつも思うんです。私にとって、小説は一種の思考実験の積み重ねです。なんとかもっと良くなる道はないかと模索しているんです。この世の中に「仕方がない」ことなんかひとつもないと思っているので、どんな社会矛盾も小説を書くことでなんとか突破口を見つけたいと思っています。

——ですが、本書を始めとした垣谷さんの作品は、社会矛盾に対する疑問が出発点といいながらも、作風にいわゆる「社会派ドラマ」的な重さはなく、全体にそこはかとないユーモアが漂うエンターテインメント性が高い作品になっています。これは意識されていることなんでしょうか？

垣谷　人からそう言われることが多いのですが、自分では特に笑わせようと思ったりはしてないんですよ。もしかしたら、関西人特有の、自然ににじみ出てくる「おかしみ」があるかもしれないですけども。

――今回、文庫として改めて出版されることで、読者層がまた広がると思います。この作品にもっとも共感するのは、主婦もふくめ、なにかしらの形で働いている女性だと思いますが、男性や若い女性が読んでも、いろいろと気付かされる点が多いのではないでしょうか。

垣谷　男性にも読んでもらいたいですね。今でも女性の立場をぜんぜんわかっていない男性が多いと思うんですよ。わかっているようでわかっていない。また、女性でも世代によっては「これは古いな」とか、「私たちはこうじゃないな」と思う人もいるでしょうが、その方たちには、こういう世代の女性もいたことを知ってもらえればと思います。

――今よりも、もっと女性が生きづらい時代があったことを知っておくのは大切ですよね。

垣谷　そうですね。それは知っておいてもらいたいです。平塚らいてうの時代からみんな努力してきたけど、いつもなかなかうまくいかないんだよ、というようなことは。うまくいく人はどの時代でもうまくいっていますけどね。

——最後に、垣谷さんはこれからどのような作品を書いていこうと思っていらっしゃいますか？

垣谷　読んでくださった方の役に立つことができる作品を書いていきたいと思っています。それは、新たに知識を得るという意味ではなく、前向きな気持ちになれたり、自分と同じような悩みを抱えている人が、他にも大勢いることを知って精神的に救われたり、という意味です。そして、今後も社会問題を背景に、普通の人々の現実生活を描きながら、解決策を模索していきたいと思っています。

（二〇一〇年一〇月収録）

本書は二〇一〇年十二月に刊行した文庫を、
大きな文字に組み直した新装版です。

双葉文庫

か-36-08

リセット〈新装版〉

2020年4月19日　第１刷発行
2024年1月25日　第14刷発行

【著者】
垣谷美雨《かきやみう》
©Miu Kakiya 2020
【発行者】
箕浦克史
【発行所】
株式会社双葉社
〒162-8540 東京都新宿区東五軒町3番28号
［電話］03-5261-4818(営業部)　03-5261-4831(編集部)
www.futabasha.co.jp（双葉社の書籍・コミックが買えます）
【印刷所】
大日本印刷株式会社
【製本所】
大日本印刷株式会社
【カバー印刷】
株式会社久栄社
【DTP】
株式会社ビーワークス
【フォーマット・デザイン】
日下潤一

落丁・乱丁の場合は送料双葉社負担でお取り替えいたします。「製作部」宛にお送りください。ただし、古書店で購入したものについてはお取り替えできません。［電話］03-5261-4822（製作部）

定価はカバーに表示してあります。本書のコピー、スキャン、デジタル化等の無断複製・転載は著作権法上での例外を除き禁じられています。本書を代行業者等の第三者に依頼してスキャンやデジタル化することは、たとえ個人や家庭内での利用でも著作権法違反です。

ISBN978-4-575-52345-4 C0193
Printed in Japan